Leo Perutz (1882-1957) wurde in Prag geboren. Frühzeitig übersiedelte er nach Wien, wo er bis 1938 seine Romane und Novellen schrieb. Von Beruf Versicherungsmathematiker, war er von Berufung Schriftsteller. Zu seinen berühmtesten Werken zählen u.a. »Nachts unter der steinernen Brücke«, »Der Meister des Jüngsten Tages«, »Der schwedische Reiter« und »Sankt Petri-Schnee«.

Von Leo Perutz sind außerdem erschienen:

Die dritte Kugel (Band 3204)
Zwischen neun und neun (Band 3205)
Turlupin (Band 3206)
Der Marques de Bolibar (Band 3212)
Herr, erbarme dich meiner (Band 3214)
Wohin rollst du, Äpfelchen (Band 3215)
Der schwedische Reiter (Band 63012)
Nachts unter der steinernen Brücke (Band 63036)
Sankt Petri-Schnee (Band 3213)

Dieses Buch wurde auf chlor- und
säurefreiem Papier gedruckt.

Vollständige Taschenbuchausgabe August 1995
Droemersche Verlagsanstalt Th. Knaur Nachf., München
Lizenzausgabe mit freundlicher Genehmigung
des Paul Zsolnay Verlags, Wien/Darmstadt

Dieses Buch ist bereits im Rowohlt Taschenbuchverlag
erschienen
Umschlaggestaltung: Manfred Waller, Reinbek
Umschlagabbildung: »Wiener Ballsaal um 1900«
von Leopold Graf von Kalckreuth, AKG, Berlin
Druck und Bindung: brodard & taupin
Printed in France
ISBN 3-426-03207-4

5 4 3 2 1

Leo Perutz

Der Meister des Jüngsten Tages

Roman

Herausgegeben und mit einem Nachwort
von Hans-Harald Müller

Knaur

1

(Vorwort statt eines Nachworts)

Meine Arbeit ist beendet. Ich habe die Ereignisse des Herbstes 1909 niedergeschrieben, jene Folge tragischer Begebenheiten, mit der ich auf so sonderbare Art verknüpft gewesen bin. Ich habe die volle Wahrheit geschrieben. Nichts übergangen, nichts unterdrückt – wozu auch? Ich habe keinen Anlaß, irgend etwas zu verheimlichen. – Während des Schreibens machte ich die Entdeckung, daß mein Gedächtnis eine Unzahl Einzelheiten – zum Teil recht unwichtige Dinge: Gespräche, kleine Vorfälle des Tages – lebendig und deutlich bewahrt hat; daß sich jedoch in mir von der Länge des Zeitraums, in dem sich das alles abgespielt hat, eine ganz falsche Vorstellung herausgebildet hat. Noch jetzt habe ich den Eindruck, als wären es mehrere Wochen gewesen. Das ist ein Irrtum. Das Datum des Tages, an dem mich Doktor Gorski zum Quartettspiel in die Villa Bischoff mitnahm, weiß ich genau: Es war der 26. September des Jahres 1909, ein Sonntag. Das ganze Panorama dieses Tages steht mir noch heute vor Augen: Die Morgenpost hatte mir einen Brief aus Norwegen gebracht, ich versuchte den Poststempel zu entziffern und dachte dabei an die Studentin, die auf der Fahrt über den Stavanger Fjord meine Nachbarin gewesen war. Sie hatte ja versprochen, mir zu schreiben. Ich öffnete den Brief, aber er enthielt nur den Prospekt eines Wintersporthotels auf dem Hardanger Gletscher. Enttäuschung. – Später ging ich in den Fechtklub, auf dem Wege, in der Florianigasse, überraschte mich ein

Platzregen, ich trat in ein Haustor und entdeckte einen alten, verwilderten Garten mit einem steinernen Barockbrunnen, und eine alte Dame sprach mich an und fragte, ob in diesem Haus nicht eine Putzmacherin Namens Kreutzer wohne. Das weiß ich noch, als wäre es gestern gewesen. Dann hörte der Regen auf, und es kam schönes Wetter. Als einen Tag mit warmem Wind und wolkenlosem Himmel, so hab' ich den 26. September 1909 in Erinnerung.

Mittags speiste ich mit zwei Regimentskameraden in einem Gartenrestaurant. Die Morgenblätter las ich erst nach Tisch. Sie enthielten Aufsätze über die Balkanfrage und über die Politik der Jungtürken – es ist erstaunlich, wie ich das alles noch weiß. Ein leitender Artikel besprach die Reise des Königs von England, und ein anderer befaßte sich mit den Plänen des türkischen Sultans. »Zuwartende Haltung Abdul Hamids« stand fettgedruckt über den ersten Zeilen. Die Tageschroniken brachten Einzelheiten aus Schefket Paschas und Niazi Beys Lebenslauf – wer kennt heute noch diese Namen? Auf dem Nordwestbahnhof hatte es in der Nacht ein Schadenfeuer gegeben – »riesige Holzvorräte vernichtet« hieß es in den Blättern. Eine akademische Vereinigung kündigte eine Aufführung von Büchners »Danton« an, in der Oper wurde die »Götterdämmerung« gegeben, mit einem Gast aus Breslau in der Rolle des Hagen. In der Kunstschau waren Bilder von Jan Toorop und Lovis Corinth ausgestellt, und die ganze Stadt lief hin, um sie anzustaunen. Irgendwo, in Petersburg glaube ich, gab es Streik und Arbeiterunruhen, in Salzburg einen Kircheneinbruch, und aus Rom wurden Lärmszenen in der Consulta gemeldet. Ganz klein gedruckt fand ich noch eine Notiz über den Zusammenbruch des Bankhauses Bergstein. Er überraschte mich keineswegs, ich hatte ihn kommen sehen und rechtzeitig meine Depots zurückgezogen. Aber ich mußte an einen Bekannten, den Schauspieler Eugen Bischoff, denken, der sein Vermögen gleichfalls diesem Bankhause anvertraut hatte. Ich hätte ihn warnen sollen, fuhr es mir durch den Kopf. – Aber hätte er mir denn geglaubt? Er hielt mich immer für falsch informiert. Wozu sich in fremde Angelegenheiten mischen? – Und zugleich fiel mir ein Gespräch ein, das ich einige Tage zuvor mit dem Intendanten der Hoftheater geführt hatte. Die Rede war auf Eugen Bischoff gekommen – »der Mann wird alt, leider, ich kann ihm nicht helfen«, hatte der Intendant gesagt und ein paar Bemerkungen über das Drängen des Nachwuchses hinzugefügt. Wenn mein Eindruck richtig war, dann bestand für Eugen Bischoff wenig Aussicht auf Erneuerung seines Vertrages. Und nun mußte auch noch das Unglück mit Bergstein & Cie dazukommen.

An all dies erinnere ich mich. So deutlich steht das Relief des 26. September 1909 in meinem Gedächtnis. Um so unbegreiflicher ist es mir, wie ich den Tag, an dem wir zu dritt das Haus auf der Dominikanerbastei betraten, gegen die Mitte des Monates Oktober verlegen konnte. Vielleicht hat mich die Erinnerung an verwelktes Kastanienlaub auf den Kieswegen des Gartens, an reife Trauben, die an den Straßenecken feilgeboten wurden, und an ersten herbstlichen Frost – vielleicht hat mich dieser ganze Komplex unbewußter Erinnerungen, die mir irgendwie mit diesem Tag verknüpft sind, irregeführt; das kann wohl sein. In Wirklichkeit war der 30. September der Tag, an dem die Entscheidung fiel, das habe ich mit Hilfe der Notizen, die ich aus jener Zeit besitze, festgestellt.

Vom 26. bis zum 30. September, nicht länger also als fünf Tage, hat dieser tragische Spuk gewährt. Fünf Tage dauerte die abenteuerliche Jagd, die Verfolgung eines unsichtbaren Feindes, der nicht von Fleisch und Blut war, sondern ein furchtbarer Revenant aus vergangenen Jahrhunderten. – Wir fanden eine blutige Spur und gingen ihr nach. Schweigend öffnete sich das Tor der Zeiten. Keiner von uns ahnte, wohin der Weg ging, und es ist mir heute, als hätten wir uns mühsam, Schritt für Schritt, durch einen langen dunkeln Gang getastet, an dessen Ende ein Unhold mit erhobener Keule uns erwartete ... Die Keule sauste nieder, zweimal, dreimal, ihr letzter Schlag traf mich, und ich wäre verloren gewesen, ich hätte Eugen Bischoffs und Solgrubs furchtbares Geschick geteilt, wenn mich nicht im letzten Augenblick ein rascher Griff zurück ins Leben gerissen hätte.

Wieviel Opfer mag es gefunden haben, das bluttriefende Ungeheuer, auf seinem Weg durch das Dornengestrüpp der Jahrhunderte, auf seiner Wanderung durch die Zeiten und Länder? Ich sehe manches vergangene Schicksal jetzt mit anderen Augen als zuvor. Auf der Innenseite des Buchdeckels habe ich zwischen den Namen der früheren Besitzer eine halberloschene Unterschrift entdeckt. Habe ich sie recht gedeutet? Sollte auch Heinrich von Kleist – –? Nein, es hat keinen Sinn, zu suchen und zu raten und die Namen der großen Toten zu beschwören. Nebelwolken verhüllen ihr Bild. Die Vergangenheit bleibt stumm. Niemals wird aus dem Dunkel eine Antwort kommen.

Und es ist nicht vorüber, nein, noch immer ist es nicht vorüber, aus ihren Tiefen steigen die Bilder auf und dringen auf mich ein, nachts und am hellen Tage – jetzt freilich, dem Himmel sei Dank, nur blaß und schattenhaft, nur wesenlose Schemen. Er schläft, der Nerv in meinem Hirn, aber sein Schlaf ist noch immer nicht tief genug. Und manchmal faßt mich eine jähe Angst und treibt mich ans Fenster, es ist mir, als müsse dort oben das furchtbare Licht in ungeheuren Wellen über den Himmel rauschen, und ich kann es nicht fassen, daß über mir die Sonne steht, von silbernem Dunst verhüllt, von purpurnen Wolken umdrängt oder einsam in der unendlichen Bläue des Himmels, und rings um mich her, wohin ich blicke, die uralten, ewigen Farben, die Farben der irdischen Welt. Niemals mehr hab' ich seit jenem Tag das grauenvolle Drommetenrot gesehen. Aber die Schatten sind da, sie kommen immer wieder, sie haben mich umstellt, sie greifen nach mir – werden sie niemals aus meinem Leben verschwinden?

Vielleicht, verfolgte Seele! Vielleicht hab' ich, was mich bedrängt, für immer abgetan von mir, indem ich es niederschrieb. Meine Geschichte liegt hinter mir, ein Stoß loser Papiere, ich habe ein Kreuz darüber gemacht. Was habe ich noch mit ihr zu tun? Ich schiebe sie beiseite, als hätte sie ein anderer erlebt oder erdacht, ein anderer geschrieben, nicht ich.

Aber noch ein zweiter Grund hat mich bestimmt, all das aufzuzeichnen, was ich vergessen wollte und nicht vergessen kann.

Solgrub hat kurz vor seinem Tode ein beschriebenes Pergamentblatt vernichtet, er hat es getan, damit von nun an kein Opfer mehr dem grausigen Irrtum verfallen könne. Aber ist es denn gewiß, daß jenes Pergament das einzige seiner Art gewesen ist? Ist es nicht möglich, daß in irgendeinem vergessenen Winkel der Welt ein zweiter Bericht des florentinischen Orgelspielers liegt – vergilbt, verstaubt, vermodert, von Ratten benagt, unter dem Gerümpel eines Trödlerladens begraben oder hinter den Folianten einer alten Bibliothek versteckt oder zwischen Teppichen, Handscharen und Korandeckeln auf dem Boden eines Bazars in Erzinghian oder Diarbekir oder Dschaipur –, daß es dort liegt und lauert, bereit zur Auferstehung und lüstern nach neuen Opfern?

Wir alle sind Gebilde, die dem großen Willen des Schöpfers mißlungen sind. Wir tragen einen furchtbaren Feind in uns und ahnen es nicht. Er regt sich nicht, er schläft, er liegt wie tot. Wehe, wenn er zum Leben erwacht! Möge niemals wieder ein menschliches Auge die Farbe Drommetenrot erblicken, die ich gesehen habe, ja, Gott helfe mir, ich habe sie gesehen. –

Und darum habe ich meine Geschichte niedergeschrieben. Sie hat, wie sie nun, ein Stoß beschriebener Blätter, vor mir liegt, keinen rechten Anfang, ich weiß es wohl.

Wie begann es? Ich saß daheim an meinem Schreibtisch, die Shagpfeife zwischen den Zähnen, und blätterte in einem Buch. Da kam Doktor Gorski.

Doktor Eduard Ritter von Gorski. Er war, solange er lebte, außerhalb eines engen Fachkreises nur wenig bekannt. Erst sein Tod sicherte ihm Weltruhm. Er ist in Bosnien einer infektiösen Krankheit erlegen, die er zum Gegenstand seines Spezialstudiums gemacht hatte.

Ich sehe ihn noch heute, wie er vor mir stand: ein wenig verwachsen, schlecht rasiert, sehr salopp gekleidet, die genähte Krawatte schief. Mit dem Zeigefinger und dem Daumen hielt er sich die Nase zu.

»Schon wieder Ihre verdammte Pfeife!« begann er zu poltern. »Können Sie denn ohne sie nicht leben? Dieser entsetzliche Qualm! Man spürt ihn bis hinunter auf die Straße.«

»Es ist der Geruch fremdländischer Bahnhöfe. Ich mag ihn gern«, gab ich zur Antwort und stand auf, um ihn zu begrüßen.

»Hol' ihn der Teufel!« brummte er. »Wo haben Sie Ihre Geige? Sie werden bei Eugen Bischoff spielen, ich bin beauftragt, Sie mitzubringen.«

Ich sah ihn verwundert an.

»Haben Sie heute die Zeitung nicht gelesen?« fragte ich dann.

»Ah, Sie wissen es auch schon?« rief er. »Alle Welt, scheint es, weiß davon, nur Eugen Bischoff selbst hat keine Ahnung. Eine böse Sache. Ich glaube, man will sie ihm verheimlichen. Er hat gerade jetzt auch noch Konflikte mit seiner Intendanz, und bevor die nicht ausgetragen sind – so lange zumindest soll er nichts erfahren. – Wahrhaftig, Sie müssen Dina gesehen haben: Wie ein schützender Erzengel steht sie vor ihm. Kommen Sie nur mit, Baron! Ich denke, jede Art Zerstreuung und Ablenkung wird ihr heute willkommen sein.«

Ich hatte ein brennendes Verlangen, Dina zu sehen. Aber ich war sehr vorsichtig. Ich tat, als wäre ich unentschlossen, als müßte ich erst noch überlegen.

»Ein bißchen Kammermusik«, sprach Doktor Gorski auf mich ein. »Ich habe mein Cello unten im Wagen. Vielleicht ein Klaviertrio von Brahms, wenn es Ihnen recht ist.«

Und er pfiff, wie um mich aufzumuntern, die ersten Takte des H-dur-Scherzos leise vor sich hin.

2

Das Zimmer, in dem wir musizierten, lag im Hochparterre der Villa, und seine Fenster gingen auf den Garten hinaus. Wenn ich von meinem Notenblatt aufblickte, konnte ich die grüngestrichenen Türflügel des Pavillons sehen, in dem Eugen Bischof sich einzuschließen pflegte, sooft er eine neue Rolle zugeschickt erhielt. Dort studierte und memorierte er, und an manchen Tagen blieb er viele Stunden unsichtbar, und man konnte dann am späten Abend seine Silhouette hinter den erleuchteten Fenstern auftauchen und sonderbare Gesten und Bewegungen ausführen sehen, die seine Rolle ihm vorschrieb.

Die Kieswege des Gartens lagen grell im Sonnenlicht. Zwischen Fuchsien- und Georginenrabatten kauerte der alte, taube Gärtner der Villa auf dem Rasen und schnitt Gras mit einer ewig gleichbleibenden Bewegung seines rechten Armes, die meine Augen ermüdete. Im Nachbargarten lärmten Kinder, die Segelschiffe schwimmen und Drachen steigen ließen, und eine alte Dame saß in der Nachmittagssonne auf einer Bank und warf den Spatzen aus einem Beutel Brotkrumen zu. Ganz in der Ferne bewegten sich Spaziergänger und Sonntagsausflügler auf einem Wiesenweg mit Sonnenschirmen und Kinderwagen langsamen Schritts in der Richtung auf den Wald zu.

Wir hatten gegen vier Uhr nachmittags mit dem Musizieren begonnen, zwei Violin-Klaviersonaten von Beethoven und ein Schubert-Trio hatten wir schon gespielt. Nach dem Tee kam endlich dann das H-dur-Trio an die Reihe. Ich liebe dieses Trio, vor allem den ersten Satz, mit seinem feierlichen Jubel. Und darum wurde ich ärgerlich, als es an die Türe klopfte, kaum daß wir begonnen hatten. Eugen Bischoff sagte mit seiner sonoren Stimme ein mächtiges »Herein«, und ein junger Mann schob sich ins Zimmer, dessen Gesicht mir sogleich bekannt vorkam, ich wußte nur nicht recht, wo und unter welchen Umständen ich ihm schon begegnet war. Er schloß, nicht ohne Geräusch zu verursachen, die Türe, obwohl er sich augenscheinlich die größte Mühe gab, uns nicht zu stören. Er war groß, sehr blond, breitschultrig, er hatte einen beinahe viereckigen Kopf, gleich vom ersten Augenblick an mißfiel er mir, er erinnerte mich irgendwie an einen Pottwal.

Dina blickte flüchtig vom Klavier auf, als der verspätete Gast hereinkam, zu meiner Freude nickte sie ihm nur lässig zu und spielte weiter, während ihr Gatte sich geräuschlos vom Sofa erhob, um den Fremden zu begrüßen. Über mein Notenblatt hinweg sah ich die beiden miteinander flüstern, und dann wies der Pottwal mit einer fragenden und kaum merklichen Bewegung seines Kopfes auf mich – »Wer ist das? Wie kommt der hierher?« –, und ich kam zu dem Ergebnis, daß das ein sehr vertrauter Freund des Haufes sein müsse, wenn er sich eine solche Formlosigkeit erlauben durfte.

Als wir mit dem ersten Satz des Trios zu Ende waren, stellte mir Eugen Bischoff den Fremden vor.

»Ingenieur Waldemar Solgrub, ein Kollege meines Schwagers – Freiherr von Yosch, der so liebenswürdig war, für Felix einzuspringen.«

Felix, Dinas jüngerer Bruder, hörte, daß von ihm die Rede war und schwenkte seine weißbandagierte linke Hand. Er hatte sich in seinem Laboratorium eine Verbrennung zugezogen, die ihn hinderte, Geige zu spielen. Um sich dennoch nützlich zu machen, wendete er die Notenblätter um.

Nun kam auch Doktor Gorski hinter seinem Cello zum Vorschein, ein freundlich lächelnder Gnom, aber der Ingenieur nahm sich kaum Zeit, ihm die Hand zu drücken und stand schon im nächsten Augenblick bei Dina Bischoff. Und während er sich über ihre Hand beugte – er behielt sie weitaus länger, als es notwendig gewesen wäre, in der seinen, es war geradezu peinlich, es mitanzusehen –, während er über ihre Hand gebeugt dastand und eindringlich auf sie einsprach, sah ich, daß er nicht ganz so jung war, wie es anfangs den Anschein gehabt hatte. Sein blondes, kurzgeschnittenes Haar war an den Schläfen leicht ergraut, er mochte nahe den Vierzig sein, wenn er sich auch so betrug wie ein Junge von zwanzig Jahren.

Endlich entschloß er sich, Dinas Hand freizugeben, und nun kam er auf mich zu.

»Ich glaube, wir müssen einander kennen, Herr Virtuose.«

»Freiherr von Yosch heiße ich«, sagte ich sehr ruhig und sehr höflich.

Der Pottwal merkte die Zurechtweisung und entschuldigte sich. Er habe, wie das so gehe, meinen Namen bei der Vorstellung nicht recht verstanden. Er hatte eine Art, beim Sprechen die Worte mit Heftigkeit aus dem Mund zu schleudern, die mich lebhaft an sein Urbild erinnerte, wenn es den Wasserstrahl aus seinem Spritzloch hervorstößt.

»Aber Sie erinnern sich meiner doch wohl?« fragte er.

»Nein, ich bedaure aufrichtig.«

»Wenn ich nicht irre, haben wir uns vor fünf Wochen –«

»Ich glaube, Sie irren sich«, sagte ich. »Vor fünf Wochen war ich auf Reisen.«

»Ganz richtig, und zwar in Norwegen. Und wir sind auf der Strecke Christiania – Bergen vier Stunden lang einander gegenübergesessen. Stimmt das?«

Er rührt mit dem Löffel in der Teeschale, die Dina vor ihn hingestellt hat. Seine letzten Worte hat sie gehört, sie sieht uns beide neugierig an und meint:

»Ah, die Herren kennen einander schon von früher her?«

Der Pottwal lacht lautlos und vergnügt und sagt, zu Dina gewendet:

»Freilich. Aber der Baron war damals auf der Fahrt über den Hardanger Fjeld genausowenig mitteilsam wie heute.«

»Das ist leicht möglich«, gebe ich zur Antwort. »Das ist leider so meine Art, ich suche selten Bekanntschaften auf Reisen.« Und damit war die Sache für mich erledigt.

Für den Pottwal nicht. Eugen Bischoff macht irgendeine Bemerkung über das erstaunliche Personengedächtnis, das der Ingenieur wieder einmal bewiesen habe. Eugen Bischoff ist immer bereit, seinen Freunden alle möglichen Fähigkeiten und hervorragende Eigenschaften zuzusprechen.

»Ach was!« meint der Ingenieur und trinkt seinen Tee. »Das war in diesem Fall wirklich keine große Leistung. Allerdings, der Herr Baron hat ein Gesicht wie tausend andere – Sie verzeihen wohl, Baron? Es ist geradezu merkwürdig, wie sehr Sie einer ganzen Menge anderer Leute ähnlich sehen. Aber Ihre englische Pfeife, die hat eine ausgesprochen charakteristische Physiognomie; an der hab' ich Sie sofort wiedererkannt.«

Ich finde, daß seine Scherze recht gewöhnlich sind

und daß er sich ein wenig zu viel mit meiner Person befaßt. Ich weiß wirklich nicht, wie ich zu dieser Ehre komme.

»Aber jetzt erzähl doch endlich, Eugen, alter Junge!« ruft der Pottwal laut und ungeniert. »Du hattest große Erfolge in Berlin, hab' ich gelesen, alle Zeitungen waren ja voll davon. Und wie weit bist du mit deinem König Richard? Geht's vorwärts?«

»Wollen wir nicht weiterspielen?« schlage ich vor.

Der Pottwal machte eine übertrieben erschrockene und abwehrende Geste der Entschuldigung.

»Sie sind noch nicht zu Ende? Oh, ich bitte tausendmal um Verzeihung. Wirklich, ich dachte – ich bin nämlich gänzlich unmusikalisch.«

»Das ist mir durchaus nicht entgangen«, versichere ich ihm mit dem verbindlichsten Gesicht von der Welt.

Er tut, als hätte er diese Bemerkung nicht gehört. Er setzt sich, streckt die Beine von sich, nimmt ein paar Photographien vom Tisch und vertieft sich in die Betrachtung eines Bildes, das Eugen Bischoff im Kostüm irgendeines Shakespearischen Königs darstellt.

Ich beginne meine Geige zu stimmen.

»Wir haben nur eine kleine Begrüßungspause eingeschoben zwischen den ersten und den zweiten Satz – Ihnen zu Ehren, Herr Ingenieur«, sagt Doktor Gorski, und hinter mir höre ich Dina flüstern:

»Warum sind Sie zu Solgrub so unfreundlich?«

Ich muß blutrot geworden sein in diesem Augenblick, ich werde es immer, wenn sie zu mir spricht. Ich wende den Kopf zurück und sehe das fremdartige Oval ihres Gesichtes und ihre dunkeln Augen, die fragend erstaunt auf mich gerichtet sind. Und ich suche nach einer Antwort, will ihr meine Antipathie begreiflich machen, ihr erklären, daß ich ein Vorurteil habe gegen Leute, die so zur Unzeit in ein Zimmer hereingepoltert kommen. Es ist wahr, sie können ja nichts dafür, sie mögen die besten Menschen sein, ich tue ihnen unrecht, das sehe ich ein. Es ist eine unglückselige Veranlagung, die sie zwingt, immer gerade dann zu kommen, wenn sie stören. Ich gebe das zu, gerne – aber ich kann meine Antipathie nicht unterdrücken, es geht nicht, ich bin nun einmal so –

Nein! Wen will ich denn belügen? Es ist ja alles nicht wahr. Eifersucht ist es, klägliche Eifersucht, der Schmerz verratener Liebe. Wenn ich Dina sehe, werde ich zum Kettenhund, der sie bewacht. Wer in ihre Nähe kommt, wird mein Todfeind. Jeden Blick ihrer Augen, jedes Wort aus ihrem Mund will ich für mich allein haben. Daß ich nicht loskann von ihr, daß ich nicht aufstehen kann und für immer ein Ende machen! Das schmerzt, das brennt in mir –

Still! Doktor Gorski gibt das Zeichen. Er klopft mit dem Bogen zweimal an sein Notenpult, und wir beginnen den zweiten Satz.

3

Dieser zweite Satz des H-dur-Trios, wie oft schon haben mich seine Rhythmen geängstigt und erschüttert, niemals habe ich ihn ohne tiefe Niedergeschlagenheit zu Ende zu spielen vermocht, und dennoch, ihm gehört meine leidenschaftliche Liebe.

Ein Scherzo, ja. Aber welch ein Scherzo! Eine grauenvolle Lustigkeit hebt an, eine Fröhlichkeit, die einem das Blut erstarren läßt. Ein gespenstisches Gelächter fegt durch den Raum, ein wildes und düsteres Karnevalsrasen bocksfüßiger Gestalten – das ist der Anfang, so beginnt dieses sonderbare Scherzo. Und plötzlich löst sich aus dem Bacchanal der Hölle eine einsame Menschenstimme los, die Stimme einer verirrten Seele, die Stimme eines angstgequälten Herzens schwingt sich auf und klagt ihr Leid.

Aber da ist Satans Gelächter wieder, dröhnend fährt es in die reinen Klänge und zerreißt das Lied in Fetzen. – Nochmals erhebt sich die Stimme, zaghaft und leise, und sie findet ihre Melodie und trägt sie hoch empor, als wollte sie mit ihr in eine andere Welt entfliehen.

Doch den Dämonen der Hölle ist alle Macht gegeben, der Tag ist angebrochen, der letzte Tag, der Jüngste Tag, Satan triumphiert über die sündige Seele, und die klagende Menschenstimme stürzt herab aus den Höhen und versinkt in einem Judaslachen der Verzweiflung.

Minutenlang saß ich schweigend zwischen schweigenden Menschen, als der Satz zu Ende gespielt war. Dann verschwand die trostlos düstere Schattenwelt, die mich umgeben hatte. Der Traum vom Jüngsten Tag verflog, der Alpdruck des Weltgerichts wich von mir und gab mich frei.

Doktor Gorski war aufgestanden und ging langsam im Zimmer auf und nieder. Eugen Bischoff saß stumm und in sich gekehrt, und der Ingenieur dehnte und reckte sich, als wäre er eben erst erwacht. Dann nahm er eine Zigarette aus dem Kästchen, das auf dem Tisch stand, und klappte mit ziemlichem Geräusch den Deckel zu.

Mein Blick glitt zu Dina Bischoff hinüber. Oft erwacht man des Morgens mit dem Gedanken, der vor dem Einschlafen der letzte gewesen ist. Und so mußte ich jetzt, nach Beendigung des Satzes, unaufhörlich daran denken, wie erzürnt sie gewesen war, und daß ich sie versöhnen müsse. Und dieser Wunsch, sie zu versöhnen, wurde immer stärker in mir und immer drängender, je länger ich sie ansah, ich konnte an gar nichts anderes mehr denken – vermutlich war dieses kindische Verlangen eine Nachwirkung der Musik.

Jetzt wendet sie den Kopf nach mir.

»Nun, Baron, so verträumt? Woran denken Sie?«

»An meinen Hund Zamor hab' ich gedacht.«

Ich weiß wohl, warum ich das sage, ich blicke ihr fest ins Auge, wir beide wissen es, Dina und ich. Sie hat ihn gekannt, ach, wie gut hat sie ihn gekannt. – Sie zuckt zusammen, sie will nichts davon hören, sie schüttelt den Kopf und wendet sich unwillig ab. Nun habe ich sie erst recht böse gemacht. Ich hätte das nicht sagen sollen, ich hätte sie nicht an Zamor, meinen kleinen Hund, erinnern sollen, nicht gerade in diesem Augenblicke, wo sie sicherlich mit allen ihren Gedanken bei diesem Fremden, bei dem Pottwal ist.

Indessen hat Doktor Gorski Cello und Bogen in seinen Leinwandsack gepackt.

»Ich denke, es ist genug für heute«, schlägt er vor. »Den dritten Satz wollen wir dem Herrn Ingenieur erlassen, wie?«

Dina biegt den Kopf zurück und trällert das Thema des Adagios vor sich hin.

»Hören Sie – das ist, als säße man in einem Kahn, nicht wahr?«

Der Pottwal beginnt zu meiner Überraschung gleichfalls das Thema des dritten Satzes vor sich hinzusummen, beinahe fehlerlos sogar, nur ein bißchen zu rasch im Tempo. Und dann sagt er:

»Wie in einem Kahn? Nein. Ich glaube, der gleitende Rhythmus täuscht sie. Ich wenigstens habe bei diesem Thema Vorstellungen ganz anderer Art.«

»Sie kennen das H-dur-Trio sehr genau, wie ich sehe«, sage ich, und damit, scheint es, habe ich Dina Bischoff versöhnt.

Sie wendet sich sogleich voll Eifer an mich:

»Nämlich, Sie müssen wissen, unser Freund Solgrub ist ja gar nicht so unmusikalisch, wie er sich gibt. Er hält sich bloß für verpflichtet, eine Erhabenheit über die Musik und über alle anderen unnützen Künste zur Schau zu tragen. Nicht wahr, Ihr Beruf verlangt das, Waldemar! Und er will mich glauben machen, daß er meinen Mann als Schauspieler auch nur gelten läßt, weil er sein Bild auf Ansichtskarten und in einer Illustrierten Zeitschrift gefunden hat – Schweigen Sie, Waldemar, ich kenne Sie genau.«

Der Pottwal tut, als wäre nicht von ihm die Rede. Er holt ein Buch vom Regal herunter und blättert darin. Aber es ist ihm sichtlich sehr angenehm, im Mittelpunkt zu stehen und von Dina erklärt und analysiert zu werden.

»Und dabei«, mengt sich nun Dinas Bruder in die Debatte, »dabei wirkt Musik auf Solgrub so stark wie auf keinen von uns. Die russische Seele, wie? Er sieht immer gleich ganze Bilder: Eine Landschaft und das Meer mit Wolken und Wellenschlag und Sonnenuntergang oder einen Menschen und seine Bewegungen oder – wie war das kürzlich? – eine Herde flüchtender Kasuare, glaub' ich, und weiß Gott, was noch alles.«

»Letzthin einmal«, erzählt Dina, »als ich den letzten Satz der Appassionata spielte – war das die Appassionata, Waldemar, bei der Sie die sonderbare Vorstellung eines fluchenden Soldaten hatten?«

So weit sind sie schon, die beiden, dachte ich voll Bitterkeit und Zorn. – Sie spielt ihm Beethovensonaten vor. Auch zwischen uns, zwischen Dina und mir, hat es einstmals so begonnen.

Der Pottwal legt das Buch aus der Hand.

»Appassionata, dritter Satz«, sagt er nachdenklich und lehnt sich zurück und schließt die Augen. »Da sehe ich, während des dritten Satzes sehe ich – aber mit einer Deutlichkeit, die sich jetzt nicht schildern läßt, jeden Knopf an seiner Uniform könnt' ich in solch einem Augenblick beschreiben –, einen Krüppel mit einem Holzbein sehe ich, einen alten Invaliden aus Napoleons Kriegen, der fluchend und polternd durch das Zimmer hinkt.«

»Er flucht und poltert? Der Arme! Wahrscheinlich hat er seine paar ersparten Groschen eingebüßt.«

Ich habe das ganz absichtslos gesagt, ich habe mir nichts dabei gedacht, nur um einen Scherz zu machen, hab' ich das gesagt. Und schon im nächsten Augenblick fällt mir ein, welch eine peinliche Wirkung diese Bemerkung hervorrufen muß. Und wirklich: Doktor Gorski schüttelt mißbilligend den Kopf, Felix schießt mir einen zornig-entrüsteten Blick zu und hebt mahnend seine weißbandagierte Hand an den Mund, und Dina sieht mich erstaunt und tief erschrocken an. Eine

Pause verwirrten Schweigens, ich fühle, wie ich rot werde vor Verlegenheit. Aber Eugen Bischoff hat von all dem nichts bemerkt. Er wendet sich an den Ingenieur:

»Ich habe dich oft um deine Fähigkeit plastischen Sehens beneidet, Solgrub«, sagte er, und der Abgott der Galerien, der Heros der Theaterschulen sieht in diesem Augenblick sehr niedergeschlagen aus. »Du hättest Schauspieler werden sollen, lieber Solgrub.«

»Das sagen Sie, Bischoff?« ruft Doktor Gorski beinahe heftig. »Sie, der Sie voll Gestalten und Figuren sind? In Ihrem Kopf liegen sie übereinandergehäuft, die Könige und die Rebellen, die Kanzler, die Päpste, die Mörder, die Schurken, die Erzengel, die Bettler und der liebe Gott.«

»Aber nicht einen einzigen von ihnen hab' ich jemals so lebendig vor Augen gehabt wie Solgrub seinen stelzbeinigen Invaliden. Nur ihre Schatten habe ich gesehen. Nur Wolkengebilde ohne Farbe und Gestalt, bald dem, bald jenem ähnlich. Wenn ich wie Solgrub den Knopf an der Uniform beschreiben könnte – lieber Gott! Was wäre ich für ein Menschengestalter geworden.«

Ich verstehe die Resignation, die aus seinen Worten klingt. Er ist alt geworden, er ist der große Eugen Bischoff nicht mehr. Man läßt es ihn fühlen, und er fühlt es selbst, er wehrt sich dagegen und will es sich nicht zugestehen. Armer Freund, wie hoffnungslos traurig werden deine nächsten Jahre, die Jahre des Abstieges, sein!

Und plötzlich kommt mir mein Gespräch mit dem Intendanten in den Sinn, jene Bemerkung, wenn die ihm jemand hinterbrächte – wenn ich selbst – »Sie wissen, lieber Eugen, daß ich mit Ihrem Intendanten befreundet bin. Wir sprechen über mancherlei. Nun und letzthin – Ihnen kann ich es ja erzählen, Sie werden die Sache weiter nicht tragisch nehmen –, letzthin sagte er, natürlich nur im Scherz –«

Lieber Gott, was sind das für Gedanken! Verhüte der Himmel, daß er davon erfährt. Es wäre das Ende. Er ist innerlich so schwach, so haltlos, ein Windhauch wirft ihn zu Boden!

Dinas Bruder spricht jetzt auf ihn ein, der gute Junge rafft zusammen, was er an Bühnenfachausdrücken gerade bei der Hand hat: Psychologische Kleinmalerei und Eindringen in den Geist des Dichtwerks und dergleichen – aber Eugen Bischoff schüttelt den Kopf:

»Mach mir doch nichts vor, Felix!« sagte er. »Du weißt so gut wie ich, woran es mir fehlt. Das, was du sagst, das ist ja ganz richtig, aber es ist nicht das Entscheidende. Glaube mir, das alles läßt sich erlernen. Oder es kommt von selbst zugleich mit der Aufgabe, vor die man sich gestellt sieht. Nur die schöpferische Phantasie, die läßt sich nicht erlernen. Man hat sie, oder man hat sie nicht. Die aus dem Nichts eine Welt aufbauende Phantasie, die fehlt mir, und die fehlt vielen anderen auch, den meisten fehlt sie. Ja, gewiß, ich weiß, was du sagen willst, Dina: Ich habe meinen Weg gemacht, ich kann etwas, die Zeitungen mögen über mich schreiben, was sie wollen. Aber ahnt denn einer von euch, was für ein nüchterner, trockener Mensch ich in Wirklichkeit bin? – Da ist etwas geschehen, das einem die Ruhe und den Schlaf rauben müßte. Kalt müßte es einem über den Rücken laufen, der Mitternachtsschauer müßte einen packen und schütteln – aber, weiß Gott, auf mich wirkt die ganze Sache nicht viel anders, als wenn ich beim Frühstück in der Zeitung die Unfallchronik überfliege.«

»Haben Sie heute schon die Zeitung gelesen?« warf

ich ein. Ich dachte an die Arbeiterunruhen in Petersburg, Eugen Bischoff hat viel Interesse für soziale Fragen.

»Nein, ich habe noch keine Zeitung in der Hand gehabt. Heute morgen habe ich sie vergeblich gesucht. Dina, wohin ist die Zeitung geraten?«

Dina wird blaß und rot und wieder blaß. – Gott, ja, natürlich, daran hätte ich wohl denken können, man hat die Zeitung, die die Notiz über den Zusammenbruch seines Bankhauses enthält, vor ihm versteckt. Da habe ich wieder einmal was Schönes angerichtet. Ich begehe eine Ungeschicklichkeit nach der anderen.

Aber Dina hat ihre Fassung rasch wiedergefunden, und sie sagt leichthin, in einem Tone, als spräche sie von etwas ganz Belanglosem:

»Die Zeitung? – Ich glaube, ich habe sie irgendwo unten im Garten liegen gesehen. Ich will sie schon wieder finden. Aber du hast eben von etwas so Interessantem zu sprechen begonnen, Eugen, erzähl doch weiter.«

Neben mir steht Dinas Bruder und zischt mir, hinter unbeweglichen Lippen hervor, ganz leise zu:

»Haben Sie die Absicht, Ihre Experimente fortzusetzen?«

Was soll das? Was will er damit sagen?

Ich habe eine Unvorsichtigkeit begangen in einem Augenblick der Gedankenlosigkeit, weiter nichts.

Was soll es denn anderes gewesen sein?

4

Eugen Bischoff geht auf und nieder, irgend etwas beschäftigt ihn, er scheint sich einen Gedanken in Worten zurechtzulegen. Plötzlich bleibt er vor mir stehen und sieht mich an. Sieht mir gerade ins Gesicht, prüfend, mit einem unruhigen und unsicheren Ausdruck, beinahe mißtrauisch. Dieser Blick ist mir unbehaglich, ich weiß nicht recht warum.

»Eine sonderbare Sache, Baron«, sagt er. »Es kann sein, daß Ihnen heiß und kalt werden wird, wenn ich sie Ihnen erzähle. Vielleicht werden Sie heute nachts lange keinen Schlaf finden – so eine Sache ist das. Aber hier –«, und Eugen Bischoff pocht heftig an seine Stirne, »hier oben sitzt bei mir ein Nerv, der läßt sich ungern aus seiner Ruhe bringen, der will nicht recht mittun. Er ist nur für die kleinen Alltagsvorgänge da, für das Tagtägliche des Lebens. Aber für Furcht und Grauen und Entsetzen und rasende Angst – für die taugt er nicht. Für die fehlt mir das Organ.«

»So erzählen Sie doch endlich, Bischoff!« unterbricht ihn Doktor Gorski.

»Ich weiß nicht recht, ob ich Ihnen werde begreiflich machen können, worin das Ungewöhnliche des Falles liegt. Erzählen, sehen Sie, das war niemals meine stärkste Seite. Vielleicht wird Ihnen die ganze Sache gar nicht so aufregend erscheinen. Wie gesagt –«

»Wozu die lange Einleitung, Eugen, fang doch an!« sagt der Ingenieur und streift die Asche von seiner Zigarette.

»Gut, hören Sie mich an und denken Sie sich dann, was Sie wollen. Die Sache ist die: Ich habe vor einiger

Zeit die Bekanntschaft eines jungen Seeoffiziers gemacht, der zur Ordnung seiner Familienangelegenheiten einen mehrmonatigen Urlaub erhalten hatte. Die Familienangelegenheiten, die ihn beschäftigten, waren von eigentümlicher Natur.

Er hatte einen jüngeren Bruder hier in der Stadt besessen, der Maler und Schüler der Akademie gewesen war. Dieser Bruder, der recht talentiert gewesen zu sein scheint – ich habe einige seiner Arbeiten gesehen – eine ›Kindergruppe‹, eine ›Krankenschwester‹, ein ›badendes Mädchen‹ –, dieser junge Mensch hatte eines Tages Selbstmord begangen. Einen völlig unmotivierten Selbstmord, es lag nicht der leiseste Anlaß zu einer solchen Verzweiflungstat vor, der Junge hatte weder Schulden gehabt noch sonst Geldsorgen, keine Liebschaft, keine Krankheit – kurz, die Sache war im höchsten Grade mysteriös. Und der Bruder –«

»Solche Fälle ereignen sich weit häufiger, als man glaubt«, warf Doktor Gorski ein. »Die Polizeiberichte behelfen sich gewöhnlich mit der Wendung: ›Momentane Sinnesverwirrung‹.«

»Ja. Davon war auch damals die Rede, aber die Familie gab sich damit nicht zufrieden. Den Eltern erschien vor allem das eine unfaßbar, daß ihr Sohn keinen Abschiedsbrief hinterlassen hatte. Nicht einmal das in solchen Fällen gewöhnliche ›Liebe Eltern, verzeiht mir, aber ich konnte nicht anders‹, nicht einmal diese eine kurze Zeile war unter den Papieren des Toten aufzufinden gewesen. Überhaupt auch in seinen früheren Briefen kein Wort, das auf eine bestehende oder sich entwickelnde Selbstmordabsicht hätte schließen lassen können. Die Familie also glaubte nicht an einen Selbstmord, und der ältere Bruder übernahm es, nach Wien zu gehen, um Licht in die Sache zu bringen.

Der Offizier hatte seinen festen Plan, den er mit aller Energie und Zähigkeit durchführte. Er bezog die Wohnung des Bruders, er nahm die Gewohnheiten, ja sogar die Tageseinteilung seines Bruders an, er suchte Bekanntschaften mit allen Menschen, mit denen der Junge verkehrt hatte. Anderen Gelegenheiten, Menschen kennenzulernen, ging er aus dem Wege. Er wurde der Schüler der Akademie, er zeichnete und malte, er verbrachte täglich einige Stunden in seines Bruders Stammcafé, ja er trieb die Konsequenz so weit, daß er die Kleider des Verstorbenen trug und daß er sich sogar in einen italienischen Sprachkurs für Anfänger einschreiben ließ, den sein Bruder frequentiert hatte, und er hielt die Lehrstunden mit peinlicher Genauigkeit ein, obwohl er als Marineoffizier das Italienische vollkommen beherrschte. Und alles tat er in der Überzeugung, daß er auf diese Art unfehlbar irgendeinmal unversehens auf die Ursache des rätselhaften Selbstmordes stoßen müsse – durch nichts ließ er sich darin beirren.

Er führte dieses Leben, das eigentlich das Leben eines anderen war, volle zwei Monate hindurch, und ich kann nicht sagen, ob er in dieser Zeit seinem Ziele näher gekommen ist. Aber eines Tages kam er sehr verspätet nach Hause. Seiner Wirtin, die ihm das Essen auf sein Zimmer brachte, fiel diese Verspätung auf, denn sie stand im Widerspruch zu seiner sonstigen, bis auf die Minute geregelten Lebensweise. Er war nicht gerade schlechter Laune, obgleich er ärgerliche Bemerkungen über die kaltgewordenen Speisen machte. Er erzählte, daß er die Absicht habe, am Abend in die Oper zu gehen, hoffentlich, sagte er, bekomme man noch Karten, und für elf Uhr bestellte er ein kaltes Abendessen auf sein Zimmer.

Eine Viertelstunde später kam die Köchin mit dem

schwarzen Kaffee. Die Türe war versperrt, aber sie hörte den Offizier im Zimmer auf und ab gehen. Sie klopfte, sagte: ›Der Kaffee, Herr Leutnant!‹ und stellte die Tasse auf einen Stuhl vor die Türe. Eine Weile später kam sie nochmals, um das leere Geschirr zu holen. Der Kaffee steht noch immer unberührt vor der Türe. Sie klopft, erhält keine Antwort, sie horcht – nichts rührt sich, mit einemmal aber hört sie Worte und kurze Rufe in einer Sprache, die sie nicht versteht, und gleich darauf einen lauten Schrei.

Sie rüttelt an der Tür, sie ruft, sie schlägt Lärm, die Wirtin kommt dazu, die beiden sprengen die Tür auf – das Zimmer ist leer. Aber die Fenster sind offen, von der Straße her dringt Lärm herauf, und jetzt wissen sie auch, was geschehen ist: Unten drängen sich die Leute um eine Leiche, der junge Offizier hat sich eine halbe Minute zuvor aus dem Fenster gestürzt – auf dem Schreibtisch liegt noch seine glimmende Zigarette.«

»Aus dem Fenster gestürzt?« unterbrach der Ingenieur den Erzähler. »Das ist erstaunlich. Er hatte doch als Offizier sicherlich eine Waffe in seinem Besitz.«

»Ganz richtig. Der Revolver fand sich in seinem Schreibtischfach. Er war intakt, aber nicht geladen. Ein Armeerevolver, 9 mm Kaliber. In dem gleichen Fach lag die Munition, eine ganze Schachtel voll Patronen.«

»Weiter, weiter!« drängte Doktor Gorski.

»Weiter? Das ist alles. Er hat Selbstmord begangen, wie sein Bruder. Ich weiß nicht, ob er die Lösung des Rätsels gefunden hat. Aber wenn dies der Fall ist, dann muß er wohl seine Gründe gehabt haben, das Geheimnis mit sich zu nehmen.«

»Was sagen Sie da?« rief Doktor Gorski. » Er hat doch wohl ein Schreiben hinterlassen, eine Rechtfertigung seiner Tat, eine Zeile der Erklärung wenigstens für seine Eltern.«

»Nein.«

Nicht Eugen Bischoff hatte diese Antwort in so bestimmtem Tone gegeben, sondern der Ingenieur. Und nun fuhr er fort:

»Verstehen Sie denn nicht, daß diesem Offizier keine Zeit geblieben ist? Er hatte keine Zeit, das ist das Außerordentliche des Falles. Er kam nicht mehr dazu, seinen Revolver hervorzusuchen und zu laden. Wie hätte er Zeit finden sollen, einen Abschiedsbrief zu schreiben?«

»Du bist im Irrtum, Solgrub«, sagte Eugen Bischoff. »Der Offizier hat eine schriftliche Mitteilung hinterlassen. Freilich, sie bestand nur aus einem einzigen Wort. Oder vielmehr aus dem Bruchteil eines Wortes –«

»Das nenne ich militärische Kürze«, meinte Doktor Gorski und deutete mir mit einem lustigen Zwinkern seiner Augen an, daß er das Ganze für eine erfundene Geschichte hielte.

»Dann ist«, schloß Eugen Bischoff seinen Bericht, »die Spitze seines Bleistiftes abgebrochen, und das Papier zeigt an dieser Stelle einen breiten Riß.«

»Und das Wort?«

»Es war in höchster Eile hingekritzelt, kaum lesbar, es lautete: ›Entsetzlich‹.«

Keiner von uns sagte ein Wort, nur der Ingenieur stieß ein kurzes und scharfes »Ah« der Überraschung aus.

Dina war aufgestanden und hatte den Taster der elektrischen Lampe gedreht. Nun war es hell im Zimmer, aber das Gefühl der Beklemmung, das mich, das uns alle erfaßt hatte, wollte sich nicht verlieren.

Nur Doktor Gorski stand der Sache skeptisch gegenüber.

»Gestehen Sie es nur, Bischoff!« sagte er, »Sie haben die ganze Geschichte erfunden, um uns das Gruseln beizubringen.«

Eugen Bischoff schüttelte den Kopf.

»Nein, Doktor. Gar nichts habe ich erfunden. Es sind keine Wochen her, daß sich das alles zugetragen hat. Genauso, wie ich es Ihnen berichtet habe, hat es sich zugetragen. Ja, man stößt manchmal auf sonderbare Dinge, Doktor, das können Sie mir glauben. – Was ist deine Meinung von der Sache, Solgrub?«

»Mord!« sagte der Ingenieur kurz und entschieden. »Eine sehr ungewöhnliche Art von Mord, das steht für mich fest. Aber wer ist der Mörder? Wie kam er in das Zimmer und wohin ist er verschwunden? Man müßte die Sache einmal gründlich überdenken, wenn man mit sich allein ist.«

Er warf einen Blick auf seine Uhr.

»Es ist spät geworden, ich werde mich verabschieden müssen.«

»Unsinn. Ihr bleibt alle zum Abendessen da«, erklärte Eugen Bischoff. »Und nachher sitzen wir noch eine Weile beisammen und plaudern von erfreulicheren Dingen.«

»Wie wäre es zum Beispiel, wenn ein hier versammeltes kunstsinniges Publikum etwas aus Ihrer neuen Rolle zu hören bekäme?« meinte Doktor Gorski.

Eugen Bischoff sollte in ein paar Tagen zum erstenmal den Richard III. spielen, das war in allen Zeitungen gestanden. Aber Doktor Gorskis Vorschlag schien ihm nicht zu behagen. Er verzog den Mund, und seine Stirne legte sich in Falten.

»Heute nicht«, sagte er. »Ein anderes Mal gerne.«

Dina und ihr Bruder begannen lebhaft auf ihn einzusprechen. – Warum denn nicht heute? Was für eine Laune! Und alle hätten sich schon darauf gefreut.

»Etwas will man ja doch vor der misera plebs der Logen und des Parketts voraus haben, wenn man die Ehre hat, Sie persönlich zu kennen, Bischoff«, gestand Doktor Gorski.

Eugen Bischoff schüttelte den Kopf und blieb bei seiner Verweigerung.

»Nein, heute nicht. Es geht nicht. Ihr würdet etwas gänzlich Unfertiges zu hören bekommen, und das will ich nicht.«

»So eine Art Generalprobe vor guten Freunden«, schlug der Ingenieur vor.

»Nein. Ihr sollt mich nicht drängen. Ich lasse mich doch sonst, weiß Gott, nicht bitten. Es macht mir ja selbst Vergnügen. Aber heute geht es nicht. Ich habe mir das Bild dieses Richard noch nicht geformt. Ich muß ihn vor Augen haben, ich muß ihn sehen, das gehört dazu –«

Doktor Gorski gab scheinbar nach. Aber er blinzelte mir wiederum zu, denn er war im Besitze einer vorzüglichen und vielbewährten Methode, den Widerstand des Schauspielers zu überwinden, und gedachte sie anzuwenden. Er ging mit großer Schlauheit vor und begann mit unbefangem Gesicht von einem höchst mittelmäßigen Berliner Schauspieler zu erzählen, den er in dieser Rolle gesehen haben wollte. Er fand für diesen Darsteller Worte des höchsten Lobes:

»Sie wissen, Bischoff, ich bin kein Galerieenthusiast, aber dieser Semblinsky – einfach fabelhaft. Die Einfälle, die der Mann hatte! Wie er auf den Stufen des Palastes sitzt, den Handschuh in die Höhe wirft und wieder fängt und sich dehnt und streckt wie eine Katze in der Sonne! Und dann, wie er den Monolog aufbaut!«

Und um Eugen Bischoff einen Begriff von dieser Leistung zu geben, fängt Doktor Gorski mit viel

Pathos und leidenschaftlichen Bewegungen zu deklamieren an:

»›Ich, um dies schöne Ebenmaß betrogen, von der Natur um Bildung falsch verkürzt‹ – «

Er unterbrach sich selbst mit einer textkritischen Bemerkung:

»Nein, umgekehrt, zuerst kommt ›verkürzt‹, dann ›betrogen‹. Macht nichts.

›Entstellt, verwahrlost – ‹ – wie geht es weiter? – ›vor der Zeit gesandt in diese Welt des Atmens‹ – «

»Genug, Doktor!« unterbrach ihn der Schauspieler vorläufig noch sehr sanft.

»›In diese Welt des Atmens‹ – stören Sie mich nicht – ›halb kaum fertig gemacht, und zwar so lahm und ungeziemend, daß Hunde bellen, hink' ich wo vorbei‹ – «

»Genug!« rief Eugen Bischoff und preßte die Fäuste an die Ohren. »Hören Sie auf! Sie machen mich krank.«

Doktor Gorski ließ sich nicht beirren:

»›Und darum, weil ich nicht als ein Verliebter kann kürzen diese fein beredten Tage, bin ich gewillt, ein Bösewicht zu werden‹ – «

»Und ich bin gewillt, Ihnen den Hals umzudrehen, wenn Sie nicht aufhören«, fuhr Eugen Bischoff auf ihn los. »Ich bitte Sie, Sie machen ja aus diesem Gloster einen sentimentalen Hanswurst. Richard III. ist ein Raubtier, ein Unhold, eine Bestie – aber doch ein Mann und ein König, kein hysterischer Hanswurst, zum Teufel noch einmal.“

Er begann, von der Rolle gepackt, aufgeregt im Zimmer hin und her zu gehen. Plötzlich blieb er stehen, und nun kam es genauso, wie es Doktor Gorski vorhergesehen hatte.

»Ich werde euch zeigen, wie man den Richard spielen muß. Jetzt einmal Ruhe – ihr sollt den Monolog zu hören bekommen.«

»Ich habe meine eigene Auffassung von der Figur«, sagte Doktor Groski mit kühler Impertinenz. »Aber, bitte – *Sie* sind der Schauspieler, ich lasse mich gerne belehren.«

Eugen Bischoff streifte ihn mit einem tückischen Blick voll hämischer Verachtung. Im Begriffe, sich in den Shakespearischen König zu verwandeln, sah er nicht mehr Doktor Gorski vor sich, sondern seinen armseligen Bruder Clarence.

»Aufgepaßt!« befahl er. »Ich gehe rasch hinüber in den Pavillon. Macht inzwischen die Fenster auf, man hält es hier ja nicht aus vor Rauch. – Ich bin gleich wieder da.«

»Du willst dich schminken?« meinte Dinas Bruder. »Wozu das, Eugen? Wir verzichten auf die Maske.«

Eugen Bischoffs Augen flackerten und glänzten. Er war in einer Erregung, wie ich ihn in einer ähnlichen nie zuvor gesehen hatte. Und er sagte etwas sehr Sonderbares:

»Schminken? Nein. Den Knopf an der Uniform will ich sehen. Eine Weile müßt ihr mich allein lassen. In zwei Minuten bin ich wieder da.«

Er ging hinaus, aber gleich darauf kam er wieder zurück.

»Hören Sie – Ihr Semblinsky, Ihr großer Semblinsky, wissen Sie, was er ist? Ein Dummkopf. Ich hab' ihn einmal als Jago gesehen – eine Katastrophe!«

Und nun war er draußen, ich sah ihn eilig durch den Garten gehen, er sprach mit sich selbst, er gestikulierte, er war schon auf Baynards Schloß, in König Richards Welt. Beinahe hätte er, wie er so davonlief, seinen alten Gärtner umgestoßen, der noch immer, obwohl es auch draußen schon dunkel war, auf dem

Rasen kniete und Gras schnitt. Gleich darauf verschwand Eugen Bischoffs Gestalt, und einen Augenblick später wurden drüben im Pavillon die Fenster hell und streuten zitternde Lichter und bewegte Schatten über den großen, schweigenden, nächtlichen Garten.

5

Noch immer hörte Doktor Gorski nicht auf, mit falschem Pathos und einem lächerlichen Aufwand an Gesten Verse aus den Dramen Shakespeares zu deklamieren, er tat es nunmehr, da Eugen Bischoff das Zimmer verlassen hatte, aus reiner Begeisterung für die Sache, aus Eigensinn und um sich die Zeit des Wartens zu verkürzen. Jetzt hielt er, völlig wild geworden, beim König Lear und bestand darauf, mit seiner etwas heiseren Stimme uns allen zum Verdruß die Lieder des Narren vorzutragen, nach Melodien, die der Augenblick ihm eingab. Indessen saß der Ingenieur schweigend in seinem Lehnstuhl, zündete eine Zigarette an der anderen an und betrachtete das Teppichmuster zu seinen Füßen. Ihn ließ die Geschichte des jungen Seeoffiziers nicht zur Ruhe kommen, die rätselhaften und tragischen Umstände dieses Selbstmordes fuhren fort, ihn zu beschäftigen. Bisweilen fuhr er auf und sah verwundert und kopfschüttelnd den singenden Doktor an, so wie man ein seltenes und unbegreifliches Phänomen anstaunt, und einmal machte er den Versuch, ihn in die Welt vernünftiger Tatsachen zurückzuführen.

Er beugte sich vor und erhaschte mit einem entschlossenen Griff Doktor Gorskis Handgelenk.

»Hören Sie, Doktor, etwas an der Sache ist mir ganz und gar nicht klar. Einen Augenblick, bitte, so hören Sie mir doch zu! Nehmen wir einmal an: Es war ein Selbstmord, und er kam aus dem Entschluß eines Augenblicks. Gut. Aber warum, frage ich Sie dann, hat sich der Offizier schon eine Viertelstunde vorher in sein Zimmer eingeschlossen. Denkt noch gar nicht an

Selbstmord und sperrt die Türe ab – zu welchem Zweck? Erklären Sie mir das, bitte!«

»Der dir's geraten, Lear,
Dein Land zu geben hin,
Den stell hieher zu mir,
Oder steh du für ihn!«

Das und eine unwillig abwehrende Bewegung, eine solche, mit der man etwa Fliegen wegscheucht – das war alles, was Doktor Gorski zur Antwort gab.

»Lassen Sie den Unsinn, Doktor!« sprach der Ingenieur auf ihn ein. »Eine Viertelstunde vorher schon sperrt er die Türe ab. Er hat Zeit genug, sollte man denken, seine Vorbereitungen zu treffen. Und dann springt er aus dem Fenster. Aber das tut ein Offizier doch nicht, der einen Revolver in seinem Schreibtischfach hat und eine ganze Schachtel Munition dazu.«

Doktor Gorski ließ sich durch alle diese Erwägungen und Schlußfolgerungen in seinem Vortrag Shakespearescher Verse nicht stören. Der schöne Wahn hielt ihn gepackt. Er bot einen Anblick zum Lachen, wie er, klein und ein wenig verwachsen, ein schwärmerischer Gnom, in der Mitte des Zimmers stand und sang und dazu die Saiten einer imaginären Laute schlug:

»Der süß und bittre Narr
zeigt sich dir nun sofort –«

Der Ingenieur erkannte endlich das Aussichtslose des Versuches, ihn für ein Eingehen auf seine Überlegungen zu gewinnen, und wendete sich an mich:

»Das ist eigentlich ein Widerspruch, finden Sie nicht auch? Lassen Sie mich doch, bitte, nicht vergessen, Eugen Bischoff danach zu fragen, bevor wir weggehen.«

»Wohin ist den eigentlich meine Schwester verschwunden?« fragte Felix plötzlich.

»Sie hat ganz recht daran getan, zu gehen, es ist viel zu viel Rauch im Zimmer«, meinte der Ingenieur und warf seinen Zigarettenrest in die Aschenschale. »Magna pars fui, ich bekenne es. – Wir hätten die Fenster öffnen sollen, das haben wir vergessen.«

Niemand beachtete es, als ich hinausging, leise zog ich die Türe hinter mir zu. Ich dachte, Dina im Garten zu finden, ich ging die Kieswege zu beiden Seiten des Rasens ab, bis an den hölzernen Zaun des Nachbargartens. Aber ich traf sie an keinem ihrer gewohnten Plätze. Auf dem Gartentisch unterhalb der Böschung lag aufgeschlagen ein Buch, seine Blätter fühlten sich feucht an vom Regen der letzten Tage her oder vom nächtlichen Tau. Einmal glaubte ich in einer Mauernische eine Gestalt zu sehen – das ist Dina – dachte ich, aber als ich näherkam, waren es Gartengeräte, zwei leere Gießkannen, ein Korb, ein aufrechtstehender Rechen und eine zerrissene Hängematte, die der Wind bewegte.

Ich weiß nicht, wie lange ich im Garten geblieben bin. Vielleicht lange Zeit. Vielleicht stand ich an den Stamm eines Baumes gelehnt und träumte.

Plötzlich hörte ich Lärm und lautes Lachen aus dem Zimmer. Eine Hand fuhr übermütig über die Tasten des Klaviers von der tiefsten Oktave bis zu den höchsten schrillen Tönen hinauf. Felix' Figur erschien wie ein großer, dunkler Schatten in der Fensteröffnung.

»Hallo! Eugen!« rief er in den Garten. »Nein – Sie sind es, Baron?«

Seine Stimme bekam plötzlich einen besorgten und unruhigen Klang.

»Wo waren Sie? Wo kommen Sie her?«

Hinter ihm wurde Doktor Gorski sichtbar, auch er erkannte mich und begann zu deklamieren:

»Treff' ich dich hier im Mondenschein –«

Er brach ab, einer von den beiden anderen hatte ihn mit Gewalt vom Fenster weggezogen, und ich hörte ihn nur noch rufen:

»Vermessener! Ha!«

Dann war Stille. Über ihren Köpfen im ersten Stockwerk der Villa wurde es plötzlich hell. Dina erschien auf der Veranda und deckte, von dem milchigen Licht der Stehlampe umflossen, den Tisch zum Abendessen.

Ich ging zurück ins Haus und die hölzerne Treppe hinauf, die zur Veranda führte. Dina hörte meinen Schritt, wandte den Kopf nach mir und beschattete ihre Augen mit der Hand.

»Du bist es, Gottfried?« sagte sie.

Ich setzte mich schweigend ihr gegenüber und sah zu, wie sie Teller und Gläser auf die weiße Leinwand des Tisches stellte. Ich hörte sie tief und gleichmäßig atmen, sie atmete wie ein traumlos schlafendes Kind. Der Wind bog und schüttelte die Äste der Kastanienbäume und fegte kleine Kavalkaden herbstlich verwelkter Blätter vor sich her über den Kiesweg. Unten im Garten war der alte Gärtner noch immer bei der Arbeit. Er hatte seine Laterne angezündet, sie stand neben ihm auf dem Rasen, und ihr trüber Glanz vermischte sich mit dem hellen Lichtschein, der breit und ruhig aus den Fenstern des Pavillons floß.

Plötzlich fuhr ich zusammen.

Jemand hatte meinen Namen gerufen – »Yosch!« –, nur meinen Namen, nichts weiter, aber in dem Klang dieser Stimme war etwas, was mich erschreckte: Zorn, Vorwurf, Abscheu und Überraschung –

Dina hielt in ihrer Arbeit inne und horchte hinaus. Dann blickte sie mich fragend und verwundert an:

»Das ist Eugen«, sagte Sie. »Was mag er nur wollen?«

Und jetzt – Eugen Bischoffs Stimme zum zweitenmal. – »Dina! Dina!« schreit er, doch nun klingt seine Stimme völlig verändert, nicht Zorn oder Überraschung, sondern Qual, Jammer und grenzenlose Verzweiflung ist diesmal aus ihr zu hören.

»Hier bin ich, Eugen! Hier!« ruft Dina und beugt sich weit hinaus in den Garten.

Zwei – drei Sekunden lang keine Antwort. Dann fällt ein Schuß und gleich darauf ein zweiter.

Ich sah Dina zurückfahren, sie stand da, unfähig zu sprechen, unfähig sich zu rühren. Ich konnte nicht bei ihr bleiben, ich mußte hinunter und sehen, was geschehen war. Ich glaube mich zu erinnern, daß ich im ersten Augenblick die bestimmte Vorstellung von zwei Einschleichern hatte, die über den Gartenzaun geklettert waren, um Obst zu stehlen. Ich weiß nicht, wie das gekommen ist, aber statt hinunter in den Garten, geriet ich in ein mir ganz unbekanntes, dunkles Zimmer im Hochpaterre. Ich fand den Ausgang nicht, ich fand das Fenster nicht, ich fand kein Licht. Überall Wand, ich stieß mit der Stirne schmerzhaft an etwas Hartes, Kantiges. Eine Minute lang fuhr ich im Dunkeln umher, tappte an den Wänden, immer wütender, immer ratloser.

Dann hörte ich Schritte, eine Türe ging, ein

Streichhölzchen flammte in der Finsternis auf. Vor mir stand der Ingenieur.

»Was war das?« fragte ich voll Angst und Unruhe und doch glücklich darüber, daß es nun endlich licht und daß ich nicht allein war. »Was war das? Was ist geschehen?« – Die Vorstellung von Einbrechern hatte sich zu einem deutlichen Bild verdichtet, das gesehen zu haben ich überzeugt war. Es schien mir jetzt, als wären es ihrer drei gewesen. Einer, ein Kleiner, Bärtiger, der hing oben am Gartenzaun, einer erhob sich eben vom Boden, und der dritte sprang, sich hinter Büschen und Baumstämmen deckend, in langen Sätzen auf den Pavillon zu. –

»Was ist geschehen?« fragte ich nochmals. Das Zündholz erlosch, und das blasse und verstört blikkende Gesicht des Ingenieurs verschwand in der Dunkelheit.

»Ich suche Dina«, hörte ich ihn sagen. »Wir dürfen sie nicht zu ihm lassen. Es ist schrecklich. – Einer von uns muß bei ihr bleiben.«

»Oben auf der Veranda ist sie.«

»Wie konnten Sie sie nur allein lassen!« rief er, und eine Sekunde später war er draußen. –

Ich kam in das Musikzimmer. Es war leer, ein Stuhl lag umgestürzt quer vor der Türe.

Hinunter und in den Garten. Ich erinnere mich noch der quälenden Ungeduld, die ich einen Augenblick lang fühlte, weil der Weg durch den Garten so lang war und kein Ende nehmen wollte.

Die Tür des Pavillons stand offen. Ich trat ein.

Ich wußte es plötzlich, ehe ich noch einen Blick in das Zimmer geworfen hatte, wußte ich, was geschehen war. Daß kein Kampf mit Einschleichern stattgefunden, sondern daß Eugen Bischoff Selbstmord begangen hatte. Woher mir mit einemmal diese Gewißheit gekommen ist, kann ich nicht sagen.

Er lag neben dem Schreibtisch auf der Erde, das Gesicht mir zugewandt. Rock und Weste waren aufgeknöpft, den Revolver hielt er in der steifausgestreckten rechten Hand. Im Fallen hatte er zwei Bücher, das Tintenzeug und eine kleine Marmorbüste Ifflands mit sich gerissen. Neben ihm kniete Doktor Gorski auf dem Fußboden.

In dem Augenblick, da ich ins Zimmer kam, war noch Leben in Eugen Bischoff. Er schlug die Augen auf, seine Hand zuckte, sein Kopf bewegte sich. War es Täuschung? Sein vom Schmerz leicht verzogenes Gesicht nahm, so schien es mir, als er mich erkannte, den Ausdruck einer namenlosen Überraschung, eines fassungslosen Staunens an.

Er versuchte sich aufzurichten, er wollte sprechen, stöhnte und fiel zurück. Doktor Gorski hielt seine linke Hand.

Aber nur einen kurzen Augenblick trugen seine Züge jenen rätselhaften Ausdruck einer grenzenlosen Verwunderung. Dann verzerrten sie sich zu einer Grimasse wütenden Hasses.

Und dieser Blick voll Haß blieb in seinem Gesicht, blieb auf mich geheftet und ließ mich nicht los. Mir galt dieser Blick, mir allein, und ich konnte ihn nicht deuten, ich begriff nicht, was er mir sagen sollte. Und ich verstand mich selbst nicht, es war mir unerklärlich, daß ich, einem Sterbenden gegenüberstehend, nicht Schrecken empfand, nicht Furcht und nicht Erschütterung, sondern nur ein leises Unbehagen vor seinem Blick und eine Scheu, mit dem Blutfleck auf dem Teppich in Berührung zu kommen, der größer und größer wurde.

Doktor Gorski erhob sich. Eugen Bischoffs einst so

bewegliches Gesicht war zu einer bleichen, starren, schweigenden Maske geworden.

Von der Türe her hörte ich Felix rufen:

»Sie kommt! Sie ist schon im Garten! Doktor, was sollen wir tun?«

Doktor Gorski hatte einen Regenmantel von der Wand genommen und breitete ihn über Eugen Bischoffs leblosen Körper.

»Gehen Sie ihr entgegen, Doktor!« bat Felix. »Sprechen Sie mit ihr, ich kann es nicht.«

Ich sah Dina durch den Garten auf den Pavillon zukommen, und neben ihr ging der Ingenieur und gab sich Mühe, sie zurückzuhalten. Mich überfiel plötzlich eine unendliche Müdigkeit, das Stehen wurde mir schwer, am liebsten hätte ich mich auf den Rasen niedergeworfen, um auszuruhen. – Es ist nichts, sagte ich mir, nur eine vorübergehende Schwäche, vielleicht, weil ich vorhin so rasch durch den Garten gelaufen bin.

Und während Dina in der Türe des Pavillons verschwand, hatte ich ein sonderbares Erlebnis.

Es war der taube Gärtner. Er stand neben mir, über den Rasen gebeugt, er war noch immer bei seiner Arbeit, als wäre nichts geschehen.

Für ihn hatte sich nichts ereignet. Für ihn war alles noch wie vorher. Er hatte nicht den Schrei gehört und nicht den Schuß. Doch nun mochte er meinen Blick, der auf ihm ruhte, fühlen, denn er richtete sich auf und sah mich an.

»Sie haben mich gerufen, Herr«, sagte er.

Ich schüttelte den Kopf. – Nein. Ich hatte ihn nicht gerufen.

Aber er glaubte mir nicht. Der Lärm, der gedämpft und verworren in seine tauben Ohren gedrungen war, hatte in ihm die unbestimmte Vorstellung ausgelöst, daß irgend jemand seinen Namen genannt hätte.

»Doch. Sie haben mich gerufen, Herr«, wiederholte er in mürrischem Ton, und er ließ mich, während er in seiner Arbeit fortfuhr, nicht mehr aus den Augen, blickte mich argwöhnisch von der Seite her an.

Und jetzt – jetzt erst kam es über mich, das Grauen, das ich vor Eugen Bischoffs Leiche nicht gefühlt hatte, jetzt war es plötzlich da. Entsetzen schüttelte mich, eiskalt lief es mir über den Rücken. – Nein! Ich habe ihn nicht gerufen – wie er dasteht und mich anstarrt und die Sichel schwingt und die Halme mäht –, es ist der alte, taube Gärtner, ja, aber einen Augenblick lang sah er aus wie auf einem alten Bilde die Gestalt des Todes.

6

Es war nur ein kurzer Augenblick, und dann hatte ich meine Nerven und meine Sinne wieder in der Gewalt. Ich schüttelte den Kopf, ich mußte lächeln darüber, daß ich, im Wachen träumend, in dem einfältigen alten Diener des Hauses den schweigenden Boten gesehen hatte, den dunkeln Fergen des ewigen Stromes. Langsam ging ich den Garten hinunter, bis ich an den Rand der Böschung kam, und dort, an einem versteckten Platz zwischen dem Gartenzaun und dem Gewächshaus, fand ich einen Tisch und eine Bank und ließ mich nieder.

Es mußte geregnet haben, oder war es der nächtliche Tau? Die Blätter und die Zweige der Holunderbüsche schlugen mir feucht ins Gesicht, ein Wassertropfen glitt mir die Hand hinunter. Nicht weit von mir mußten Fichten oder Tannen stehen, ich sah sie nicht in der Dunkelheit, aber ihr Geruch kam bis zu mir.

Es tat mir wohl, hier zu sitzen, ich sog die kühle, feuchte Luft des Gartens ein, ließ den Wind über mein Gesicht streichen, ich horchte auf die Atemzüge der Nacht. In mir war ein leise bohrendes Gefühl der Angst, ich fürchtete, daß ich vermißt und gesucht und am Ende hier gefunden werden könnte. Nein! Ich mußte allein bleiben, mit niemandem konnte ich jetzt sprechen, Dina und ihr Bruder – ich hatte Angst, ihnen zu begegnen, was hätte ich ihnen denn sagen können! Nur hohle Worte eines jämmerlichen Trostes, vor dessen Nichtigkeit mir graute.

Ich war mir klar darüber, daß mein Verschwinden als das gedeutet werden mußte, was es im tiefsten Grunde auch war: als eine Flucht vor dem Gewicht der Stunde. Aber das galt mir gleich. Und mir fiel ein, daß ich oftmals als Kind dasselbe getan hatte: Wenn ich an meiner Mutter Namenstag sorgsam eingelernte Wünsche und Verse hatte sagen sollen, dann war ich von einer ähnlichen Angst befallen gewesen. Ich hatte mich gefürchtet und versteckt gehalten und war nie zu finden gewesen und erst hervorgekommen, wenn alles längst vorüber war.

Aus dem geöffneten Küchenfenster eines Nachbarhauses kamen jetzt die Töne einer Mundharmonika zu mir herüber. Ein paar Takte eines leeren, dummen Walzers, den ich schon tausendmal gehört hatte, Valse bleue oder Souvenir de Moscou – ich konnte mich an seinen Namen nicht erinnern. Wie kam es nur, daß diese Töne mich so tief beruhigten, daß alles Schwere, das auf mir gelastet hatte, mit einemmal verflogen war? Valse bleue: die rechte Trauermusik für den Tod eines Menschen. Dort drüben im Pavillon lag einer auf der Erde, der nicht mehr meinesgleichen, der von einer anderen Welt war, ein unbegreiflich fremdes Wesen. Aber wo blieb der Schauer des Erhabenen, des Tragischen, des Unfaßbaren und Unabänderlichen? Valse bleue! Eine banale Walzermelodie, das ist der Rhythmus des Lebens und des Sterbens, so kommen wir und so scheiden wir. Was uns erschüttert und zu Boden wirft, wird zum ironischen Lächeln auf dem Antlitz des Weltgeistes, dem Leid und Trauer und der Tod der Kreatur nichts ist als das vom Urbeginn der Zeiten an allstündlich und ewig sich Wiederholende. –

Plötzlich brach die Musik ab, und einige Minuten hindurch war tiefe Stille, nur die Regentropfen fielen unaufhörlich von den Zweigen der Ahornbäume auf das gläserne Dach des Gewächshauses. Dann begann die Mundharmonika von neuem, und diesmal war es ein Marsch. – Irgendwo in der Nähe schlug eine Turmuhr.

Zehn Uhr! zählte ich. – So spät ist es! Und ich sitze hier und horche auf das Spiel einer Mundharmonika. Und drüben – Dina und ihr Bruder – vielleicht brauchen sie mich – sicher sucht man mich – Dina kann nicht an alles denken!

Und sogleich fielen mir eine Menge Dinge ein, die angeordnet werden mußten. Die Behörde hat in einem solchen Fall verständigt zu werden, der städtische Arzt muß kommen, – die Leichenbestattungsgesellschaft – und ich sitze da und horche auf die Musik aus einem Küchenfenster! Die Blätter muß man benachrichtigen, die Zeitungen – Dina kann ja nicht an alles denken, unmöglich. Wozu sind denn wir da? Kein Wort von Selbstmord darf in die Blätter, einen Wagen nehmen und bei den Redaktionen vorfahren! Ein plötzlicher Todesfall, unerwartetes Hinscheiden des beliebten Künstlers. Auf der Höhe seiner Schaffenskraft, unersetzlicher Verlust für die deutsche Bühne – vielen Tausenden seiner Verehrer – der schwerbetroffenen Familie –

Und die Theaterkanzlei! Mit einemmal fiel es mir ein. Lieber Gott, daß daran niemand gedacht hatte! Der Spielplan für die nächste Woche muß geändert werden, das ist jetzt das Allerwichtigste. Ob noch in der Kanzlei amtiert wird, heute am Sonntag, um diese Stunde?! Zehn Uhr – man muß sogleich anrufen, oder – besser noch – ich setze mich mit dem Intendanten in Verbindung. Daß ich nicht früher daran gedacht habe – ich als Freund des Hauses – aber jetzt – keine Zeit verlieren –

Ich wollte aufspringen und fort, ein Trieb, zu handeln, das Notwendige zu tun, die ganze Sorge des Augenblicks auf mich zu nehmen, hatte mich erfaßt. –

Man muß telephonieren, sagte ich mir nochmals – in fünf Minuten ist es vielleicht schon zu spät – niemand mehr in der Kanzlei – Dienstag, König Richard III. – und dann blieb ich dennoch sitzen, schlaff und matt und zum Sterben müde, und unfähig, irgendeinen meiner Entschlüsse auszuführen.

Ich bin krank, flüsterte ich mir zu und machte nochals einen Versuch, aufzustehen. – Natürlich, Fieber, ich dachte mir's. Ohne Mantel und Hut im Freien sitzen in der kalten Nachtluft, und die Nässe, die Nässe! Das kann der Tod sein. – Und ich nahm die Zeitung aus der Tasche – ich trug sie bei mir, weiß Gott, wozu ich sie zu mir gesteckt hatte – Sorgfältig breitete ich ihre Blätter auf der Bank aus, damit ich nicht in der Nässe sitzen mußte. Und plötzlich hatte ich die Stimme meines alten Arztes im Ohr, so deutlich hörte ich sie, als ob er neben mir gestanden wäre:

»Was muß ich hören, Baron, krank sind wir? Ein bißchen stürmisch gelebt in der letzten Zeit, wie? Ein bißchen müde geworden, nicht wahr? Also ein paar Tage Bettruhe, zwei Tage, drei Tage vielleicht, wir haben ja Zeit, wir versäumen ja nichts. Gut zugedeckt, nicht wahr, und heißen Tee, wird besimmt nicht schaden, und Ruhe, nur Ruhe und noch einmal Ruhe, keine Briefe, keine Zeitungen, keine Besuche, das wird uns guttun, ach, wird uns das guttun! Also hübsch folgen dem alten Doktor, er meint es gut, und gleich nach Hause gehen, hier haben wir nichts mehr zu suchen. Wir sind recht krank, Fieber, wie? Lassen Sie einmal den Puls sehen –«

Gehorsam erhob ich die Hand und fuhr auf aus Schlaf und Traum und saß allein auf der naßkalten Bank. Wahrhaftig, ich war krank, der Frost schüttelte mich, meine Zähne schlugen wild aneinander. Ich wollte nach Hause, ohne Abschied, einfach davongehen, man brauchte mich nicht, wer brauchte mich denn? Dina und Felix, die wußten selbst, was sie zu tun hatten, und Doktor Gorski war ja auch da, ich stand allen nur im Wege.

Gute Nacht, Garten! Gute Nacht du, Mundharmonika, Gefährtin dieser einsamen Stunde – lieber, alter Eugen, gute Nacht für alle Zeit! Ich gehe, ich lasse dich allein, du brauchst mich nicht mehr. –

Ich stand auf, müde, durchnäßt und durchfroren, ich wollte gehen und tastete nach meinem Hut. Aber ich fand ihn nicht und konnte mich nicht darauf besinnen, wo ich ihn gelassen hatte. Und während ich auf dem Gartentisch nach ihm suchte, stieß meine Hand auf das Buch, das hier seit vielen Tagen oder Wochen aufgeschlagen lag.

Vielleicht war es, weil meine Finger die regenfeuchten Blätter berührten, vielleicht war ein kalter Windstoß schuld, der in dem Augenblick, da ich mich zum Gehen wandte, mein Gesicht traf: Ich weiß nicht, wie es kam, aber ich fühlte plötzlich den Hauch und Duft eines längst vergangenen Tages um mich, nur eine Sekunde lang, aber in dieser Sekunde stand er lebendig vor meinen Augen, und ich erkannte ihn wieder. Ein Herbstmorgen, draußen auf den Hügeln vor der Stadt, von den Äckern her kam der Geruch des welkenden Kartoffelkrautes. Wir gingen den Waldweg hinauf, vor uns stand die grüne Hügelwand, und über den Baumwipfeln trieb ein ferner, weißer Dunst. Wie eine Ahnung kommenden Trostes lag es auf der Landschaft, kühl und klar war der blaue Herbsthimmel, und zu beiden Seiten des Weges standen brennendrot die Hagebuttenbüsche.

Während wir gingen, lehnte Dinas Kopf an meiner Schulter, der Wind trieb sein Spel mit den kurzen, braunen Locken auf ihrer Stirne. Einmal blieben wir stehen, und sie sagte Verse vor sich hin, Verse von herbstlich roten Blättern und von dem silbernen Dunst, der über den Hügeln lag.

Dann verschwand das Bild, verging so jäh, wie es gekommen war. Aber eine Erinnerung tauchte in mir auf: Ein Haus hoch oben in den Bergen, Silvesternacht, Schneewächten ringsumher, an den Fenstern eine dicke Eisschicht – wie gut, daß der Wirt den kleinen Eisenofen in meine Stube gestellt hat, er knistert und sprüht Funken und ist weiß vor Glut. Draußen kratzt mein Hund an der Türe und winselt und will zu uns herein. – »Das ist Zamor«, sagte sie leise. »Mach ihm doch auf. Der wird mich nicht verraten.« Und ich machte mich los von Dinas Lippen und aus Dinas Armen, um ihm zu öffnen, und einen kurzen Augenblick lang dringt durch die Türe ein kalter Luftzug zu uns herein und Gläserklirren und gedämpfte Tanzmusik. –

Dann war auch dieses Bild verschwunden, nur das Gefühl der Kälte blieb und die Tanzmusik, die von drüben her aus dem Küchenfenster kam. Und in mir war wilde Verzweiflung und ein stechender Schmerz – wie, um Gottes willen, ist es gekommen, daß wir einander so fremd geworden sind? schrie es in mir auf. – Kann denn das sein, daß das verschwindet, was einmal zwei Menschen miteinander verbunden hat? Wie ist es möglich, daß wir heute einander gegenübergesessen sind wie zwei Fremde und hatten einander nichts zu sagen! Wie hat es nur geschehen können, daß sie mir so plötzlich aus den Armen geglitten ist, und ein anderer hält sie an sich gepreßt, und ich, ich bin es jetzt, der draußen steht und an der Türe kratzt und winselt.

Und jetzt, in diesem Augenblick erst, drang es in mein Bewußtsein, daß jener andere tot war; und dieses Wort »tot«, was es bedeutet, in dieser Sekunde erst verstand ich es.

Und Staunen und Überraschung ergriff mich bei dem Gedanken an dieses Spiel des Zufalls, daß ich hier war, gerade heute und in dieser Stunde, daß ich zur Stelle war, da das Schicksal winkte. – Nein! Das war kein Spiel des Zufalls, das war mir so bestimmt gewesen, weil es unabänderliche Gesetze gibt, denen wir gehorchen.

Und nun, da es geschehen war, hatte ich davongehen wollen, hatte mich fortstehlen wollen – ich verstand nicht, wie nur dieser Gedanke hatte kommen können. Und oben saß Dina, saß im dunkeln Zimmer und wartete:

»Du bist es, Gottfried? Du bist so lange fortgeblieben –«

»– Ich bin aufgestanden, Liebste, um die Türe zu öffnen. Du wolltest es ja. Da bin ich wieder –«

Noch immer war Licht im Pavillon. Ich stand hinter dem Stamm eines Kastanienbaumes verborgen und wartete.

Die Tür öffnete sich, und ich hörte Stimmen. Felix war es, der heraustrat, er trug eine Laterne in der Hand und ging langsam auf das Haus zu.

Hinter ihm kamen wie ein Schatten zwei Gestalten: Dina und Doktor Gorski.

Sie sah mich nicht.

»Dina«, sagte ich leise, als sie dicht an mir vorüberging – beinahe hätte mich ihr Arm gestreift.

Sie blieb stehen und griff nach Doktor Gorskis Hand.

»Dina«, sagte ich noch einmal. Da ließ sie Doktor Gorskis Hand los und machte einen Schritt auf mich zu.

Die Laterne glitt die Stufen hinauf und verschwand im Haustor. Einen Augenblick lang noch ließ mich ihr Schein Dinas Gestalt erkennen, einen Augenblick lang warfen die Bäume Schatten und die Büsche und das Efeugeranke – dann lag der Garten wieder in tiefer Dunkelheit.

»Sie sind noch da?« hörte ich Dinas Stimme dicht vor mir. »Was suchen Sie noch hier?«

Irgend etwas glitt über meine Stirne wie eine leichte, warme Hand. Ich griff danach – es war nur ein welkes Kastanienblatt, das von der Baumkrone herab zur Erde taumelte.

»Meinen Hund Zamor hab' ich gesucht«, sagte ich leise, und das sollt' ihr sagen, daß ich an die vergangenen Zeiten gedacht hatte.

Ein langes Schweigen.

»Wenn Sie einen Funken Menschlichkeit in sich haben«, kam endlich Dinas Stimme leise und verzagt zu mir, »dann gehen Sie jetzt, gehen Sie sogleich.«

7

Ich stand und sah ihr nach, minutenlang hatte ich den Klang der geliebten Stimme im Ohr, und erst als Dina längst verschwunden war, kam mir der Zusammenhang ihrer Worte zum Bewußtsein.

Im ersten Augenblick war ich ratlos und grenzenlos bestürzt, dann aber erwachte ein heftiger Zorn in mir, ich lehnte mich voll Erbitterung gegen den Sinn ihrer Worte auf, es war ein Unrecht, das man mir zufügen wollte. Jetzt fortgehen? O, nein! Jetzt konnte ich ja nicht gehen. Fieber und Schüttelfrost und Müdigkeit waren verschwunden.

Man muß mir Rede stehen, tobte es in mir, sie werden mir Aufklärung geben, Felix und Doktor Gorski, darauf muß ich bestehen. Ich hab' ihr doch nichts getan, lieber Gott, was hab' ich ihr denn getan? –

Gewiß, es ist ein Unglück geschehen, ein großes Unglück, eines, das sich vielleicht hätte verhindern lassen können! Aber ich bin doch, um Gottes willen, nicht schuld an diesem Unglück, ich doch nicht! Man hätte ihn nicht allein lassen sollen, nicht eine Minute hätte er allein bleiben dürfen, wie ist er denn überhaupt in den Besitz des Revolvers gekommen? Und jetzt will man etwa mir die Schuld geben? Ich verstehe, daß man in solch einem Augenblick ungerecht wird und die Worte nicht wägt. Aber gerade deswegen muß ich bleiben, man ist mir Aufklärung schuldig, ich muß –

Plötzlich kam mir ein Gedanke, ein ganz selbstverständlicher Gedanke, der mir meine Erregung lächerlich erscheinen ließ. – Natürlich, es war ein Mißverständnis. Zweifellos, es konnte nur ein Mißverständnis gewesen sein. Ich hatte Dinas Worte falsch aufgefaßt, ganz anders waren sie gemeint gewesen. Daß ich nach Hause gehen solle, weil ich hier nicht mehr helfen könne, das hatte sie sagen wollen, nichts weiter, das war ja klar. Sonnenklar. Niemand dachte daran, mir die Schuld zu geben. Da hatten mir die überreizten Nerven einen Streich gespielt. Doktor Gorski war ja dabei gewesen, er hatte alles mit angehört. Ich war entschlossen, auf ihn zu warten, er sollte mir bestätigen, daß das Ganze nur ein Mißverständnis war.

Lange kann es ja nicht dauern, sagte ich mir. Lange werde ich nicht zu warten haben. Felix und Doktor Gorski müssen bald wieder da sein, man kann den armen Eugen – sie können ihn doch nicht die ganze Nacht allein auf dem Fußboden liegen lassen.

Ich trat geräuschlos ans Fenster, wie ein Dieb schlich ich mich hin und warf einen Blick ins Zimmer. Er lag noch immer auf der Erde, aber man hatte eine Decke über ihn gebreitet, ein schottisches Plaid. Einmal hatte ich ihn als Macbeth gesehen, daran mußte ich jetzt denken, und sogleich klangen mir die Worte der Lady ins Ohr: – »Here's the smell of the blood still: all the perfumes of Arabia –«

Da war auch schon der Schüttelfrost wieder da und die Müdigkeit und der kalte Schweiß und das Fieber, aber ich überwand es, ich zwang es nieder.

Unsinn! sagte ich mir, diese Verse, die passen doch wahrhaftig nicht hierher. – Und ich stieß entschlossen die Türe auf und trat ein, aber diese Energie wich sogleich einer ängstlichen Scheu, denn ich war nun zum erstenmal allein mit dem Toten.

Da lag er in die Decke gehüllt, nichts war von ihm zu sehen als die rechte Hand. Sie hielt den Revolver nicht mehr, irgendwer hatte ihn aufgehoben und auf den kleinen Tisch gelegt, der in der Mitte des Zimmers stand. Ich trat näher, um mir die Waffe anzusehen, und jetzt bemerkte ich, daß ich nicht allein im Zimmer war.

Der Ingenieur stand hinter dem Schreibtisch an der Wand, über irgend etwas, was ich nicht sah, gebeugt, es hatte den Anschein, als sei er in die Betrachtung des Tapetenmusters vertieft, so aufmerksam sah er hin. Als er meine Schritte hörte, wandte er sich um.

»Sie sind es, Baron? Wie sehen Sie denn aus? Na! Sie hat die Sache ordentlich hergenommen.«

Er stand breitspurig vor mir, die Hände in den Hosentaschen, eine Zigarette zwischen den Lippen, in dem Zimmer, in dem ein Toter lag, mit der Zigarette im Mund! Die Bedenkenlosigkeit selbst, so stand er da.

»Das erste Mal, daß Sie vor einer Leiche stehen, wie? Wohl Ihnen, Baron. Ihr Offiziere des Friedens! – Ich dachte mir's sogleich – Sie gehen so behutsam. Sie können fester auftreten, den da wecken Sie nicht.«

Ich schwieg. Er warf seine Zigarette mit großer Sicherheit in die Aschenschale, die einige Schritte von ihm entfernt auf dem Schreibtisch stand, und zündete sich sogleich eine neue an.

»Ich bin Deutschbalte, wissen Sie das?« fuhr er dann fort. »In Mitau geboren, ich habe den russisch-japanischen Krieg mitgemacht.«

»Tsushima?« fragte ich. Ich weiß nicht, warum mir der Name gerade dieser Seeschlacht einfiel. Ich dachte, daß er Schiffsingenieur oder etwas Ähnliches gewesen sein müsse.

»Nein. Munho«, gab er zur Antwort. »Haben Sie jemals davon gehört?«

Ich schüttelte den Kopf.

»Munho. Das ist kein Ort, das ist ein Fluß. Gelbes Wasser zwischen den Hügelketten. Es ist besser, nicht daran zu denken. Da lagen sie eines Morgens, fünfhundert oder mehr, einer neben dem anderen, eine ganze Schützenkette, mit verbrannten Händen und verzerrten gelben Gesichtern – teuflisch. Es gibt kein anderes Wort.«

»Kontaktmine?« fragte ich.

»Hochspannungsströme. Meine Arbeit. Zwölfhundert Volt. Manchmal, wenn mir die Erinnerung kommt, dann sage ich mir: Was willst du denn, Ostasien, zweitausend Meilen von hier, fünf Jahre sind vergangen, Staub und Asche ist heute alles, was du dort gesehen hast. Hilft nichts. So etwas bleibt, so etwas vergißt man nicht.«

Er schwieg und blies den Rauch seiner Zigarette in prachtvoll kreisrunden Ringen in die Luft. Alles, was mit dem Rauchen irgendwie zusammenhing, hatte bei ihm den Charakter der Jougleurkunst angenommen.

»Jetzt wollen sie den Krieg abschaffen«, fuhr er nach einer Weile fort. »Den Krieg wollen sie abschaffen! Was hilft das? Das da« – er wies mit einer Bewegung des Zeigefingers auf den Revolver – »will man aus der Welt schaffen und alles andere von der Art. Was hilft das? Die menschliche Niedertracht bleibt, und die ist von allen Mordwaffen die mörderischste.«

Warum sagt er mir das? – fragte ich mich verwundert und beunruhigt. – Warum sieht er mich so sonderbar an? Gibt er mir etwa am Ende die Schuld an Eugen Bischoffs Selbstmord? Und ich sagte leise:

»Er ist freiwillig aus dem Leben geschieden.«

»So? Freiwillig?« rief der Ingenieur mit einer Heftigkeit, die mich erschreckte. »Sind Sie dessen ganz gewiß? Ich will Ihnen etwas sagen, Baron: Ich war der erste hier im Zimmer. Die Türe war von innen versperrt, ich habe das Fenster eingeschlagen, da liegen noch die Scherben. Ich habe sein Gesicht gesehen, ich war der erste, der sein Gesicht gesehen hat. Und ich sage Ihnen: Das Entsetzten, das die Gesichter jener fünfhundert am Munhofluß verzerrt hat, die im Dunkeln den Hügel hinaufliefen und wußten, daß sie im nächsten Augenblick den Draht berühren würden – dieses Entsetzen war nichts gegen den Ausdruck auf Eugen Bischoffs Gesicht. Er hat Angst gehabt, irrsinnige Angst vor etwas, was uns verborgen ist. Und vor dieser Angst hat er sich zu dem Revolver geflüchtet. Wie in ein Asyl. Freiwillig aus dem Leben geschieden? Nein! Baron. Eugen Bischoff ist in den Tod gehetzt worden.«

Er hob die Decke, die den Toten verhüllte, ein wenig in die Höhe und blickte ihm in das starre Gesicht.

»Wie mit einer Peitsche in den Tod gehetzt«, sagte er dann mit einer Ergriffenheit in der Stimme, die gar nicht seinem sonstigen Wesen entsprach.

Ich hatte mich abgewendet. Ich konnte nicht hinsehen.

»Sie meinen also«, sagte ich nach einer Weile, und die Kehle war mir wie zugeschnürt, das Sprechen machte mir Mühe. »Wenn ich Sie recht verstehe, meinen Sie also, daß er es erfahren hat – daß es ihm auf irgendeine Art zu Ohren gekommen ist –«

»Was denn? Wovon sprechen Sie?«

»Sie wissen vermutlich, daß das Bankhaus zusammengebrochen ist, dem er sein Vermögen anvertraut hat?«

»So? – Sehen Sie, das hab' ich nicht gewußt. Das höre ich jetzt zum erstenmal. – Nein, Baron, das ist es nicht gewesen. Die Angst, die in seinem Gesicht stand, die war von anderer Art. Geld? Nein. Um Geld ist es hier nicht gegangen. Sie müßten sein Gesicht gesehen haben, erklären läßt sich das nicht.«

»Als ich ins Zimmer kam«, fuhr er nach einem

Augenblick des Schweigens fort, »da hat er noch sprechen können. Es waren nur ein paar Worte, ich habe sie verstanden, obwohl sie mehr gehaucht als gesprochen waren. – Sehr sonderbare Worte. Freilich, im Munde eines Sterbenden –«

Er ging im Zimmer auf und nieder und schüttelte den Kopf.

»Sonderbare Worte. – Ich kannte ihn eigentlich so wenig. So wenig weiß einer vom anderen. Sie kannten ihn besser oder zumindest länger: Sagen Sie mir, wie war sein Verhältnis zur Religion? Ich meine zur Kirche. Hielten Sie ihn für fromm?«

»Fromm? Er war abergläubisch, wie die meisten Schauspieler. In Kleinigkeiten abergläubisch. Frömmigkeit im Sinne der Kirche hab' ich niemals an ihm wahrgenommen.«

»Sollte dennoch das sein letzter Gedanke gewesen sein? Dieses Märchen für gläubige Kinder?« fragte der Ingenieur und sah mich unverwandt an.

Ich sagte nichts, ich wußte nicht, wovon er sprach. Er erwartete wohl auch keine Antwort.

»Never mind«, sagte er zu sich selbst mit einer leichten Handbewegung. »Auch eines von den Dingen, denen wir nie auf den Grund kommen werden.«

Er nahm den Revolver vom Tisch und sah ihn an mit einem Blick, der erkennen ließ, daß er an etwas anderes dachte. Dann legte er ihn wieder aus der Hand.

»Wie kam er denn eigentlich zu dieser Waffe?« fragte ich. »War sie sein Eigentum?«

Der Ingenieur fuhr aus seinen Gedanken auf.

»Zu diesem Revolver? Ja, er war sein Eigentum. Er hat ihn immer bei sich getragen, sagt Felix. Wenn er des Nachts nach Hause ging, mußte er über Felder und an Bauplätzen vorbei. Viel lichtscheues Gesindel. Er hatte Furcht vor nächtlichen Begegnungen. – Das war eben das Verhängnisvolle, daß er den Revolver schußfertig bei sich trug. Ein Sprung aus dem Fenster – das wäre in diesen Fall weiter nicht schlimm gewesen. Eine Sehnenzerrung, eine leichte Verstauchung, und vielleicht nicht einmal das.«

Er öffnete das Fenster und blickte hinaus. Ein paar Sekunden lang stand er so, und der Wind schüttelte und bauschte die Fenstergardinen. Draußen rauschten die Kastanienbäume. Die Papiere auf dem Schreibtische flatterten in die Höhe, und ein verwelktes Kastanienblatt, das sich ins Zimmer verirrt hatte, huschte über den Fußboden.

Der Ingenieur schloß das Fenster und wandte sich wieder mir zu:

»Er war kein Feigling. Nein, bei Gott, ein Feigling war er nicht. Er hat es seinem Mörder nicht leicht gemacht.«

»Seinem Mörder?«

»Gewiß. Seinem Mörder. Er ist in den Tod gejagt worden. Sehen Sie, hier stand er, und dort stand der andere.«

Er wies auf die Stelle an der Wand, in deren Betrachtung vertieft ich ihn bei meinem Eintritt ins Zimmer angetroffen hatte.

»Sie standen einander gegenüber«, sagte er langsam und sah mich dabei an. »Aug' in Aug' standen sie, wie bei einem Duell.«

Mich überlief es kalt, als ich ihn mit solcher Sicherheit, als wäre er dabei gewesen, von der Sache sprechen hörte.

»Und wen« – fragte ich beklommen, und wiederum verspürte ich das Würgen im Hals –, »wen halten Sie für den Mörder?«

Der Ingenieur sah mich schweigend an, er sagte

kein Wort, hob langsam die Schultern und ließ sie wieder sinken.

»Sind Sie denn noch immer da?« kam es plötzlich von der Türe her. »Warum gehen Sie denn nicht?«

Ich fuhr erschrocken herum. In der Türe stand Doktor Gorski, und sein Blick galt mir.

»So gehen Sie doch! Um Gottes willen, verschwinden Sie, rasch!«

Es war zu spät, um zu gehen. Jetzt war es zu spät. Hinter ihm kam Dinas Bruder zum Vorschein, er schob den Doktor beiseite und stand vor mir.

Ich sah ihm ins Gesicht – wie ähnlich er in diesem Augenblick seiner Schwester war. Das gleiche fremdartig geformte Oval des Gesichtes, derselbe eigenwillige Zug um die Lippen –

»Sie sind noch da?« sagte er mit einer eiskalten Höflichkeit, die furchtbar von des Doktors leidenschaftlichem Ausbruch abstach. »Ich hatte damit nicht gerechnet. Das trifft sich gut, da können wir ja die Sache gleich ins reine bringen.«

8

Ich hatte mich gefaßt. Es war mir in dem Augenblick, da Dinas Bruder ins Zimmer getreten war, klargeworden, daß der, dem ich da gegenüberstand, mein Todfeind war. Daß es sinnlos gewesen wäre, vor dieser Unterredung die Flucht zu ergreifen, und daß der Kampf ausgefochten werden mußte. Aber um was es ging, das hätte ich in dieser Sekunde nicht sagen können. Ich wußte nichts, als daß ich bleiben und dem Gegner die Stirne zeigen mußte, was immer auch kommen mochte.

Doktor Gorski machte den Versuch, das, was sich vorbereitete, in der letzten Minute noch zu verhindern.

»Felix!« mahnte er und wies mit einer beschwörenden und vorwurfsvollen Gebärde auf den schottischen Plaid, den man über den Toten gebreitet hatte. »Bedenken Sie doch, wo wir sind! Muß das denn jetzt geschehen und gerade hier?«

»Es ist am besten so, Doktor, wozu die Sache verschieben?« sagte Felix, ohne die Augen von mir zu wenden. »Es trifft sich wirklich gut, daß der Herr Rittmeister noch hier ist.«

Er nannte mich – gegen seine sonstige Gepflogenheit – bei meiner militärischen Charge. Ich wußte, was das zu bedeuten hatte. Doktor Gorski stand noch einen Augenblick lang unschlüssig zwischen uns, dann zuckte er die Achseln und ging zur Türe, um uns allein zu lassen.

Aber Felix hielt ihn zurück.

»Ich bitte Sie, zu bleiben, Doktor«, sagte er. »Es kann einer der Fälle eintreten, in denen sich die Anwesenheit eines Dritten als nützlich zu erweisen pflegt.«

Doktor Gorski schien den Sinn dieser Bemerkung nicht gleich zu verstehen. Er sah mich mit einem verlegenen Blick an, der um Entschuldigung zu bitten schien, daß er sich zum Zeugen dieser Unterredung machte. Schließlich ließ er sich auf der äußersten Kante des Schreibtisches nieder, in einer Haltung, die zum Ausdruck brachte, daß er bereit sei, jederzeit, falls es etwa gewünscht werden sollte, das Zimmer zu verlassen. Das war für den Ingenieur, den niemand zum Bleiben aufgefordert hatte, das Zeichen, gleichfalls Platz zu nehmen. Er nahm den einzigen Stuhl, der sich im Zimmer befand, für sich in Beschlag, steckte auf umständliche Art, indem er nur zwei Finger der linken Hand dazu benützte, seine Zigarette in Brand und tat, als wäre sein Verbleiben im Zimmer eine Sache, deren Berechtigung von keiner Seite in Zweifel gezogen werden konnte.

Ich sah und beobachtete das alles mit einem rein sachlichen Interesse, ich war jetzt vollkommen ruhig und Herr meiner Nerven und wartete gelassen auf das, was kommen sollte. Aber eine Minute lang geschah nichts. Felix stand über Eugen Bischoffs Leiche gebeugt, ich sah sein Gesicht nicht, aber es schien mir, als hätte er mit Ergriffenheit zu kämpfen, als wäre er außerstande, die Maske unnatürlicher Ruhe noch länger zu tragen. Einen Augenblick lang glaubte ich, daß er sich von seiner Bewegung überwältigt über den Toten werfen und daß die Szene mit diesem Gefühlsausbruch ihr Ende nehmen werde. Aber nichts dergleichen geschah. Er richtete sich auf, und das Gesicht, das er mir zuwandte, trug den Ausdruck vollkommener Beherrschung. Er hatte, das sah ich nun, nur die Decke, die zu Boden geglitten war, von neuem über den Kopf des Toten gebreitet.–

»Viel Zeit wird uns leider nicht bleiben«, begann er

nun, und aus seiner Stimme war weder Erschütterung noch Erregung zu hören. »In einer halben Stunde etwa wird die polizeiliche Kommission hier sein, und ich möchte bis dahin unsere Angelegenheit in Ordnung gebracht haben.«

»Darin begegnen sich unsere Wünsche«, sagte ich mit einem Blick auf den Ingenieur. »Ich glaube, daß die Zahl der Zeugen vollkommen ausreicht, da, wie ich sehe, beide Herren die Güte hatten, sich für diese Unterredung zu unserer Verfügung zu halten.«

Doktor Gorski rückte unruhig auf seiner Schreibtischkante hin und her, aber der Ingenieur hatte die Unverfrorenheit, zu meinen Worten zustimmend mit dem Kopf zu nicken.

»Solgrub und Doktor Gorski sind meine Freunde«, bemerkte Felix. »Ich lege Wert darauf, daß sie ein möglichst klares Bild der Sachlage erhalten, und werde ihnen keinen der Umstände, die in dieses Bild gehören, verschweigen. Auch nicht die Tatsache, Herr Rittmeister, daß Dina vor vier Jahren Ihre Geliebte gewesen ist.«

Ich fuhr zusammen. Darauf war ich nicht vorbereitet gewesen. Aber meine Bestürzung währte nur ganz kurze Zeit, und ein paar Sekunden später hatte ich jedes Wort meiner Antwort überdacht.

»Ich war, als ich Ihnen diese Unterredung ermöglichte, auf Attacken gefaßt, aber nicht darauf, daß sie sich gegen eine Frau richten würden, die mir hochsteht«, sagte ich. »Ich habe nicht die Absicht, das zuzulassen. Ich muß Sie bitten, den Ausdruck, den Sie gewählt haben –«

»Zurückzunehmen? Wozu das, Herr Rittmeister? Es entspricht, wie ich Ihnen versichern kann, vollkommen Dinas Auffassung.«

»Habe ich das so zu verstehen, daß Ihre Schwester Sie ermächtigt hat?«

»Gewiß, Herr Rittmeister.«

»Dann bitte ich Sie fortzufahren.«

Über seine Lippen glitt ein knabenhaft selbstbewußtes Lächeln der Genugtuung, weil dieser erste Gang so völlig zu seinem Vorteil abgelaufen war. Aber dieses Lächeln verschwand sogleich wieder aus seinem Gesicht, und der Ton, in dem er weitersprach, blieb unverändert korrekt und beinahe verbindlich:

»Diese Beziehung, über deren Charakter wir uns also nunmehr geeinigt haben, währte nicht ganz ein halbes Jahr. Sie nahm ein Ende, als Sie die Lust ankam, eine Reise nach Japan zu unternehmen. Ich sage: ›Sie nahm ein Ende‹, obgleich dieses Ende von Ihrer Seite wohl nur als ein vorläufiges gedacht war –«

»Meine Reise ging nicht nach Japan, sondern nach Tongking und nach Kambodscha«, unterbrach ich ihn. »Ich unternahm sie auch nicht zu meinen Vergnügen, sondern im Auftrage des Ackerbauministeriums«, setzte ich hinzu, und hinter dieser Richtigstellung völlig gleichgültiger Behauptungen verbarg ich mein grenzenloses Erstaunen darüber, daß er so leicht, so gleichmütig an der Tatsache, daß seine Schwester meine Geliebte gewesen war, vorüberglitt. – Wohin will er hinaus? – fragte ich mich. – Wenn er Genugtuung erzwingen will – hier stehe ich, ich bin bereit, – warum packt er nicht zu? Was führt er denn noch im Schild? – Und ein leises Angstgefühl beschlich mich, die Ahnung einer kommenden und mir unbekannten Gefahr, und diese Angst ließ mich nicht mehr los.

»Nach Tongking und Kambodscha also«, fuhr Felix fort, und seine weißbandagierte Hand vollführte eine leichte Geste der Entschuldigung. »Es tut nichts zur

Sache, wohin die Reise ging. Aber als Sie, nach einem Jahr ungefähr, heimkamen, erwartete Sie eine Veränderung, auf die Sie nicht gefaßt waren: Sie fanden Dina als die Frau eines anderen, Sie mußten erfahren, daß Sie ihr ein Fremder geworden waren.«

Ja. So war es gewesen. Und jetzt, während er sprach, stieg der alte Schmerz voll Ungestüm in mir auf, der brennende Zorn der Enttäuschung, und mit ihm zugleich ein neues Gefühl, ein mir bisher fremdes, das des Hasses gegen diesen jungen Buben, der vor mir stand und mit seinen Händen an Dinge rührte, die ich tief in mir verborgen gehalten hatte. War ich denn da, um ihm Rede zu stehen? Mußte ich zusehen, daß er neugierigen Blicken fremder Menschen preisgab, was Jahre hindurch mein Geheimnis gewesen war? Genug, schrie es in mir, und ich wollte auf ihn zu, um dieser Szene ein Ende zu machen. Aber da war die Angst, die Angst war wieder da, die Furcht vor etwas Unbestimmtem, dessen drohende Nähe ich fühlte, und diese Angst lähmte mich und machte mich hilflos und lag auf mir, schwer wie ein Alp.

Dinas Bruder sprach mit völlig leidenschaftsloser Stimme weiter, und ich mußte ihn anhören.

»Daß eine Frau, die Sie unlösbar an sich gekettet zu haben glaubten, sich von Ihnen losgemacht hatte und nun einem anderen gehören sollte – diesen Gedanken vermochten Sie, scheint es, nicht zu ertragen. Sie hatten Ihre erste Niederlage erlitten und fühlten sich herausgefordert. Dina zurückzugewinnen, wurde zur Aufgabe Ihres Lebens. Alles, was Sie seither unternommen haben, auch das Geringste, das scheinbar Bedeutungsloseste, hat ausschließlich diesem einen Ziel gegolten.«

Er machte eine Pause, vielleicht um mir Zeit zu einer Äußerung, zu einer Entgegnung zu lassen. Aber ich sagte nichts, und so fuhr er fort:

»Ich habe Sie lange Zeit hindurch beobachtet, Jahre hindurch habe ich Ihnen zugesehen mit einer gespannten Anteilnahme, als wäre das Ganze nur sportliche Arbeit oder eine aufregende Partie auf dem Schachbrett, als ginge es um einen Rennpokal und nicht um das Glück meiner Schwester. Ich sah sie auf sonderbaren Wegen langsam näher kommen, sah Sie Hindernisse nehmen oder umgehen, sah Sie Kreise um dieses Haus ziehen, und Ihre Kreise wurden enger und enger. Sie wußten es zu erzwingen, daß man Sie rief, und eines Tages waren Sie da und standen zwischen Dina und ihrem Gatten.«

Jetzt mußte es kommen, der Augenblick war nahe. Ich fühlte, wie meine Hände in nervöser Erwartung zitterten, ich konnte nicht atmen, so sehr drückte mich die Stille, die im Zimmer herrschte. Wie eine Erleichterung empfand ich es, als endlich Felix von neuem zu sprechen begann:

»Heute kann ich es Ihnen ja sagen, Herr Rittmeister, daß mir der Ausgang dieses Kampfes niemals zweifelhaft erschienen ist. Sie waren der Stärkere, denn Sie hatten nur ein einziges Ziel im Auge, und alles andere, das es in Ihrem Leben gab, verschwand neben diesem einen – das machte Sie unüberwindlich. Für mich stand es fest, daß diese Ehe in Trümmer gehen werde, weil Sie es so wollten.«

Wieder machte er eine Pause, und meine Angst wuchs ins Unerträgliche. Eine halbe Minute etwa verging, mein Blick glitt zu Doktor Gorski hinüber – er stand in einer Haltung voll nervöser Spannung an den Schreibtisch gelehnt, der Ausdruck seines Gesichtes war der einer vollkommenen Ratlosigkeit; von ihm, das sah ich, war keine Hilfe zu erwarten. – Der Ingenieur saß in eine Woke von Zigarettenrauch gehüllt in seinem Lehnstuhl und betrachtete gelangweilt seine Fingerspitzen, als wäre er mit seinen Gedanken bei anderen Dingen.

»Das alles ist vorüber«, unterbrach jetzt Felix das quälende Schweigen. »Sie haben Ihr Spiel verloren, Baron. Der entscheidende Fehler – verstehen Sie, wie ich das meine? Niemals wird Dina auch nur einen Augenblick lang den Mann in ihrer Nähe dulden, der den Tod ihres Gatten auf dem Gewissen hat.«

Das also war es. Dieses Gesicht hatte die Drohung, vor der ich gezittert hatte. Und jetzt, da das Wort ausgesprochen war, erschien es mir plötzlich lächerlich absurd. Das Gefühl der Sicherheit war wieder in mir, meine Angst war verflogen, ich stand einem Gegner gegenüber, der seinen Schuß abgefeuert und gefehlt hatte. Nun kam die Reihe an mich, alles weitere lag in meiner Hand. Ich fühlte mich diesem jungen Buben, der es gewagt hatte, mit mir anzubinden, grenzenlos überlegen. Jetzt war ich der Stärkere, und ich wußte, wie ich zu handeln hatte.

Ich trat ganz nahe an ihn heran und blickte ihm ins Auge:

»Ich hoffe«, sagte ich, »Sie lassen es sich nicht im Ernst einfallen, mir oder irgendwem eine Schuld an diesem traurigen Ereignis beizumessen.«

Meine Worte hatten die erwartete Wirkung. Er hielt meinem Blick nicht stand, geriet in Verwirrung und trat einen Schritt zurück.

»Sie sehen mich überrascht, Herr Rittmeister«, gab er zur Antwort. »Alles andere hätte ich eher erwartet, als daß Sie versuchen würden, Ihr Vorgehen in Abrede zu stellen. Um ganz aufrichtig zu sprechen: Ich verstehe das nicht. Fürchten Sie denn nicht, daß dieser

Versuch falsch ausgelegt werden könnte? Mangel an Mut habe ich bis jetzt an Ihnen niemals wahrgenommen.«

»Die Frage nach meinem persönlichen Mut wollen wir bis auf weiteres unerörtert lassen«, sagte ich in einem Tone, der keine Unklarheit über meine ferneren Absichten zulassen konnte. »Haben Sie die Güte, mir zunächst mitzuteilen, welche Rolle ich Ihrer Meinung nach in dieser Angelegenheit gespielt habe.«

Seine Verwirrung war echt gewesen, aber er hatte inzwischen die Fassung wiedergefunden.

»Ich hatte gehofft, daß Sie mir das erlassen würden«, sagte er. »Sie bestehen darauf – nun gut. Um es kurz zu machen: Sie hatten, ich weiß nicht auf welchem Weg, in Erfahrung gebracht, daß mein Schwager seine Ersparnisse und auch das kleine Vermögen meiner Schwester dem Bankhaus Bergstein anvertraut hatte, über dessen Zusammenbruch die Blätter heute berichtet haben. Sie wußten ferner, oder Sie ahnten es, daß Dina entschlossen war, ihrem Gatten die Katastrophe so lange als möglich zu verheimlichen. Die Kenntnis dieser beiden Tatsachen wurde in Ihren Händen zu einer Waffe. Im Laufe des Nachmittags haben Sie wiederholt den Versuch gemacht, die Sache in irgendeiner Form zur Sprache zu bringen. Sie legten mehrmals auf Eugen an und ließen die Waffe immer wieder sinken, als Sie sich von Dina und von mir beobachtet sahen. Die Gelegenheit war für Sie nicht günstig, und Sie suchten eine bessere. – Muß ich noch weiter sprechen? Als Eugen das Zimmer verließ, folgten Sie ihm hierher. Nun waren Sie endlich allein mit ihm, niemand war da, um ihm zu helfen. Sie sagten ihm schonungslos, was wir vor ihm geheimgehalten hatten. Dann ließen Sie ihn allein, und zwei Minuten später fiel, wie Sie es erwartet hatten, der

Schuß. Sie haben leichtes Spiel gehabt, Sie wußten, daß er den Glauben an sich und seine Zukunft längst verloren hatte.«

»Zwei Schüsse fielen«, sagte plötzlich der Ingenieur, aber keiner von uns hörte auf ihn.

Mir schien es an der Zeit, dieser ganzen Erörterung ein Ende zu machen.

»Ist das alles?« fragte ich.

Felix gab keine Antwort.

»Sie haben von Ihren Mutmaßungen auch Frau Dina Mitteilung gemacht?«

»Ich habe mit meiner Schwester darüber gesprochen.«

»Sie werden vor allem Frau Dina darüber aufklären, und zwar, wenn ich bitten darf, heute noch, daß Ihre Annahme irrig war. Ich stehe der ganzen Sache vollkommen fern. Ich habe mit Eugen Bischoff nicht gesprochen. Ich habe dieses Zimmer nicht betreten.«

»Sie haben dieses Zimmer – nein, Dina ist nicht mehr hier. Wir haben sie vor einer halben Stunde zu meinen Eltern gebracht. Sie sagen, daß Sie dieses Zimmer nicht betreten haben?«

»Ich stehe dafür mit meinem Worte ein.«

»Mit Ihrem Worte als Offizier?«

»Mit meinem Ehrenwort.«

»Mit Ihrem Ehrenwort«, wiederholte Felix langsam. Er stand, ein wenig vornübergeneigt, vor mir und nickte zwei- oder dreimal mit dem Kopf. Dann veränderte sich seine Haltung. Er richtete sich auf, er dehnte und reckte sich wie ein Mann, der eine schwere und mühselige Arbeit glücklich beendet hat. Über seine festgeschlossenen Lippen glitt ein Lächeln, eine Sekunde lang nur, und dann verschwand es wieder.

»Ihr Ehrenwort«, sagte er nochmals. »Das schafft natürlich eine andere Situation. Das vereinfacht die

Sache erheblich – solch ein Ehrenwort. Wenn Sie mir noch einen Augenblick lang Aufmerksamkeit schenken wollen – der unbekannte Besucher hat nämlich einen Gegenstand im Zimmer vergessen – nichts von besonderem Wert, vielleicht hat er ihn bis jetzt noch gar nicht vermißt. Sehen Sie – dies hier.«

In der weißbandagierten Hand hielt er etwas rotbraun Glänzendes, ich kam näher, ich erkannte es nicht sogleich, und dann fuhr ich entsetzt in meine Rocktasche und tastete nach meiner kleinen englischen Shagpfeife, die ich immer bei mir trug – die Tasche war leer.

»Sie lag auf dem Tische«, fuhr Felix fort. »Sie lag da, als wir hereinkamen, Doktor Gorski und ich. Geben Sie acht, Doktor – !«

Alles rings um mich her geriet ins Schwanken. In mir wurde es dunkel. Wie eine längst vergessene Erinnerung tauchte es in mir auf, als wären Jahre darüber vergangen – ich sah mich durch den Garten gehen, über den Kiesweg, an den Fuchsienbeeten vorbei – wohin ging der Weg? Was suchte ich im Pavillon? Die Türe knarrte beim Öffnen. Wie Eugen Bischoff bleich wurde bei meinen ersten geflüsterten Worten, wie er verstört auf das Zeitungsblatt starrte, wie er aufsprang und wieder zurücksank! Und der scheue Blick, der mir folgte, als ich den Pavillon verließ und die knarrende Türe behutsam hinter mir zuzog. – Auf der Terrasse ist Licht. – Das ist Dina – hinauf zu ihr – und jetzt – ein Schrei – ein Schuß! Dort unten steht der Tod, und ich, ja ich – ich habe ihn gerufen. –

»Geben Sie acht, Doktor, er fällt«, klang es mir im Ohr.

Nein. Ich fiel nicht. Ich schlug die Augen auf und saß im Lehnstuhl. Vor mir stand Felix.

»Die Pfeife ist Ihr Eigentum, nicht wahr?«

Ich nickte. Die weißverhüllte Hand sank langsam hinunter. –

Ich stand auf.

»Sie wollen gehen, Baron!« sagte Felix. »Nun ja, die Sache ist in Ordnung, und ich muß Ihre Zeit nicht weiter in Anspruch nehmen. Ein Ehrenwort, das Ehrenwort eines Offiziers, gehört wohl nicht zu den Dingen, über die wir verschiedener Ansicht sind. Und da wir einander kaum noch begegnen werden, möchte ich Ihnen nur noch sagen, daß ich im Grunde niemals Feindseligkeit gegen Sie empfunden habe – auch heute nicht. Ich habe immer viel für Sie übrig gehabt, Baron. Ich habe mich auf sonderbare Art von Ihnen angezogen gefühlt. Sympathie, nein – das wäre nicht das richtige Wort. Es war wohl mehr – ich bin meiner Schwester echter Bruder. – Sie haben ein Recht, zu fragen, warum ich Sie trotz solcher Gefühle in diese Situation gebracht habe, aus der es für Sie, wie die Sache nun einmal steht, nur einen einzigen Ausweg gibt. – Nun, man kann fasziniert auf eine Wildkatze oder einen Edelmarder starren, man kann von der Haltung und den Bewegungen dieses Geschöpfs, von der Kühnheit seines Sprunges etwa, bezaubert sein und es dennoch kaltblütig niederknallen – weil es eben Raubzeug ist. – Bleibt mir nur noch, Ihnen zu versichern, daß Sie in der Ausführung der Entschlüsse, die Sie zweifellos schon gefaßt haben, durchaus nicht an die nächsten vierundzwanzig Stunden gebunden sind. Ich werde – falls sich solch ein Schritt überhaupt noch als notwendig erweisen sollte – das Ehrengericht Ihres Regiments keinesfalls vor Ablauf dieser Woche mit Ihrer Angelegenheit bemühen. Das ist es, was ich Ihnen noch sagen wollte.«

Ich hörte das alles, aber ich war mit meinen Gedanken bei der dunkeln Mündung des Revolvers, der auf dem Tische lag. Ich sah sie mit zwei großen, runden Augen in die meinen starren, sie kam näher und näher, sie wurde größer und größer, sie verschlang den Raum, ich sah nichts als sie allein.

»Du tust dem Herrn Baron unrecht, Felix«, hörte ich plötzlich die Stimme des Ingenieurs. »Er hat mit dem Morde so wenig zu tun wie du und ich.«

9

Ich habe nur eine undeutliche Erinnerung an den Augenblick, in dem ich wieder zu klarer Besinnung kam. Ich hörte mich tief aufseufzen, das war der erste Laut, der die Stille des Zimmers unterbrach. Dann kam mir ein leise bohrendes Gefühl im Kopf zu Bewußtsein, kein wirklicher Schmerz, nur ein Unbehagen, das sich bald wieder verlor.

Die erste Regung, über die ich mir Rechenschaft ablegen kann, war die des Staunens. – Wohin bin ich geraten? durchfuhr es mich. Was ist das gewesen, welcher Wahnsinn hat mich gepackt gehalten? Dann trat ein Gefühl der Beklemmung hinzu. – Wie ist das möglich? fragte ich mich geängstigt und verwundert. – Ich habe mich dieses Zimmer betreten sehen, habe mich Worte flüstern hören, die nie von meinen Lippen gekommen sind! Ich, ich selbst habe an meine Schuld geglaubt! – Wie ist das möglich? Eine Sinnestäuschung! Ein Wachtraum hat mich genarrt! Ein fremder Wille hat mich zwingen wollen, eine Tat auf mich zu nehmen, die ich nicht begangen habe. Nein, ich bin nicht hier gewesen! Ich habe mit Eugen Bischoff nicht gesprochen, ich bin kein Mörder! Alles das war Traum und Wahn, emporgestiegen aus der Hölle und nun zurückgescheucht –

Ich atmete befreit und erleichtert auf. Ich hatte mich gewehrt, ich hatte mich nicht ergeben, die unerklärliche Gewalt, die auf mir gelastet hatte, war gebrochen. *In mir und rings um mich war alles anders geworden, ich gehörte wieder der Wirklichkeit an.*

Jetzt blickte ich auf und sah Felix hochaufgerichtet vor mir stehen, auf seinen Lippen lag noch immer der eigenwillige Zug von Feindseligkeit und Härte. Er schien entschlossen zu sein, sich seinen Sieg nicht entreißen zu lassen, und machte mit einem Ruck gegen den Ingenieur Front, wie gegen einen neuen und gefährlichen Feind. Er sah ihn unter zusammengezogenen Brauen mißmutig an, bereit, auch auf ihn loszugehen, und seine weißverhüllte Hand erhob sich zu einer Geste zorniger Überraschung.

Der Ingenieur ließ sich durch diese Bewegung nicht einschüchtern.

»Ruhe, Felix!« mahnte er. »Ich weiß genau, was ich sage. Ich habe mir die Sache sehr gut überlegt. Ich bin zu der Überzeugung gekommen, daß den Herrn Baron keine Schuld trifft. Du hast ihm unrecht getan, ich verlange, daß du mich anhörst, sonst nichts.«

Die Sicherheit, mit der er sprach, hatte eine wohltuende Wirkung auf meine Nerven. Jenes Gefühl des Befreitseins, die Erinnerung an den quälenden Druck, die mich noch einen Augenblick vorher erfüllt hatte, war jetzt verschwunden. Daß man mich in vollem Ernst eines Mordes beschuldigte, das erschien mir jetzt phantastisch und absurd. Was ich jetzt, da klares Licht, das Licht der Wirklichkeit, auf die Dinge zu fallen begann – was ich empfand, war nur eine Art Spannung, die Spannung eines an der Sache völlig Unbeteiligten, Neugierde empfand ich, nichts anderes. – Wie wird sich das alles entwirren? fragte ich mich. – Wer hat Eugen Bischoff in den Tod getrieben? Wer trägt die Last der Schuld? Und meine Pfeife, dieser stumme Zeuge – durch welche Verkettung der Dinge ist sie hierher in das Zimmer gekommen, hierher auf diesen Tisch? Wen klagt sie an?

Das wollte ich wissen, das mußte ich erfahren, und unwillkürlich klammerten sich meine Augen an den

Ingenieur, als wüßte er den Weg aus diesem Dickicht ungelöster Rätsel.

Ich weiß nicht, welches Gefühl in diesem Augenblick in meinem Gegner überwog, ob Entrüstung, Ungeduld, Gereiztheit, Verdruß oder Enttäuschung. Was immer in ihm vorgehen mochte, jetzt gelang es ihm, es zu verbergen. Seine Miene hatte wieder ihren höflichen und verbindlichen Ausdruck angenommen, und die zornige Bewegung seiner Hand ging in eine gemessene Geste der Aufforderung über.

»Ich bin gespannt, Waldemar«, sagte er. »Laß hören! – Aber, nicht wahr, du wirst dich kurz fassen, ich glaube, ich höre schon das Auto der Kommission.«

Wirklich, von der Straße ertönten Hupensignale, aber der Ingenieur achtete nicht darauf. Und jetzt, da er zu sprechen begann, kehrte mir für einen kurzen Augenblick die Tatsache, daß es um mich, um mein gegebenes Wort, um meine Ehre, um mein Leben ging, ins Bewußtsein zurück. Aber gleich darauf kam wieder das Gefühl der Ruhe, der Zuversicht, des völligen Außerspielseins über mich, alles mußte ja jetzt seine natürliche Erklärung finden. Die Vorstellung, daß dieser ungeheuerliche Verdacht auf mir haften bleiben könne, war mir unfaßbar geworden. –

»Nicht wahr«, sagte der Ingenieur, »als die Schüsse fielen, befand sich der Freiherr von Yosch oben im Hause – ist dir das bekannt? Auf der Terrasse, im Gespräch mit deiner Schwester. Davon müssen wir ausgehen.«

»Das mag sein«, sagte Felix in dem Ton, in dem man von einer gleichgültigen Sache spricht. – Noch immer horchte er hinaus, aber die Hupensignale hatten sich in der Ferne verloren.

»Das müssen wir festhalten. Das ist von Wichtigkeit«, fuhr der Ingenieur fort. »Denn ich habe Grund zur Annahme, daß sich der Fremde, der unbekannte Besucher Eugen Bischoffs in dem Augenblick, als die beiden Schüsse fielen, noch immer hier im Zimmer befunden hat.«

»Die beiden Schüsse?« Ich habe nur einen einzigen gehört.«

»Es waren zwei. Ich habe den Revolver noch nicht untersucht, aber es wird sich zeigen, daß ich recht habe.«

Er trat an die Wand und wies auf die blaßblauen Blumen und Arabesken des Tapetenmusters.

»Hier steckt das Geschoß. Er hat sich zu Wehr gesetzt, Felix. Er hat einen Schuß auf seinen Verfolger abgegeben und unmittelbar darauf die Waffe gegen sich gerichtet. So steht die Sache. Der Baron war im kritischen Augenblicke oben auf der Terrasse. Er kann somit nicht in Frage kommen, wenn wir nach dem unbekannten Besucher forschen, das ist sicher.

Doktor Gorski beugte sich über die Einschußstelle im Tapetenmuster und suchte mit seinem Federmesser nach dem Geschoß. Ich hörte das Geräusch rieselnden Kalks. – Felix horchte noch immer hinaus auf die Straße.

»Ist das wirklich so sicher?« fragte er nach einer Weile, ohne den Kopf zu wenden. »Wie ist der unbekannte Besucher in den Garten gelangt, kannst du mir das sagen? Niemand hat ihn kommen gesehen, niemand hat die Glocke gehen hören. – Ich weiß im vorhinein, was du mir sagen wirst: Er besaß einen zweiten Schlüssel zur Gartentür, dein großer Unbekannter, nicht wahr?«

Der Ingenieur schüttelte den Kopf.

»Nein. – Ich neige eher zur Annahme, daß er längere Zeit hindurch, vielleicht schon stundenlang, hier im Pavillon auf Eugen Bischoff gewartet hat.«

»So. – Willst du mir nun auch erklären, wie er das Zimmer verlassen hat? Du behauptest, daß er noch hier war, als der erste Schuß fiel. Zwischen den beiden Schüssen lag aber nur eine Sekunde, und als wir kamen, war die Tür von innen verriegelt.«

»Darüber habe ich lange nachgedacht«, sagte der Ingenieur ohne jede Velegenheit. »Auch die Fenster waren verschlossen. Ich gestehe dir gern zu, daß dies ein schwacher Punkt in meinen Überlegungen ist. Bis jetzt der einzige, der den Herrn Baron belasten könnte.«

»Der einzige!« rief Felix. »Und seine Pfeife? Wer hat diese englische Shagpfeife hierher gebracht? Etwa dein rätselhafter Besucher? Oder am Ende Eugen selbst?«

»Ich möchte die zweite Möglichkeit nicht von vornherein ausschalten«, sagte der Ingenieur.

Felix hatte eine heftige Anwort auf den Lippen, aber Doktor Gorski, der bis jetzt schweigend zugehört hatte, kam ihm zuvor.

»Ich weiß nicht recht«, sagte er, »ich kann mich ja täuschen, aber ich glaube, ich habe die Pfeife wirklich einen Augenblick lang in Eugen Bischoffs Hand gesehen. Wie gesagt, ich kann mich ja täuschen –«

»Wahrhaftig, Doktor?« unterbrach ihn Felix. »Können Sie sich erinnern, ihn jemals rauchen gesehen zu haben? Nein, Doktor, mein Schwager Eugen rauchte nicht, er verabscheute Tabak –«

»Ich behaupte ja gar nicht«, fiel ihm der Doktor ins Wort, »daß er die Absicht gehabt hat, zu rauchen. Vielleicht hat er die Pfeife in Gedanken mit sich genommen, weil er sie gerade in der Hand hielt. Sehen Sie, ich selbst bin einmal in meiner Zerstreutheit mit einer großen Papierschere in der Hand auf die Straße gegangen, und wenn ich nicht Bekannte getroffen hätte –«

»Nein, Doktor, Sie müssen sich schon die Mühe geben, nach haltbareren Erklärungen zu suchen. Als ich hier eintrat, war noch Glut in der Pfeife und, sehen Sie, dort auf dem Fußboden liegt noch jetzt ein halbes Dutzend verbrannter Zündhölzchen. Aus der Pfeife ist geraucht worden.«

Doktor Gorski wußte nichts darauf zu erwidern. Auf den Ingenieur jedoch übten die Worte eine Wirkung aus, die sich nicht leicht schildern läßt.

Er sprang auf. Er war plötzlich kreidebleich geworden, der Reihe nach starrte er uns an, und dann schrie er:

»Es war noch Glut in der Pfeife! Das ist es. Erinnerst du dich nicht, Felix? Auf dem Schreibtisch lag noch seine brennende Zigarette!«

Keiner von uns ahnte, wohin er mit seinen Gedanken geraten war. Er hatte, wohl infolge seiner Erregung, mit einem ausgesprochen slawischen Akzent gesprochen, das war es, was mir am meisten auffiel. Wir sahen ihn verwundert an, wie er ganz blaß, ganz außer sich geraten, beinahe erschüttert vor uns stand, nichts sagen, nichts erklären, nur stammeln konnte und dabei mit einem Anfall von Wut zu kämpfen hatte darüber, daß wir nicht sogleich verstanden.

Felix schüttelte den Kopf.

»Du mußt dich klarer ausdrücken, Waldemar, ich habe kein Wort begriffen.«

»Und ich war der erste hier im Zimmer!« rief der Ingenieur. »Teufel! Wo hab' ich meine Augen gehabt? – Klarer ausdrücken? Wie wenn das nicht klar genug wäre! Er hat sich eingeschlossen, die Türe verriegelt, so wie Eugen Bischoff, und dann, als die Wirtin eintrat, lag auf seinem Schreibtisch die brennende Zigarette. Verstehst du mich nicht oder willst du mich nicht verstehen?«

Jetzt wußte ich endlich, wovon er sprach. An den geheimnisvollen Selbstmord jenes Schiffsleutnants, mit dem Eugen Bischoff befreundet gewesen war, hatte ich nicht mehr gedacht. Mit einem leisen Erschauern kam mir die Ähnlichkeit der beiden Tragödien zum Bewußtsein. Dunkel und furchterregend stieg in diesem Augenblick zum erstenmal die Ahnung eines Zusammenhanges in mir auf.

»Dieselben äußeren Umstände und der gleiche Verlauf«, sagte der Ingenieur und fuhr sich mit der Hand über die gefurchte Stirne. »Fast der gleiche Verlauf und dazu das Fehlen irgendwelcher erkennbaren Beweggründe in allen drei Fällen.«

»Welche Schlüsse ziehst du daraus?« fragte Felix betroffen und seiner Sache nicht mehr völlig sicher.

»Vor allem den einen, daß den Freiherrn von Yosch keine Schuld trifft. Ist dir das jetzt endlich klar?«

»Und wen trifft die Schuld, Waldemar?«

Der Ingnieur heftete einen langen Blick auf den verhüllten Körper, der ausgestreckt auf der Erde lag. Aus einer sonderbaren Vorstellung heraus dämpfte er den Ton seiner Stimme. Ganz leise, beinahe flüsternd, sagte er:

»Als er uns von dem Schicksal seines Freundes erzählte, war er vielleicht von der Lösung des Geheimnisses nur einen Schritt weit entfernt. Er ahnte sie, als er das Zimmer verließ, darum war er so erregt, ganz außer sich war er – erinnerst du dich nicht?«

»Nun? – Weiter!«

»Jener junge Offizier ging in den Tod, als er auf die Ursache des Selbstmordes seines Bruders stieß. Auch Eugen Bischoff hatte das Geheimnis erraten – vielleicht war das der Grund, warum er sterben mußte –«

Das Läuten der Gartenglocke unterbrach die Stille. Doktor Gorski öffnete die Türe und blickte hinaus. Wir hörten Stimmen.

Felix hob den Kopf. Der Ausdruck seines Gesichtes war ein anderer geworden. Er hatte seine kühle Überlegenheit wiedergefunden.

»Die Kommission«, sagte er in einem gänzlich veränderten Ton. »Waldemar, du bist offenbar nicht bewußt, in welch phantastische Regionen du dich verstiegen hast. Nein, deine Theorien sind alles eher als überzeugend. Ihr werdet mich jetzt entschuldigen, ich möchte mit den Herren allein sprechen.«

Er ging auf Doktor Gorski zu und schüttelte ihm mit Wärme die Hand.

»Gute Nacht, Doktor. Ich werde nie vergessen, was Sie heute für Dina und mich getan haben. Was hätten wir begonnen ohne Sie? Sie dachten an alles, Sie haben Ihren klaren Kopf behalten, Doktor.«

Dann streifte sein Blick mich.

»Ich muß Ihnen wohl nicht erst versichern, Herr Rittmeister«, sagte er leichthin, »daß sich in der Sache nichts geändert hat. – Ich denke, wir lassen es bei unserer Verabredung, nicht wahr?«

Wortlos verbeugte ich mich.

10

Was sich an diesem Abend in der Villa Eugen Bischoffs noch ereignet hat, ist bald erzählt.

Als wir durch den Garten gingen, begegneten wir der Kommission, die aus drei Herren in Zivil bestand, einer von ihnen trug eine Aktentasche und eine große, braune Ledermappe. Der taube Gärtner leuchtete ihnen mit der Laterne voran. Wir traten zur Seite, um sie vorbeizulassen, und ein älterer Herr mit vollem Gesicht und grauem Spitzbart, der Polizeiarzt des Bezirkes, wie es sich zeigte, blieb stehen und wechselte ein paar Worte mit Doktor Gorski.

»Guten Abend, Herr Kollege«, sagte er und hielt sich sein Taschentuch vor den Mund. »Ein bißchen kalt für diese Jahreszeit. – Sie sind zugezogen worden?«

»Nein. Ich war zufällig anwesend.«

»Um was handelt es sich eigentlich? Wir wissen noch gar nichts.«

»Ich möchte Ihren Feststellungen nicht gerne vorgreifen«, sagte der Doktor ausweichend, und den weiteren Verlauf des Gespräches hörte ich nicht mehr, denn ich war weitergegangen.

Niemand schien das Musikzimmer betreten zu haben, seit ich es verlassen hatte. Noch immer lag der umgestürzte Sessel in der Türöffnung. Meine Noten fand ich auf dem Fußboden verstreut, und über die Lehne eines Stuhles gebreitet hing Dinas Schal.

Durch das offene Fenster kam der feuchtkalte Nachtwind, fröstelnd knöpfte ich meinen Rock zu. Und während ich mich bückte, um die Notenblätter aufzulesen, fiel mein Blick auf eines, das die Aufschrift trug: Trio in H-dur, op. 8. Und es war mir, als hätten wir das Scherzo eben erst zu Ende gespielt, die Schlußakkorde des Klaviers und der langgezogene letzte Celloton klangen mir im Ohr. Von einer freundlichen Vision ließ ich mir vortäuschen, daß wir alle noch um den Teetisch säßen, nichts hatte sich ereignet, der Ingenieur blies blaue Rauchringe in die Luft, vom Klavier her kamen Dinas gleichmäßige Atemzüge, Eugen Bischoff ging langsam auf und nieder, und sein Schatten glitt lautlos über den Teppich. –

Plötzlich wurde eine Tür zugeschlagen, und ich fuhr auf. Ich hörte laute Stimmen im Vorraum, mein Name fiel, der Ingenieur und der Doktor waren es, die von mir sprachen, sie schienen zu glauben, daß ich längst das Haus verlassen hätte.

»Alles«, hörte ich den Doktor in sehr entschiedenem Ton sagen. »Jede Gewalttat, jede Perfidie, jede – Herrgott, es ist zehn Uhr geworden. Auch einen Mord traue ich ihm zu, es wäre nicht sein erster. Aber ein falsches Ehrenwort? Nein.«

»Es wäre nicht sein erster?« fragte der Ingenieur. »Wie ist das zu verstehen?«

»Mein Gott! Er ist Kavallerieoffizier. Soll ich Ihnen etwa hier in dieser Zugluft meine Ansichten über das Duell entwickeln? Er kann rücksichtslos bis zur Brutalität sein, ich weiß ein Lied davon zu singen. – Dort hängt Ihr Mantel. – Tiere mag er, ein Reitpferd, einen Hund, ja, aber das Leben eines Menschen, der ihm im Weg steht, gilt ihm so viel, sage ich Ihnen.«

»Ich glaube, Doktor, Sie beurteilen ihn völlig unrichtig. Den Eindruck –«

»Hören Sie einmal, ich kenne ihn – warten Sie – seit fünfzehn Jahren kenne ich ihn –«

»Aber ein bißchen Menschenkenntnis habe ich

auch. Den Eindruck eines brutalen Draufgängers hat er wahrhaftig nicht auf mich gemacht. Sondern, im Gegenteil, den eines sehr sensiblen, nur in seiner Musik lebenden, innerlich scheuen –«

»Mein lieber Ingenieur, wer von uns ist so einfach zu definieren? Mit ein paar Schlagworten läßt sich der Charakter eines Menschen nicht erschöpfen. Der menschliche Charakter ist kein so einfaches Ding wie etwa eine Ihrer grünen Drahtspulen, die entweder positiv oder negativ geladen sind. Sensibel, überempfindlich, das mag richtig sein, innerlich schüchtern, das stimmt auch, aber daneben ist noch vielerlei Platz, glauben Sie mir das!«

Ich stand gebückt mit einem Notenblatt in der Hand und wagte nicht, mich zu rühren, denn die Türe war nur angelehnt, und die leiseste Bewegung hätte meine Anwsenheit verraten können. Diese ganze Erörterung interessierte mich nicht, und ich hatte nur den einen Gedanken, daß die beiden doch endlich das Haus verlassen sollten, denn es war mir peinlich, den Horcher spielen zu müssen. Doch das Gespräch ging weiter, und ich mußte es anhören, ob ich wollte oder nicht.

»Aber ein falsches Ehrenwort – nein, das nicht«, sagte der Doktor. »Sehen Sie, es gibt innere Gesetze der Ethik, die auch der größte Zyniker nicht überschreitet. Stand, Herkunft, Tradition – nein, ein falsches Ehrenwort gibt der Freiherr von Yosch nicht. Felix irrt sich.«

»Felix irrt sich«, wiederholte der Ingenieur. »Das war mir vom ersten Augenblick an klar. Wir finden eine alte Spur, und statt ihr nachzugehen bis dorthin, wo sie zum erstenmal sichtbar wird – statt das Nächstliegende, das Selbstverständliche zu tun – Was in aller Welt hat der Baron mit dem Selbstmord des Akademieschülers zu schaffen, die Frage mußte sich Felix doch stellen! – Eugen Bischoff ist tot, ich kann es noch immer nicht fassen! – Wir werden Licht in die Sache bringen, Doktor, das ist unsere Aufgabe. Wollen Sie mir helfen?«

»Helfen? Was können wir denn anderes tun, als den Dingen ihren Lauf lassen?«

»So? Den Dingen ihren Lauf lassen?« rief der Ingenieur laut und erregt. »Nein, Doktor, das habe ich mein Leben lang niemals getan. Von allen Verkleidungen der Trägheit war mir diese eine immer die hassenswerteste. Den Dingen ihren Lauf lassen, das heißt: Ich bin zu dumm, zu träge oder zu herzlos –«

»Danke«, sagte Doktor Gorski. »Sie sind wirklich Menschenkenner.«

»Vielleicht, Doktor. Sehen sie, der Baron, den sie für einen rücksichtslosen Draufgänger, für einen Menschen ohne Hemmungen und ohne Gewissen halten – glauben Sie mir, Doktor, mir erscheint er wie einer von unseren russischen Barsois, kennen Sie die Rasse? Schlank, hochmütig, geistig nicht sehr regsam, aber durchaus aristokratisch, sie sehen aus, als ob man sich vor ihnen in acht zu nehmen hätte, und dabei sind sie ganz und gar hilflos, wenn es ihnen irgendwie ans Leben geht. – Wir müssen für ihn denken, Doktor. Wollen Sie ihn denn wirklich im Stich lassen? Wenn die Dinge ihren Lauf nehmen, wenden sie sich unfehlbar gegen ihn, und das Ende ist der Revolver, bedenken Sie das. – Noch nicht Opfer genug, Doktor?«

Doktor Gorski gab keine Antwort. Eine Minute lang hörte ich ihn hin und her rumoren, irgendein Gegenstand stürzte polternd zu Boden, dann kam ein zorniges Gemurmel, das in eine Reihe sehr ausgiebiger Verwünschungen überging.

»Was suchen Sie denn?« fragte der Ingenieur.

»Meinen Stock, wo habe ich denn meinen Stock gelassen? Er gehört gar nicht mir, das ist das schönste. Meinem Hausbesorger gehört er. Wieder einmal mein Rheuma. Pistyan, ich hätte längst nach Pistyan gehen sollen. Einen braunen Stock mit dickem Horngriff, haben Sie ihn nirgends gesehen?«

Ich erschrak, denn an der Wand neben dem Kamin lehnte ein brauner Stock mit Horngriff.

Ich hatte gehofft, daß die beiden das Haus verlassen würden, ohne mich zu bemerken. Diese Hoffnung mußte ich nun aufgeben, denn daß der Doktor seinen Stock vor allem hier im Zimmer suchen würde, war so gut wie sicher. Ich mußte ihm zuvorkommen.

Ich richtete mich auf und warf die Notenblätter achtlos auf den Tisch. Dann trat ich ans Klavier und schlug den Deckel des Geigenkastens geräuschvoll zu. Sie sollten wissen, die beiden, daß ich da war und jedes Wort ihres so unvorsichtig laut geführten Gespräches gehört hatte.

Sofort brach draußen Doktor Gorskis ärgerliches Gemurmel ab, ich hörte nur noch das Ticken der Standuhr, die beiden mochten einander entgeistert anstarren. Ich malte mir ihre bestürzten und verlegenen Gesichter aus, und das Bild des Doktors, eines zur biblischen Salzsäule erstarrten Gnoms in Havelock und Galoschen, stand mir einen Augenblick lang lebhaft vor Augen.

Endlich schienen sie die Sprache wiedergefunden zu haben. Ein aufgeregtes Geflüster begann, und dann hörte ich Schritte – die festen und energischen Schritte des Ingenieurs.

Sehr gelassen ging ich ihm entgegen, die Situation war für ihn sicherlich weit unangenehmer als für mich. Ich war im Begriff, die Türe zu öffnen, da –

in diesem Augenblick schrillte neben mir das Telephon.

Ganz mechanisch geschah es, daß ich die Muschel in die Hand nahm. Die Überlegung, daß dieser Anruf unmöglich mir gelten konnte, kam mir erst später.

»Hallo?«

»Wer ist dort?« klang es aus dem Apparat. Ich kannte diese Stimme, ich hatte sogleich die bestimmte Empfindung, daß ich mit einem ganz jungen Mädchen sprach, und mit dieser Vorstellung war die Erinnerung an ein sonderbares Parfüm verbunden, an den Duft von Äther oder ätherischen Ölen – eine Sekunde lang überlegte ich, wo ich diese Stimme schon gehört hatte.

Die Dame am Telephon wurde ungeduldig.

»Wer ist denn dort?« wiederholte sie in ärgerlichem Ton, und ich geriet in Verwirrung, denn die Türe war aufgestoßen worden, und der Ingenieur stand im Mantel, den Hut in der Hand, auf der Schwelle und sah mich fragend an.

»Hier Villa Bischoff«, sagte ich endlich.

»Da ist er ja, mein Stock«, brummte Doktor Gorski höchst zufrieden. Er hatte sich neben dem Ingenieur durch die Türe gezwängt, stand im Zimmer und rieb sich sein Bein.

»Ist der Herr Professor zugegen?« fragte die Dame.

»Der Herr Professor?« – Ich hatte keine Ahnung, wer gemeint war. Falsch verbunden, dachte ich im ersten Augenblick, und mir fiel ein: Einmal hatte sich Dina beklagt, daß ihre Nummer immer mit der eines Primararztes der Augenklinik verwechselt wurde.

»Schon wieder«, stöhnte der Doktor. »Ein paar Wochen in einem Schwefelbad, das wäre das beste.

Aber, möchten Sie das glauben, nicht einmal dazu bin ich in diesem Sommer gekommen.«

»Wen wünschen Sie zu sprechen?« fragte ich. »Den Herrn Professor Bischoff – Eugen Bischoff«, kam es aus dem Apparat.

Jetzt erst erinnerte ich mich, daß Eugen Bischoff auch dramatischen Unterricht an der Akademie für darstellende Kunst erteilt hatte. Daß ich nicht sogleich daran gedacht hatte! Eine seiner Schülerinnen vermutlich, sagte ich mir, aber warum der Klang dieser Stimme die Erinnerung an Äthergeruch in mir erweckte, das wußte ich mir nicht zu erklären.

»Der Herr Professor ist nicht zu sprechen«, rief ich ins Telephon.

»Kommen Sie doch endlich!« drängte Doktor Gorski den Ingenieur. »Wie lange soll ich noch mit meinem Rheuma in dieser Zugluft stehen?«

»Seien Sie still!« raunte ihm der Ingenieur zu. »Der Kleiderrechen ist Ihnen aufs Schienbein gefallen, das ist Ihr Rheuma.«

»Unsinn«, rief Doktor Gorski empört. »Was reden Sie da! Ich werde doch wissen, was Muskelschmerzen sind!«

»Nicht zu sprechen? Auch für mich nicht?« fragte die Dame in sehr selbstsicherem Ton. Ihren Namen zu nennen schien sie für ganz überflüssig zu halten. – »Auch für mich nicht? Er erwartet doch meinen Anruf.«

Ich war ratlos, und das fortwährende Dazwischensprechen Doktor Gorskis erhöhte noch meine Verwirrung. Was sollte ich ihr sagen?

»Ich fürchte, der Herr Professor ist für niemanden zu sprechen«, gab ich zur Antwort, und plötzlich mußte ich an den schottischen Plaid denken und an das fahle Gesicht, das er verhüllte – ich fühlte, wie mir ein kalter Schauer über den Rücken lief und meine Hände zitterten.

»Für niemand zu sprechen?« kam es im Ton des Zweifels und des Staunens aus dem Apparat. »Aber meinen Anruf erwartet er ja!«

»Sehen Sie nach, ich glaube, es regnet schon wieder«, sagte der Doktor. »Das ist Gift für mich. Ob ich wohl einen Wagen bekommen werde? Bestimmt nicht, das weiß ich schon jetzt.«

»Seien Sie doch endlich still, zum Teufel!« fuhr ihn der Ingenieur an.

»Was hat das zu bedeuten? – Es ist ein Unglück geschehen!« schrie die Unbekannte auf.

»An der Seite und im Rücken auch. Es zieht sich hinauf, da haben wir die Bescherung«, flüsterte Doktor Gorski völlig eingeschüchtert, und dann verstummte er.

»Was ist vorgefallen? So sprechen Sie doch!« kam es drängend aus dem Telephon.

»Nichts. Gar nichts.« Und wie ein Blitz durchfuhr es mich: – Woher weiß sie –? Woher kann sie denn wissen –? Nein! Durch mich durfte niemand erfahren – Felix allein hat das Recht –. »Gar nichts ist vorgefallen«, sagte ich und bemühte mich, meiner Stimme einen ruhigen Klang zu geben, aber die starren Augen in dem fahlen, verzerrten Gesicht, die blieben, die wollten nicht verschwinden. – »Der Herr Professor hat sich zurückgezogen, um zu arbeiten«, sagte ich. »Das ist alles.«

»Um zu arbeiten! Ach, du lieber Gott, die neue Rolle, natürlich! Und ich dachte – nein, so ein dummer Einfall! – Ich fürchtete –«

Sie lachte leise vor sich hin. Dann fuhr sie in dem selbstsicheren Ton von früher fort:

»Ich möchte den Herrn Professor natürlich nicht

stören. Darf ich Sie bitten – mit wem spreche ich denn überhaupt?«

»Freiherr von Yosch.«

»Kenne ich nicht«, klang es sehr dezidiert zurück, und wiederum hatte ich das Gefühl, daß ich diese Stimme schon mehr als einmal gehört hatte, aber wann und wo, das wollte mir noch immer nicht einfallen. – »Wollen Sie die Güte haben, den Herrn Professor zu benachrichtigen – er hätte schon heute nachmittag zu mir kommen sollen, aber plötzlich, mittags, sagte er ab. Teilen Sie ihm also, bitte, mit, daß ich ihn morgen um elf Uhr vormittags bei mir erwarte. Sagen Sie ihm, daß alles vorbereitet ist und daß ich nicht in der Laune bin, die Sache nochmals zu verschieben, falls er etwa morgen wieder keine Zeit haben sollte.«

»Und von wem soll ich ihm das alles berichten?« fragte ich.

»Sagen Sie ihm –«, die Stimme klang jetzt sehr ungnädig, wie die Stimme eines verzogenen Kindes, dem irgend etwas nicht nach seinem Willen geht. »Sagen Sie dem Herrn Professor, daß ich auf das Jüngste Gericht unter keinen Umständen noch länger warten wolle. Das wird genügen.«

»Auf das Jüngste Gericht?« fragte ich verwundert und mit einem leichten Gefühl des Unbehagens, über dessen Ursache ich mir keine Rechenschaft geben konnte.

»Jawohl. Auf das Jüngste Gericht«, sagte sie mit Nachdruck. »Wollen Sie dem Herrn Professor das bestellen? – Ich danke.«

Ich hörte, daß sie abläutete, und ließ die Muschel sinken. Im gleichen Augenblick fühlte ich mich an der Schulter gepackt. Ich wendete den Kopf – der Ingenieur stand neben mir und starrte mir ins Gesicht.

»Was – was sagen Sie da?« stotterte er. »Was haben Sie da gesagt?«

»Ich? – Eine Dame, die Dame am Telephon – sie will auf das Jüngste Gericht nicht länger warten.«

Er ließ mich los und griff nach dem Hörrohr. Sein Hut war ihm auf die Erde gefallen, ich hob ihn auf und behielt ihn in der Hand.

»Es ist zu spät. Sie hat abgeläutet«, sagte ich. Er warf mit einer heftigen Bewegung das Hörrohr hin.

»Mit wem haben Sie gesprochen?« fuhr er mich an.

»Mit wem? Ich weiß es nicht, sie wollte ihren Namen nicht nennen. Aber ihre Stimme kam mir bekannt vor. Das ist alles, was ich sagen kann.«

»Denken Sie nach! Herrgott im Himmel, denken Sie doch nach!« schrie er. »Ich will wissen, mit wem Sie gesprochen haben. Es muß Ihnen einfallen! Hören Sie? Es muß Ihnen einfallen!«

Ich zuckte die Achseln.

»Wenn Sie es wünschen«, sagte ich, »werde ich die Zentrale anrufen. Vielleicht kann ich erfahren, mit wem ich verbunden gewesen bin.«

»Das ist ganz aussichtslos, sparen Sie sich die Mühe. Denken Sie lieber nach! – Sie hat nach Eugen Bischoff gefragt. Was wollte sie von ihm?«

Ich wiederholte ihm Wort für Wort den Inhalt des Gesprächs.

»Sie finden das auch sonderbar, wie?« fragte ich, als ich mit meinem Bericht zu Ende war. »Das Jüngste Gericht! Was mag das zu bedeuten haben?«

»Was das zu bedeuten hat, weiß ich nicht«, sagte er und blickte starr zu Boden. »Ich weiß nur, daß das die letzten Worte Eugen Bischoffs waren.«

Schweigend standen wir einander gegenüber.

Nichts regte sich im Zimmer, nur das Ticken der Uhr war hörbar, sonst kein Laut, bis endlich Doktor Gorski, der in den Garten hinausgeblickt hatte, das Fenster zuschlug.

»Gott sei Dank, es regnet nicht mehr«, sagte er und kam auf uns zu.

»Was schert das mich, ob es regnet oder nicht!« schrie der Ingenieur in einem Anfall von plötzlicher Wut. »Verstehen Sie denn nicht? Das Leben eines Menschen ist in Gefahr!«

»Sie machen sich ganz unnötige Sorgen um mich«, sagte ich, um ihn zu beruhigen. »Ich bin wirklich nicht so hilflos, wie Sie anzunehmen scheinen, und außerdem –«

Er blickte mich völlig geistesabwesend an, dann sah er seinen Hut und nahm ihn mir aus der Hand.

»Nicht um Ihr Leben handelt es sich hier«, murmelte er. »Nein, nicht um das Ihre.«

Dann ging er. Wortlos, wie ein Nachtwandler ging er hinaus und die Treppe hinunter, mit dem zerknüllten Hut in der Hand, ohne Gruß, ohne auf mich, ohne auf Doktor Gorski zu achten.

11

Auf die Leute, die mir begegneten, muß ich den Eindruck eines Verstörten, eines ganz plötzlich aus seiner Bahn Gerissenen gemacht haben, als ich an diesem Abend erregt, ohne Hut und mit einer frischen Rißwunde auf der Stirne durch die hellerleuchteten Straßen nach Hause ging. Wann und wo ich mir diese Verletzung zugezogen habe, das ist mir niemals völlig klargeworden. Die Wahrscheinlichkeit spricht dafür, daß ich drüben im Pavillon, als ich für ein paar Sekunden das Bewußtsein verlor – es war nur ein leichter Schwächeanfall und er ging rasch vorüber –, daß ich da mit der Stirne auf irgendeinen harten Gegenstand aufgeschlagen bin, auf eine Stuhllehne oder auf die Kante des Schreibtisches. Ich erinnere mich genau, daß ich kurz nachher einen stechenden und bohrenden Schmerz oberhalb des rechten Auges verspürt habe, doch hatte ich nicht weiter darauf geachtet, er war auch bald vergangen. Als ich auf die Straße trat, wußte ich noch immer nichts von dieser Verletzung, und die verwunderten Blicke, die die Leute mir zuwarfen, erweckten eine sonderbare Vorstellung in mir.

Es war mir, als wüßte schon die ganze Stadt, was sich soeben in der Villa Bischoff zugetragen hatte. Die ganze Stadt nahm Anteil an dem Ereignis, die ganze Stadt kannte mich und sah in mir den Mörder. – »Ist es möglich, daß man dich noch nicht verhaftet hat?« fragte der erstaunte Blick eines Studenten, der aus einem Nachtkaffeehaus auf die Straße trat. Ich erschrak und ging rasch weiter und traf zwei Mädchen, die vor einem Haustor standen und auf Einlaß warteten. Zwei Schwestern, und die eine von ihnen, die mit dem Ebereschenzweig in der Hand, die hatte mich erkannt, daran war nicht zu zweifeln. – »Da ist er«, flüsterte Sie, und ich sah, wie sie voll Abscheu und Empörung den Kopf wegwandte. Sie hatte ein blasses Gesicht, und unter dem breiten Rand ihres Sommerhutes sah ich einen Schimmer ihrer roten Haare.

Dann kam der alte Herr mit den nervösen Handbewegungen, er blieb stehen und sah mich kummervoll an – er machte sogar Miene, mich anzureden. – »Wie konnten Sie den armen Menschen in den Tod jagen! Wie konnten Sie das?« schien er sagen zu wollen. – Zum Teufel! Jetzt hab' ich aber genug! durchfuhr es mich, und er merkte, daß ich entschlossen war, ihm beim ersten Wort an die Gurgel zu fahren, da bekam er Furcht und machte sich davon. –

Doch nun geschah etwas, was mich um den letzten Rest meiner Haltung brachte.

Ein Radfahrer kam mir lautlos entgegen, ein großer muskulöser Mensch mit bloßen Armen und einem brutalen Gesichtsausdruck, wie ein Bäckergehilfe sah er in seinem Netzleibchen aus – der sprang knapp vor mir vom Rad und starrte mich an. – Der sucht dich! Der ist hinter dir her! schoß es mir durch den Kopf, und ich begann zu laufen, rannte atemlos quer über die Straße, rannte immer weiter, und erst in einer dunklen Seitengasse, weitab von meinem Weg, blieb ich keuchend stehen und kam zur Besinnung.

Was ist das gewesen? fragte ich mich erschrocken und beschämt. Wovor bin ich geflüchtet? Ist es denn denkbar, daß die ganze Stadt in Bewegung ist, weil drüben einer den Revolver gegen sich gerichtet hat? Welche Tollheit, daß ich aus den Augen fremder und gleichgültiger Menschen, die der Zufall mir in den Weg geführt hat – daß ich aus ihren Mienen Felix' unsinnige Beschuldigung herausgelesen habe! Ein Hirngespinst hat mich erschreckt. Fremde Menschen, keinen von ihnen kannte ich, keinen von ihnen hab' ich je gesehen. – »Genug! Nach Hause!« flüsterte ich mir zornig zu. – Es sind die Nerven, ich muß Brom nehmen. Ja, es war zuviel für einen Tag. – Wovor fürchte ich mich? An dem, was geschehen ist, trage ich doch keine Schuld. Ich konnte es nicht verhindern. Ich habe keinen Blick zu scheuen. Ich darf ruhig meinen Weg gehen, ich kann den Leuten ins Gesicht sehen so ruhig wie gestern, so ruhig wie alle Tage.

Und doch – es trieb mich – irgend etwas war in mir, das trieb mich, den Menschen, die mir entgegenkamen, in weitem Bogen auszuweichen. Ich umging den hellen Lichtkreis der Gaslaterne, ich suchte den Schatten, und wenn ich Schritte hinter mir hörte, schrak ich zusammen. – An einer dunklen Straßenecke hörte ich einen Wagen langsam vorüberrollen. Ich rief ihn an, er hielt, und ein verschlafener Kutscher führte mich nach Hause.

Als ich die Türe zu meiner Wohnung öffnete, war mein Entschluß gefaßt: Ich wollte fort.

»Ich bin fertig mit meinen Nerven«, sagte ich halblaut, während ich ins Zimmer trat, fünf- oder sechsmal wiederholte ich diese Worte, und ich erschrak, als ich mich dabei ertappte. – Fort von hier, ja! Aber nicht in den Süden, nein, nicht nach Nizza, nicht nach Rapallo oder an den Lido. – Drüben in Böhmen, in der Chrudimer Gegend, besaß ich ein Gut, das ich von einem frühverstorbenen Vetter mütterlicherseits geerbt hatte. Auf diesem alten Herrensitz hatte ich einen Teil meiner Jugend verbracht, und an diese vergangenen Sommertage mußte ich immer wieder denken, sooft ich die Berichte, die Vorschläge und die laufenden Abrechnungen meines Verwalters durchsah. Seit meiner Kindheit war ich ein einziges Mal dort gewesen, eine Woche lang hatte ich in den Chrudimer Wäldern Rehböcke geschossen. Das war jetzt fünf Jahre her.

Dorthin wollte ich. Dort fand ich die Ruhe und die Einsamkeit, deren ich jetzt wie nie zuvor in meinem Leben bedurfte. Daß mein Verschwinden aus der Stadt falsch ausgelegt werden konnte, als Flucht, als Schuldbekenntnis, als ein verzweifelter Versuch, mich aus einem Netz unwiderlegbarer Beweise gewaltsam zu befreien – daß das so gedeutet werden konnte, daran dachte ich in diesem Augenblicke nicht. Ich wollte fort aus der Stadt, das war alles. Und ich malte mir aus, wie ich die nächsten Wochen verbringen wollte: Stundenlanges Wandern, bergauf, bergab, durch die endlosen Tannenwälder. Freundschaft mit einem zottigen alten Jagdhund. Wiedersehen mit einem Tümpel, in dem ich als Junge, auf der Jagd nach Meeresungeheuern, Schwimmkäfer, Molche und Blutegel gefangen hatte. Ein Sonntagnachmittag in der Gaststube des Dorfwirtshauses zwischen schweigsamen tschechischen Bauern und kartenspielenden Forstbeamten. Und am Abend vor dem Schlafengehen eine Stunde im Lehnstuhl gegenüber dem Holzfeuer des Kamins mit Büchern, Rotwein und einer Pfeife Tabak.

So stand das Leben der nächsten Wochen vor meinen Augen, und kaum, daß dieser Plan gefaßt war, drängte alles in mir auch schon zur Ausführung. Ich brannte vor Ungeduld, am liebsten wäre ich gleich jetzt, in diesem Augenblick schon, im Zug gesessen. Ich ging im Zimmer auf und nieder, und das meinen Augen gewohnte Bild, der Schreibtisch, die buntgestickten Fenstergobelins, die albanesische Hakenbüchse und der grünseidene Gebetsteppich an der Wand – das alles war mir verhaßt und unerträglich geworden.

Das Fieber der Ungeduld, das mich ergriffen hatte, ließ untätiges Warten nicht zu. Und um meinen Entschluß in mir selbst zu befestigen, um irgend etwas zu tun, was mich der Ausführung meines Planes näherbringen konnte, holte ich, als wäre keine Zeit zu verlieren, meine beiden Reisekoffer aus ihrem Winkel hervor und begann zu packen. Trotz meiner inneren Unruhe ging ich methodisch vor, ich dachte an alles, mein Diener Vinzenz hätte es nicht besser machen können. Sogar den kleinen Taschenkompaß und das deutsch-tschechische Wörterbuch, das mich schon vor fünf Jahren auf die Reise nach Böhmen begleitet hatte, vergaß ich nicht. Als ich fertig war – im Zimmer war ein wüßtes Durcheinander von Büchern, Kleidern, Ledergamaschen und Wäschestücken, die zurückbleiben mußten –, als ich die Koffer verschlossen hatte, überlegte ich, was ich an dringenden Geschäften vor meiner Abreise noch zu erledigen hatte. Zur Bank mußte ich, um Geld zu beheben, das sollte mein erster Weg sein. Eine Unterredung mit meinem Rechtsfreund, den ich telephonisch zu mir bitten wollte. Urlaub? Mein Urlaub war noch nicht abgelaufen. Für den Mittwochabend hatte ich eine Verabredung mit Freunden im Opernrestaurant, von der mußte ich mich freimachen. Telegraphischen Auftrag an meinen Gutsverwalter, mir den Wagen zur Station entgegenzuschicken. Eine Spielschuld und ein paar Rechnungen waren zu begleichen – ich wollte alle meine Angelegenheiten in voller Ordnung hinterlassen. Einige letzte Besorgungen in der Stadt. Dann das Graf-Wenckheim-Erinnerungsturnier im Fechtklub, ich war als Teilnehmer angemeldet und mußte rechtzeitig absagen, das ließ sich vielleicht mit ein paar Zeilen an den Klubsekretär erledigen.

Das war alles, was mir im Augenblick einfiel, ich notierte mir diese Dinge für den kommenden Tag und legte den Zettel auf den Schreibtisch unter den Briefbeschwerer. Meine Unruhe ließ ein wenig nach. Was um diese späte Stunde geschehen konnte, um meine Abreise vorzubereiten, war getan. Zwei Uhr und fünf Minuten – es war Zeit, zu Bett zu gehen.

Doch noch immer war ich zu erregt, als daß ich hätte Schlaf finden können. Eine Weile hindurch lag ich mit geschlossenen Augen, aber keine Spur von Müdigkeit wollte sich einstellen, mit quälender Deutlichkeit kreuzten sich hundert beängstigende Vorstellungen in meinem überwachen Hirn. Dann erinnerte ich mich des Schlafmittels, das auf meinem Nachttisch bereitstand. Es waren nur noch zwei kleine Brompastillen in der Kassette, und ich nahm sie beide.

Ich muß Brom kaufen oder Morphiumtropfen oder Veronal, irgendein Narkotikum – daß ich das nicht vergesse! Etwas dergleichen werde ich in den nächsten Tagen wohl noch öfter brauchen, sagte ich mir, und sogleich sprang ich auf und begann aufgeregt nach dem Rezept zu suchen, zuerst in meiner Brieftasche, dann in allen Schreibtischfächern, in den Winkeln der Kästen und Kommoden und schließlich in meinen Rocktaschen, aber es wollte nicht zum Vorschein kommen.

Das macht nichts, beruhigte ich mich. – Ich brauche das Rezept nicht. Drüben in der Erzengelapotheke kennt man mich, der Besitzer grüßt mich, wenn ich vorübergehe, ein bißchen Brom bekomme ich gewiß auch ohne ärztliche Anweisung ausgefolgt. Brom! Das darf ich nicht vergessen, sonst hab' ich morgen eine schlaflose Fahrt.

Ich holte den Zettel, auf dem ich mir die Notizen für den kommenden Tag gemacht hatte, vom Schreibtisch. Und in dem Augenblick, da ich das Wort Brom niederschrieb, mußte ich plötzlich, ohne daß mir der Zusammenhang bewußt wurde, an die Stimme im Telephon denken, an die Stimme der Frau, die auf das Jüngste Gericht nicht warten wollte. – Wie sonderbar das klang! Und zugleich kamen mir die Worte des Ingenieurs in Erinnerung. – »Denken Sie nach! Um des Himmels willen, denken Sie nach! Es muß Ihnen einfallen.« Ja, es mußte mir einfallen, jetzt hatte ich Zeit und Ruhe, darüber nachzudenken. Ich durfte noch nicht einschlafen, ich mußte mich darauf besinnen, woher ich diese Stimme kannte. Jetzt war es mir klar, daß die unbekannte Frau den Schlüssel des Geheimnisses besaß, sie konnte uns sagen, warum Eugen Bischoff hinübergeflüchtet war, sie wußte es, ich mußte sie finden, ich mußte mit ihr sprechen –

Ich lag im Bett und preßte die Hände an die Schläfen und forschte in meiner Erinnerung nach. Ich versuchte, mir den Klang ihrer Stimme noch einmal ins Ohr zurückzurufen, aber es wollte mir nicht gelingen. Müdigkeit kam über mich. Das Schlafmittel tat seine Wirkung.

Ein Gefühl des Beruhigtseins stieg in mir auf, alles, was geschehen war, erschien mir jetzt unwirklich und sonderbar gewichtslos, ein Spiel der Schatten an der Wand. Noch war ich wach, aber ich fühlte schon das leise Streicheln des Schlafs. Abgerissene Worte ohne Sinn zuckten mir durchs Ohr, Vorboten eines kommenden Traums. – »Noch immer regnet es«, sagte eine Stimme, und andere Stimmen mengten sich drein, und ich fuhr auf und war allein. Eine Fliege summte durchs Zimmer. Unten auf der Straße ging ein Mann vorüber und stieß mit seinem Stock einmal, zweimal, dreimal auf das Pflaster. Ich hörte es, aber im gleichen Augenblick war es mir, als hämmerte irgendwo in der Ferne ein Specht. Tannenwälder rauschten, ein feuchter Windhauch flog über mein Gesicht, von weither kam der Schrei eines Vogels, noch einmal versuchte ich, die Augen zu öffnen, und dann endete dieser Tag.

12

Vinzenz, der mit dem Frühstück vor meinem Bett stand, hatte mich geweckt. Es war dunkel im Zimmer, ich sah nur die Umrisse seiner Figur und einen matten Schimmer, der von der silbernen Milchkanne ausging. Ich hörte ihn sprechen, aber ich verstand nicht, was er sagte. Noch immer wehrte ich mich gegen das Erwachen, ich wollte weiterschlafen, ich hatte ein undeutliches Gefühl der Furcht, aufstehen und den Tag beginnen zu müssen.

»Wie spät mag es sein?« fragte ich mühsam, und muß gleich darauf wieder eingeschlafen sein, aber nicht für lange, nur für ein paar Sekunden vielleicht, denn als ich die Augen öffnete, stand Vinzenz noch immer vor meinem Bett.

»Meld' gehorsamst, Herr Rittmeister«, hörte ich ihn sagen, »es ist neun Uhr durch.«

»Unmöglich«, gab ich zur Antwort und schloß die Augen. »Es ist stockfinster.«

Ich hörte das leise Klirren des Frühstücksgeschirres und schlürfende Tritte auf dem Teppich. Dann wurden die Jalousien in die Höhe gezogen. Tageslicht drang ins Zimmer, eine schmerzende Helligkeit traf mein Gesicht.

»Wenn der Herr Rittmeister verreisen will, dann ist es höchste Zeit, daß der Herr Rittmeister aufsteht«, mahnte Vinzenz vom Fenster her.

»Verreisen? Wohin denn? Wozu denn?« fragte ich noch halb im Schlaf, und versuchte nachzudenken, aber ich erinnerte mich nur, daß ich in der Nacht die beiden Koffer gepackt hatte. »Es ist noch Zeit. Du wirst mir das Gepäck zur Bahn bringen.«

»Auf den Südbahnhof?«

Es währte eine Weile, ehe ich mich darauf besann, wohin ich wollte.

»Nein, ich fahre nach Chrudim«, sagte ich. – »Mach wieder finster, ich möchte noch schlafen.«

»Jesus Maria!« schrie Vinzenz plötzlich. »Wie sieht denn der Herr Rittmeister aus?«

Ich war noch immer nicht völlig wach geworden. »Was gibt's denn schon wieder?« fragte ich ärgerlich und richtete mich im Bette auf.

»Auf der Stirne! Knapp über dem rechten Auge! Wo hat sich der Herr Rittmeister das geholt?«

Ich tastete mit der Hand nach meiner Stirne. –

»Laß einmal sehen«, sagte ich, und Vinzenz brachte mir den Spiegel.

Ich sah mit Verwunderung die Wunde und das geronnene Blut und konnte mir nicht recht erklären, woher ich diese Wunde hatte.

»Das Treppenhaus war gestern wieder einmal nicht beleuchtet«, sagte ich dann, nur um nicht weiter nachdenken zu müssen. – »Gesindel das! Jetzt geh und laß mich schlafen!«

»Und was soll ich dem Herrn melden? Er wartet auf Antwort und sagt, es sei sehr dringend.«

»Welcher Herr denn, zum Kuckuck?«

»Ich hab' es dem Herrn Rittmeister schon gemeldet. Ein Herr ist drüben im Zimmer, einer, der noch nie hier war, ein Großer, Blonder. Er sagt, er müsse den Herrn Rittmeister unbedingt sprechen, und hat es sich am Schreibtisch bequem gemacht, wie wenn er beim Herrn Rittmeister zu Hause wäre.«

»Hat er dir seinen Namen nicht genannt?«

»Meld' gehorsamst, die Karte liegt auf der Zuckerdose.«

Ich nahm die Karte und las »Waldemar Solgrub«,

zwei- oder dreimal las ich den Namen, und dann erst stellte sich die Erinnerung an die Vorgänge des vergangenen Tages in mir ein. Ein Unbehagen beschlich mich. Was wollte der Ingenieur so zeitlich morgens bei mir? Sein Besuch hatte sicherlich nichts Gutes zu bedeuten. Ich überlegte, ob ich mich nicht mit Unwohlsein entschuldigen oder einfach verleugnen lassen sollte. Ich wollte allein sein, keinen Menschen sehen, nichts erfahren.

Das waren die Gedanken des ersten Augenblicks, und ich unterdrückte sie.

»Ich werde später frühstücken«, erklärte ich dem Diener. »Und den Herrn lasse ich bitten, noch eine Weile Geduld zu haben. Sag ihm, daß ich in fünf Minuten zu seiner Verfügung stehe.«

Der Ingenieur saß, als ich ins Zimmer trat, an meinem Schreibtisch. Er schien müde und übernächtig zu sein, das war der erste Eindruck, den ich gewann. Vor ihm in der Aschenschale lagen fünf oder sechs Zigarettenreste, er mochte, während er auf mich gewartet hatte, ununterbrochen geraucht haben. Jetzt hielt er den Kopf in seine Hände gestützt und starrte mit einem sonderbar gläsernen, ins Leere gehenden Blick vor sich hin. Seine Unterlippe war leicht verzerrt, als hätte er gegen einen physischen Schmerz anzukämpfen. In dem Augenblick aber, in dem er meine Anwesenheit bemerkte, verschwand dieser Ausdruck aus seinem Gesicht. In seinen Augen lag erwartungsvolle Spannung.

»Sie verzeihen, daß ich Sie wecken ließ«, begann er. »Aber ich durfte tatsächlich nicht länger warten.«

»Nein, ich bin Ihnen dankbar«, sagte ich. »Ich hatte

viel zu lange geschlafen, das ist sonst nicht meine Gewohnheit. – Eine Tasse Tee?«

»Sehr freundlich – nein, keinen Tee. Ein bißchen Kognak, wenn ich bitten darf. – Danke, das genügt. Nun – Sie wissen, warum ich hier bin?«

»Ich nehme an, daß Felix Sie zu mir geschickt hat«, gab ich zur Antwort. »Hat sich seit gestern etwas Neues ereignet?«

»Noch nicht. Bis jetzt noch nicht«, murmelte der Ingenieur und bekam wieder seinen starren Blick.

»Dann weiß ich im Augenblick tatsächlich nicht –«

»Ich fürchte, ich bin vergeblich gekommen«, meinte er. – Er saß vornübergebeugt und sah mit einem gänzlich ausdruckslosen Blick an mir vorbei. »Ich bildete mir ein, Sie würden mir sagen können, mit wem Sie gestern durchs Telephon über Eugen Bischoff gesprochen haben – Sie erinnern sich! Sie haben nicht weiter darüber nachgedacht, wer die Dame gewesen sein mag – wie?«

»Doch, ich habe über die Sache nachgedacht«, sagte ich hastig, und während ich noch sprach, hatte ich eine Art Eingebung, ich kam ganz plötzlich zu einer Schlußfolgerung, die mir zwingend und überzeugend schien. »Ich habe nachgedacht und bin zu einem Ergebnis gekommen. Die Dame, mit der ich sprach – es kann sich nur um eine Schauspielerin handeln, ich vermute, daß ich sie von der Bühne her kenne, denn Eugen Bischoff und ich, wir hatten wenig gemeinsame Bekannte. Aber wann und in welchem Stück ich sie gesehen habe, das konnte ich leider bis jetzt nicht feststellen.«

»Danke«, sagte der Ingenieur kurz und starrte völlig abwesend auf den grünseidenen Gebetsteppich an der Wand.

»Ich denke, daß ich auf den Namen noch kommen

werde«, fuhr ich nach einer Weile fort. »Sie müssen mir Zeit lassen – allzuviel Personen kommen übrigens nicht in Betracht, ich bin in der letzten Zeit nicht sehr häufig im Theater gewesen.«

Der Ingenieur saß teilnahmslos, den Kopf in die Hand gestützt, mir gegenüber. Er sagte noch immer kein Wort, und sein Schweigen wurde mir unerträglich.

»Wenn wir uns heute nachmittags treffen könnten«, schlug ich vor, »sagen wir, etwa um fünf Uhr – soviel Zeit müssen Sie mir lassen –, ich bin sicher, daß ich bis dahin –«

Er unterbrach mich mit einer Handbewegung.

»Nein, machen Sie sich keine Mühe weiter in der Sache«, sagte er. Und dann langte er plötzlich nach der Kognakflasche und begann zu trinken, wie ein Toller, ein Glas nach dem anderen schüttete er hinunter.

»Nachmittags um fünf, sagen Sie«, fuhr er nach dem siebten Glas etwa fort. »Heute nachmittags um fünf werde ich wissen, mit wem Sie gestern gesprochen haben, daran ist, wie die Sache liegt, nicht zu zweifeln.«

»Wirklich?« rief ich überrascht und ungläubig. »Haben Sie denn einen Anhaltspunkt? Aufrichtig gesagt, ich kann mir nicht vorstellen, auf welche Art –«

»Verlassen Sie sich darauf: Ich weiß, was ich sage«, murmelte der Ingenieur und stürzte ein Glas Kognak hinunter und dann noch ein zweites und ein drittes, er schien gewohnt zu sein, Kognak aus Wassergläsern zu trinken.

»Es wäre natürlich von der größten Wichtigkeit, zu erfahren, wer die Dame war«, sagte ich. »Ich denke, wir werden einige Fragen an sie zu richten haben, meinen Sie nicht? Vor allem –«

Er schüttelte den Kopf.

»Ich glaube nicht, daß wir irgendeine Aufklärung von ihr bekommen werden«, sagte er, und dann versank er wieder in sein brütendes Schweigen.

Ein paar Minuten vergingen, während wir stumm einander gegenübersaßen. Drüben in meinem Schlafzimmer sprach Vinzenz, wie es seine Gewohnheit war, halblaut mit sich selbst. Manchmal unterbrach er sich, um den Refrain irgendeines steirischen Soldatenliedes zu pfeifen. Durch das offene Fenster kam das gedämpfte Geräusch der Straße, ein Lastauto, das vorüberrollte, ließ die Teetasse, die Kognakgläser und die silberne Milchkanne leise erklirren. – Ich sah das Blatt Papier, auf das ich tags zuvor meine Notizen gemacht hatte, auf dem Schreibtisch liegen und steckte es zu mir.

Plötzlich erhob sich der Ingenieur. Einige Male ging er mit sehr energischen Schritten im Zimmer auf und nieder. Vor meinen Reisekoffern blieb er stehen.

»Das wäre also erledigt«, sagte er in völlig verändertem Tone. »Bedaure, Sie im Schlaf gestört zu haben. Es war recht überflüssig. – Sie wollen verreisen, wie ich sehe.«

»Ja, nach Böhmen. Ich habe ein kleines Gut in der Nähe von Chrudim. – Noch einen Kognak? – Um sieben Uhr abends geht mein Zug.«

»Kann man erfahren, was Sie so plötzlich von hier abberuft?«

»Rotwild, das abgeschossen werden will, sonst nichts.«

»Glauben Sie, daß die Rehböcke Ihres Reviers sehr ungehalten sein werden, wenn Sie sie ein paar Tage warten lassen? – Scherz beiseite, Baron: Wollen Sie Ihre Reise nicht verschieben?«

»Ich wüßte wirklich nicht, was mich dazu veranlassen könnte.«

»Werden Sie nicht gleich heftig«, sagte der Ingenieur und hob den Kopf und sah mir ins Gesicht. »Lassen Sie mich einmal ganz aufrichtig mit Ihnen sprechen. – Ich war heute nachts im Rennklub. Ich habe mit einigen Ihrer guten Freunde über Sie gesprochen, Sie waren Gegenstand einer ziemlich lebhaft geführten Debatte. Nein, Sie sind nicht der, für den ich Sie anfangs hielt, kein Schöngeist, kein Ästhet. Wenn Ihr Name genannt wurde, so geschah das in einem eigenartigen Ton respektvollen Hasses. Es heißt, daß Sie in einigen Ihrer Affären von einer gewissen – nun, sagen wir: Großzügigkeit in der Wahl Ihrer Mittel gewesen sind. Irgend jemand nannte Sie gestern eine prachtvolle Canaille. – Bitte, bleiben Sie sitzen! Relata refero – ich habe durchaus nicht die Absicht, Sie zu beleidigen. – Sie wollen auf Ihr Gut, um Rehböcke zu schießen. Schön. Ich verstehe. Aber wozu das? An Eugen Bischoffs Tod sind Sie nicht schuld, können Sie nicht schuld sein. Zum Teufel, wenn nur die Hälfte von dem wahr ist, was man mir von Ihnen berichtet hat, dann verstehe ich nicht, warum Sie sich gerade in diesem Fall Ihrer Haut nicht wehren, warum Sie meinem Freunde Felix einfach Order parieren –«

»Und ich, Herr Ingenieur, verstehe nicht, was das alles – was Felix mit meinem kleinen Jagdausflug zu schaffen haben soll.«

»Wollen Sie mit mir Verstecken spielen?« fragte der Ingenieur und sah mich ernst und aufmerksam an. »Wozu? Geben Sie sich doch keinen Illusionen hin: Keiner Ihrer Bekannten wird sich die Feststellung, daß Sie Sinn für stilvolles Arrangement besitzen, entgehen lassen, auch wenn in den Zeitungsberichten über Ihren Jagdunfall nicht ausdrücklich auf diese besondere Seite Ihrer Begabung hingewiesen werden sollte.«

Ich mußte ein paar Sekunden lang nachdenken, dann erst begriff ich, was er meinte. Ich stand auf, denn ich hatte keine Lust, dieses Gespräch fortzusetzen. Auch der Ingenieur erhob sich. An dem Flackern seiner Augen, an seinen geröteten Wangen, an den fahrigen Bewegungen seiner Hände erkannte ich, daß der Alkohol in ihm zu wirken begann.

»Es ist immer eine mißliche Sache, sich in fremde Angelegenheiten zu mengen«, fuhr er in einer Art Erregung fort. »Trotzdem möchte ich Ihnen vorschlagen, Ihre Abreise um zwei Tage zu verschieben. Ich verkenne nicht, daß Sie sich in einer Zwangslage befinden. Wenn ich Ihnen nun aber verspreche, daß ich Ihnen und Felix innerhalb achtundvierzig Stunden sagen werde, wer der Mörder Eugen Bischoffs gewesen ist?«

Seine Worte machten keinen Eindruck auf mich, ich nahm sie nicht ernst, ich war überzeugt, daß es nur die Wirkung des Alkohlos war, die ihn so überheblich sprechen ließ. Ich fühlte mich durch seine selbstbewußte Art herausgefordert und hatte eine schroff ablehnende Antwort auf den Lippen. Aber plötzlich fiel mir ein, daß er am Ende eine neue Tatsache erfahren haben konnte, irgendeine Einzelheit, die mir am Tage zuvor entgangen war. Ich weiß nicht, wie es kam, plötzlich war ich dessen beinahe sicher, daß er mehr von der Sache wußte als ich. Es erschien mir durchaus denkbar, daß er im Pavillon irgendwelche Spuren vorgefunden und aus ihnen einen Rückschluß auf die Person jenes unbekannten Besuchers, den er den Mörder nannte, gezogen hatte.

»Fingerabdrücke?« fragte ich.

Er sah mich völlig verständnislos an und gab keine Antwort.

»Hat sich ein Fingerabdruck des Mörders im Pavillon vorgefunden?«

Er schüttelte den Kopf.

»Nein. Kein Fingerabdruck hat sich vorgefunden«, sagte er. »Nichts dergleichen. Hören Sie – der Mörder ist überhaupt niemals in der Villa dagewesen. Eugen Bischoff war die ganze Zeit über allein im Pavillon.«

»Aber gestern sagten Sie –«

»Das war ein Irrtum. Niemand ist bei ihm gewesen. Als er die beiden Schüsse abfeuerte, stand er unter einem Diktat, unter dem Zwang eines fremden Willens ist er gestanden – so stellt sich mir die Sache heute dar. Der Mörder ist nicht bei ihm gewesen, weder im Augenblick der Tat noch vorher, denn ich weiß, daß er seine Wohnung seit Jahren nicht verläßt –«

»Wer?« rief ich überrascht.

»Der Mörder.«

»Sie kennen ihn?«

»Nein, ich kenne ihn nicht. Aber ich habe Grund zur Annahme, daß er ein Italiener ist und kaum ein Wort Deutsch versteht. Und daß er, wie ich eben gesagt habe, seine Wohnung seit Jahren nicht verlassen hat.«

»Und woher wissen Sie das?«

»Ein Monstrum«, fuhr der Ingenieur, ohne auf meine Frage zu achten, fort. »Eine Art Ungeheuer, ein Mensch von gewaltiger Körperfülle, wahrscheinlich krankhaft dick und infolgedessen zu völliger Unbeweglichkeit verurteilt. So sieht der Mörder aus. Und dieses widerwärtige Geschöpf übt eine ganz außerordentliche Anziehungskraft gerade auf Künstler aus, das ist das Sonderbare. Der eine war Maler, der andere Schauspieler – ist Ihnen das nicht aufgefallen?«

»Aber woher wissen Sie, daß der Mörder seinem Äußeren nach ein Monstrum ist?«

»Ein Ungetüm. Eine menschliche Entartung«, wiederholte der Ingenieur. »Woher ich das weiß? Sie halten mich jetzt für weiß Gott wie scharfsinnig. In Wirklichkeit hatte ich nur ein bißchen Glück bei meinen Nachforschungen.«

Er unterbrach sich und betrachtete mit Aufmerksamkeit die Schnitzereien des Lehnstuhls, der vor meinem Schreibtisch stand.

»Biedermeierstühle – die sind wohl besonders gebrechlich, wie?« fragte er. »Das da hier sind keine Biedermeiermöbel. Chippendale? – Nämlich – Doktor Löwenfeld hat ein Telephongespräch mit angehört, das Eugen Bischoff in der Direktionskanzlei mit einer Dame geführt hat, vielleicht mit eben jener Dame, die ihn gestern angerufen hat. – Kennen Sie den Doktor Löwenfeld?«

»Den Direktionssekretär?«

»Dramaturg oder Sekretär oder Regisseur – ich weiß nicht genau, was er beim Theater ist. Ich traf ihn heute morgens, und er erzählte mir – Warten Sie einen Augenblick!«

Der Ingenieur holte aus seiner Westentasche einen Tramwayzettel hervor, auf dessen Rückseite er sich Notizen gemacht hatte.

»Doktor Löwenfeld konnte sich an den Wortlaut des Gespräches genau erinnern«, fuhr er fort. »Hören Sie, was Eugen Bischoff in den Apparat gesagt hat. – ›Ich soll ihn mitbringen? Unmöglich, Gnädigste! Ihre Biedermeiermöbel sind wahrhaftig nicht für sein Gewicht berechnet. Und dann – bedenken Sie doch, das Haus hat keinen Lift, wie soll ich ihn die Treppe hinunterbringen.‹ – Das war alles. Dann kamen nur noch ein paar von den Redensarten, mit denen man ein Telephongespräch beendet.«

Er faltete den Zettel sorgfältig zusammen und sah mich forschend an.

»Nun?« fragte er. »Was halten Sie von der Sache?«

»Ich finde es gewagt, aus diesen wenigen Worten so weitgehende Schlußfolgerungen zu ziehen«, gab ich zur Antwort. »Wissen Sie denn, ob es wirklich der Mörder war, von dem da gesprochen wurde?«

»Wer denn sonst?« rief der Ingenieur. »Nein. Der Mann, der seine Wohnung nicht verlassen kann, weil das Haus keinen Lift hat, ist der Mörder, dessen bin ich sicher. Ich weiß nun, wie ich mir ihn vorzustellen habe: als ein Ungetüm von pathologischer Körperfülle, vielleicht gelähmt – Glauben Sie, daß es sehr schwer sein wird, ihn ausfindig zu machen?«

Er begann mir, während er im Zimmer auf und nieder ging, seine Pläne zu entwickeln.

»Da ist die ›Gesellschaft der Ärzte‹, die man befragen könnte. Das wäre ein Weg«, sagte er. »Ein ›Fall‹ wie dieser kann den Fachleuten nicht unbekannt geblieben sein. Dann: Menschen von solcher Körperfülle sind fast immer herzleidend. Ich kann also möglicherweise von einem Herzspezialisten Näheres über ihn erfahren. Er ist Italiener, spricht vermutlich kein Wort Deutsch, das schränkt die Zahl der in Betracht kommenden Personen erheblich ein. Aber alle diese Wege werde ich mir, hoff' ich, ersparen können, ich denke, es wird sich auf weit einfachere Weise feststellen lassen, wo der Mörder zu finden ist. – Nur das eine verstehe ich nicht: Was hat Eugen Bischoff zu diesem Italiener hingezogen? Hatte er am Ende eine Vorliebe für Monstra, für Freaks, für Launen der Natur?«

»Sie wissen, daß der Mörder Italiener ist?« fragte ich.

»Daß ich es weiß, wäre zuviel gesagt«, gab der Ingenieur zur Antwort. »Es ist auch nur eine Schlußfolgerung – Sie werden wahrscheinlich wiederum sagen, sie sei gewagt. Das tut nichts – ich will versuchen, Ihnen zu erklären, warum ich überzeugt bin, daß der

Mörder nur ein Italiener sein kann. Sie mögen dann dazu sagen, was Sie wollen.«

Er ließ sich in den Lehnstuhl fallen, schloß die Augen und senkte das Kinn auf den Rücken seiner ineinander verschränkten Hände.

»Ich muß auf die Vorgeschichte des Falles zurückgreifen«, begann er. »Erinnern Sie sich? Jener Schiffsoffizier, von dem uns Eugen Bischoff erzählt hat, ist auf der Suche nach dem Mörder seines Bruders gewesen. Wir wissen, wie die Sache verlaufen ist: Eines Tages kam er ungewöhnlich spät zum Mittagessen nach Hause. Eine Stunde später verübte er Selbstmord. Er hatte an diesem Tag den Mörder seines Bruders gefunden und mit ihm gesprochen. – Das ist Ihnen doch klar, wie?«

»Gewiß.«

»Hören Sie weiter: Eugen Bischoff ist in den letzten Tagen gleichfalls sehr verspätet nach Hause gekommen, zum erstenmal am Mittwoch, zum zweitenmal am Freitag. Er hatte ein Mietauto benötigt, denn er sprach bei Tisch von Scherereien, die ihm bevorständen, von einer polizeilichen Vorladung, denn der Chauffeur sei in der Burggasse in einen Beiwagen der elektrischen Straßenbahn hineingefahren. Am Samstag kam er wiederum zu spät zum Essen. Er war müde, zerstreut und einsilbig, Dina vermutete, daß ihn die Proben länger als gewöhnlich in Anspruch genommen hätten, sie unterließ es aber, ihn danach zu fragen. Ich habe heute festgestellt, daß die Proben an allen drei Tagen zur gewöhnlichen Zeit beendet gewesen sind. – Sie sehen also, daß die Umstände, die der Tat vorhergingen, in beiden Fällen die gleichen waren. Ich sehe nur einen Unterschied, doch der ist wesentlicher Natur. – Sie wissen, was ich meine?«

»Nein.«

»Sonderbar, daß Ihnen das nicht einfällt. Nun also – der Mörder hat auf seine Opfer einen sehr starken Einfluß ausgeübt. Diesem Einfluß ist der Schiffsoffizier allem Anschein nach schon am ersten Tage erlegen. Bei Eugen Bischoff hingegen brauchte der Mörder drei Tage, um ihm seinen Willen aufzuzwingen. Woran lag das – können Sie mir das sagen? Schauspieler sind ja im allgemeinen leicht beeinflußbare Menschen, von einem Offizier wiederum wäre ein weit energischerer Widerstand zu erwarten gewesen. Ich habe über die Sache nachgedacht und nur eine einzige Erklärung gefunden, die mich befriedigt: Der Mörder spricht eine Sprache, die dem Schiffsoffizier vollkommen geläufig war, in der sich aber Eugen Bischoff nur auf umständliche und mühselige Art verständlich machen konnte. Er ist also ein Italiener, denn das Italienische ist die einzige fremde Sprache, von der Eugen Bischoff einige Kenntnisse besaß. – Sie mögen ja recht haben, Baron, es ist eine Hypothese, und sehr kühne, auch das gebe ich zu –«

»Es kann sein, daß Sie recht behalten werden«, sagte ich, denn ich entsann mich, daß Eugen Bischoff wirklich eine Vorliebe für Italien und für alles Italienische ghabt hatte. »Ihre Beweisführung erscheint mir durchaus logisch. Sie haben mich beinahe überzeugt.«

Der Ingenieur lächelte. In seinem Gesicht lag ein Ausdruck von Genugtuung und von bescheidener Abwehr. Meine Anerkennung machte ihm offensichtlich Freude.

»Ich gestehe, daß ich niemals auf den Gedanken gekommen wäre«, fuhr ich fort. »Alle Achtung vor Ihrem Spürsinn. Ich zweifle nicht mehr daran: Ihnen wird es früher als mir gelingen festzustellen, wer die Dame war, mit der ich gestern gesprochen habe.«

Seine Stirn legte sich in Falten, das Lächeln verschwand aus seinem Gesicht.

»Dazu wird, fürcht' ich, nicht viel Scharfsinn nötig sein«, sagte er langsam. Er hob die Hände und ließ sie wieder fallen, und in dieser Bewegung lag der Ausdruck einer Resigantion, deren Ursache ich nicht begriff.

Er versank in Schweigen. In Gedanken verloren nahm er eine Zigarette aus seinem silbernen Etui, hielt sie zwischen den Fingern und vergaß, sie anzuzünden.

»Sehen Sie, Baron!« sagte er nach einer Pause: »Als ich hier saß und auf Sie wartete, da hatte ich – es wird nicht leicht sein, Ihnen diese Ideenassoziation verständlich zu machen – nämlich, während ich so dasaß – naturgemäß war ich mit meinen Gedanken bei der Dame am Telephon und ihren wirklich sonderbaren Worten vom Jüngsten Gericht, und plötzlich – ich weiß nicht, wie das gekommen ist – plötzlich sah ich die fünfhundert Toten vom Munhofluß.«

Er starrte, völlig abwesend, auf die Zigarette in seiner Hand.

»Das heißt, ich sah sie nicht«, fuhr er fort. »Ich versuchte nur, mir vorzustellen – irgend etwas zwang mich, unausgesetzt daran zu denken, wie das wäre, wenn die einmal vor mir ständen –, einer neben dem anderen, fünfhundert gelbe, verzerrte Gesichter, und in allen Verzweiflung und Todesgewißheit und Anklage –«

Er rieb ein Streichholz an, aber es zerbrach in seiner Hand.

»Natürlich, eine kindische Vorstellung, Sie haben recht«, sagte er nach einer Weile. »Dieser Schatten von einem Wort, was bedeutet er einem Menschen von heute! Das Jüngste Gericht: ein leerer Klang aus alter

Zeit. Gottes Richterstuhl – Weckt dieses Wort irgendein Gefühl in Ihnen? Freilich, Ihre Ahnen, die mögen sich irrsinnig vor Angst in die Knie geworfen und Litaneien geplärrt haben, wenn auf der Kanzel der Vers vom dies irae erklang. Die Yoschs –« Er geriet plötzlich in eine Art leichten Plaudertons, so als wäre die Sache, wenn auch vielleicht nicht ganz uninteressant, doch im Grunde ohne ernstere Bedeutung. – »Die Yoschs stammen ja aus einer sehr katholischen Gegend, aus dem Pfalz-Neuburgischen, nicht wahr? Sie sind überrascht, daß ich über die Herkunft Ihrer Familie so genau Bescheid weiß – ich seh' es Ihnen an. Sie dürfen nicht glauben, daß ich für die Genealogie der freiherrlichen Häuser im allgemeinen irgendein Interesse übrig habe. Aber man will doch wissen, mit wem man es zu tun hat, und so habe ich mir heute nachts im Klub den Gotha geben lassen. – Wovon habe ich gesprochen? Ja – Angst hatte ich natürlich nicht, Unsinn! Aber es war immerhin ein sehr merkwürdiges Gefühl. – Kognak ist ein ausgezeichnetes Mittel, um lästige Vorstellungen loszuwerden.«

Die Zigarette brannte. Er lehnte sich zurück und blies blaue Rauchringe vor sich hin in die Luft. Ich sah ihnen nach, und mir kamen allerlei Gedanken. Ganz plötzlich hatte ich den Schlüssel zu dem sonderbaren Wesen des Ingenieurs erhalten. Dieser blonde, breitschultrige Riese, dieser robuste Tat- und Willensmensch hatte eine Stelle, an der er unbewehrt war. Zum zweiten Male seit kaum vierundzwanzig Stunden hatte er mit mir über dieses längst vergangene Kriegserlebnis gesprochen. Er war Trinker, der Alkohol war ihm eine Freistatt, eine kurze Zuflucht in einem verzweifelten Kampf, den er durchzufechten hatte. Ein brennendes Schuldgefühl, das nicht vernarben wollte, verfolgte ihn durch die Jahre hindurch und ließ ihm keine Ruhe. Der Windhauch einer Erinnerung warf ihn zu Boden.

Die Uhr am Kaminsims schlug elf. Der Ingenieur stand auf, um sich zu verabschieden.

»Ich habe also Ihr Wort, nicht wahr? Es bleibt dabei, daß Sie Ihre Abreise verschieben«, sagte er und hielt mir seine Hand hin.

»Woher denn, Herr Ingenieur?« sagte ich ärgerlich, denn ich hatte ihm keine derartige Zusage gemacht. »In meinen Intentionen hat sich nichts geändert. Ich reise noch heute ab.«

Er bekam einen Wutanfall, der ihn alle Selbstbeherrschung verlieren ließ.

»So!« brüllte er. »Ihre Intentionen – zum Teufel, hab' ich denn meine Zeit gestohlen? Seit zwei Stunden müh' ich mich ab, Sie zur Vernunft zu bringen, und –«

Ich blickte auf und sah ihm ins Gesicht. Es kam ihm sogleich zu Bewußtsein, daß er sich im Ton vergriffen hatte.

»Verzeihen Sie«, sagte er. »Ich bin wahrhaftig ein Narr. Im Grunde genommen geht mich ja die ganze Sache nichts an.«

Ich begleitete ihn hinaus. In der Tür wandte er sich noch einmal um und schlug sich mit der Hand vor die Stirne.

»Natürlich! Das Wichtigste hätte ich beinahe vergessen«, meinte er. »Hören Sie, Baron – ich war heute morgen bei Dina. Möglich, daß ich mich täusche, aber ich hatte den Eindruck, als wäre ihr sehr daran gelegen, mit Ihnen zu sprechen.«

Wie ein Kolbenschlag traf mich diese Nachricht. Einen Augenblick lang stand ich betäubt und vermochte keinen Gedanken zu fassen. Dann, in der nächsten Sekunde, hatte ich einen wilden Kampf mit mir selbst zu bestehen. Ich wollte auf ihn zu, wollte ihn an beiden Schultern fassen – er war bei Dina gewesen, er hatte sie gesehen, mit ihr gesprochen! Ich fühlte ein wildes Verlangen, alles zu erfahren, Gutes und Schlimmes, ich mußte ihn fragen, ob sie meinen Namen genannt und wie dabei der Ausdruck ihres Gesichtes gewesen war –. Das war meine erste Regung, aber ich überwand sie, ich blieb ganz ruhig, ich gab mich ihm nicht preis.

»Ich werde ihr meine Adresse brieflich zugehen lassen«, sagte ich und merkte, daß meine Stimme zitterte.

»Tun Sie das! Tun Sie das!« rief der Ingenieur und schlug mich höchst freundschaftlich auf die Schulter. »Angenehme Reise! Versäumen Sie den Zug nicht!«

13

Es ist mir nicht leicht, den Grund dafür anzugeben, daß ich meinen Plan, mit dem nächsten Zug abzureisen, an jenem Tage nicht ausgeführt habe. Sicher ist, daß es nicht der Gedanke an Dina war, der mich zurückgehalten hat. Denn der Mitteilung des Ingenieurs maß ich, sosehr sie mich auch im ersten Augenblicke betroffen hatte, nach einer Minute ruhigen Überlegens keine Bedeutung mehr bei. War es denn möglich, daß Dina das Verlangen haben konnte, mich, den sie für den Mörder ihres Gatten hielt, wiederzusehen? Ich durchschaute die Absicht des Ingenieurs, mich durch eine trügerische Erfindung von meinem Entschlusse abzubringen, und war wütend über mich selbst, weil ich mich von ihm, wenn auch nur einen kurzen Augenblick lang, hatte täuschen lassen.

Die Gründe, die mich veranlaßten, den Gedanken an eine Abreise aufzugeben, waren keineswegs zwingender Natur, sie kamen aus einem Umschwung meiner Stimmung, den der Besuch des Ingenieurs in mir hervorgerufen hatte. Bis dahin war ich völlig untätig geblieben. Ein unsinniger Zufall hatte mich in den Mittelpunkt eines Ereignisses gerissen, mit dem ich mich auch nicht durch die leiseste Beziehung verknüpft fühlte. So sehr war ich durch die plötzliche Wendung der Dinge überrascht und betäubt gewesen, daß ich kaum den Versuch gemacht hatte, mich zur Wehr zu setzen. Ich hatte mich völlig in mich selbst zurückgezogen, alles dem Zufall, der die Dinge lenkte, überlassen und in einer unerklärlichen Verkehrung des Empfindens nur den einen Wunsch gehabt, von der Erinnerung an die Ereignisse des vergangenen Tages unberührt zu bleiben.

Das war nun anders geworden. Durch das Gespräch, das ich mit dem Ingenieur geführt hatte, war in mir die Begierde rege geworden, meine Sache selbst in die Hand zu nehmen. Der Mörder Eugen Bischoffs mußte gefunden werden. Ich wußte nicht, wo ich ihn zu suchen hatte: Ich sah einen trägen, grausamen, ungeheuerlich feisten Menschen, der tückisch, wie eine Spinne, zwischen seinen vier Wänden saß und seine Opfer erwartete. Der Gedanke, daß dieses mörderische Scheusal mehr war als ein Hirngespinst des Ingenieurs, daß es wirklich lebte, vielleicht in meiner nächsten Nähe, daß ich ihm gegenübertreten und Rechenschaft fordern konnte – diese letzte Vorstellung vor allem war es, die mich zum Handeln anspornte. Viel zu viel Zeit hatte ich vergehen lassen, nun durfte ich keine Minute mehr verlieren. Ich hatte festzustellen, wo sich Eugen Bischoff an drei bestimmten Tagen der vergangenen Woche in der Zeit zwischen zwölf und zwei Uhr aufgehalten hatte, das war der Punkt, aus dem sich alles andere ergeben mußte. Und mit dem gleichen Eifer, der gleichen Ungeduld, mit der ich in der Nacht vorher die Vorbereitungen zu meiner Abreise betrieben hatte, mit der gleichen Ungeduld warf ich mich nunmehr auf meine Aufgabe.

Es war ein Uhr geworden. Vinzenz hatte den Tisch gedeckt, aber ich ließ das Essen, das er, wenn ich zu Hause blieb, aus einer benachbarten Gastwirtschaft zu holen pflegte, unberührt. Ich ging in einer nervösen Erregung im Zimmer auf und nieder, entwarf Pläne, fand sie zwecklos, allzu zeitraubend oder undurchführbar und verwarf sie, ich verfolgte allerlei Möglichkeiten, stieß immer wieder auf Hindernisse, verstrickte mich in hundert Kombinationen, wurde ungeduldig und begann von neuem und zweifelte nicht eine Sekunde lang daran, daß sich endlich dennoch der richtige Einfall einstellen werde.

Er kam ganz plötzlich und in einem Augenblick, in dem ich ihn am wenigsten erwartet hatte. Ich stand am offenen Fenster. In den Scheiben spiegelte sich, sonderbar verkleinert, das Getriebe der Straße, und das Bild, das sich mir bot, ist wie mit einem Eisenstift in meiner Erinnerung eingegraben. Ich sehe alles noch heute vor mir: die milchblauen Vorhänge an den Fenstern meines Gegenübers. Die Dame mit dem altmodischen Kapotthut, die die Straße überquerte. Eine Arbeiterin, die einen großen flachen Korb voll Zitronen in den Händen hielt. Deutlich, wenn auch miniaturhaft klein, konnte ich auf dem Ladenschild der Apotheke den Erzengel Michael erkennen, der mit schützender Gebärde die Hände hob. Ein Straßenbahnwagen glitt vorüber, verdeckte das Bild und gab es wieder frei. Vor dem Kaffeehaus an der Ecke stand der Wagen eines Zuckerbäckers, und ein rothaariger Bursche verschwand mit zwei gelbbraunen Holzkisten in der Drehtüre. Und plötzlich, während ich all dies beobachtete kam mir der Gedanke, der mir so einfach, so selbstverständlich erschien, daß ich nicht begriff, wie er dem Ingenieur hatte entgehen können.

Der Autounfall! Eugen Bischoffs Autounfall! Der mußte der Ausgangspunkt meiner Untersuchung werden! Ich überlegte: Burggasse, siebenter Gemeindebezirk – den Leiter des Polizeikommissariates kannte ich. Doktor Franz oder Friedrich Hufnagl. Ich hatte ihn einige Monate vorher wegen eines anonymen Drohbriefes, der mir zugekommen war, aufgesucht. Seither hatte ich ihn öfters im Schachzimmer eines Stadtcafés wiedergesehen, er erinnerte sich meiner gewiß. Doktor Franz Hufnagl, der mußte mir helfen. Die Recherchen selbst anzustellen, dazu fehlte es mir an innerer Ruhe und an Geduld. Ich schrieb ein paar Zeilen auf eine Visitkarte, dann rief ich meinen Diener Vinzenz und gab ihm die nötigen Instruktionen:

»Du gehst in das Polizeikommissariat Kreindlgasse, fragst nach dem Doktor Hufnagl und übergibst ihm diese Karte. Er wird dir den polizeilichen Bericht über einen Autounfall ausheben lassen. Aus diesem Bericht notierst du dir den Namen des Chauffeurs und die Nummer seines Autos. Dann wirst du den Chauffeur auf seinem Standplatz erwarten und ihn zu mir bringen, ich habe mit ihm zu sprechen. Das ist alles, was du zu tun hast. Hast du mich verstanden? – Die Polizei wird dir behilflich sein.«

Er machte sich auf den Weg, und mir blieb reichlich Zeit, über die Chancen nachzudenken, die mein Versuch mir bot. Ich überschätzte sie keineswegs. Ich hatte Aussicht zu erfahren, in welcher Gasse Eugen Bischoff jenes Auto zur Heimfahrt aufgenommen hatte. Damit war freilich noch nicht viel gewonnen. Aber ich wußte dann wenigstens, in welchem Teil der Stadt ich mit meinen Nachforschungen beginnen mußte. Daß sich die eigentlichen Schwierigkeiten dann erst einstellen würden, darüber war ich mir im klaren. Aber ich rechnete zuversichtlich mit einem Glücksfall, mit einer Eingebung, die mir im richtigen Moment weiterhelfen sollte. Und dann: Ich war dem Ingenieur gegenüber zweifellos im Vorsprung, und das war mir für den Augenblick das Wichtigste.

Zwei Stunden lang hatte ich zu warten, und die Zeit verging mir sehr langsam. Gegen drei Uhr nachmittags kam Vinzenz zurück. Er brachte mir die Abschrift eines polizeilichen Protokolls, aus der zu entnehmen war, daß laut Meldung des Sicherheitsmannes Josef Nedved vom 24. 9. das Auto A VI 138 (Lenker Johann Wiederhofer) um 1 Uhr 45 Minuten des gleichen Tages in der Burggasse infolge schlüpfrigen Straßenpflasters in den Beiwagen der städtischen Straßenbahn Nr. 5139 geschleudert und durch den Anprall leicht beschädigt worden war. – Der Chauffeur, den Vinzenz auf seinem Standplatz angetroffen hatte, wartete mit seinem Wagen vor dem Haustor.

Ich lernte in Herrn Johann Wiederhofer einen sehr redseligen Herrn gesetzteren Alters kennen. Er stand augenscheinlich noch unter dem Eindruck jenes Mißgeschicks, das ihn in Berührung mit der Polizei gebracht hatte, und erging sich in heftigen Worten gegen die Art von polizeilicher Intervention sowie gegen die Solidaritätstendenzen, die sich seiner Meinung nach unter den Straßenbahnern bemerkbar machten.

»Mich trifft ka Verschulden, mi net«, erklärte er. »G'regnet hat's, und Tag zuvor hat's a g'regnet g'habt. Auf ja und na war's g'scheh'n. Den allanigen Schaden hab i g'habt. Aber die Straßenbahner, dös G'lumpert, die halten ja alle z'samm. Und ans – zwa is der Wachmann da. ›Sö, Herr!‹ hab i zu ihm g'sagt. ›Machen S' da kein Aufsehen, geben S' dera Volksmenge ka Vurstellung.‹«

Er zündete sich eine Virginia an, und ich benützte die Pause, um mich nach dem Umfang seines Schadens zu erkundigen.

»Na, halt a neuches Federnblatt«, gab der Chauffeur zur Antwort. »Und die Windschutzscheiben war a hin. Den ganzen Nachmittag ha' i mit der Repratur zu tun g'habt. Am Samstag bin i fertig g'worden, zu Mittag steh i auf mein Standplatz, und was der Zufall will, kommt der nämliche Herr wieder aus dem Achterhaus außer. ›Den fahret i nimmer‹, hat mein Kolleg zu mir g'sagt. Aber na, dös gibt's bei mir net, an Aberglauben, den kenn i nöt. – ›Steigen S' nur einer, gnä' Herr!‹ hab i zu ihm g'sagt –«

»Sie haben den Herrn aus Haus Nr. 8 kommen gesehen?« unterbrach ich ihn, außerstande, meine Erregung zu verbergen. »Wo ist Ihr Standplatz?«

»Auf der Dominikanerbastei, g'rad vis-à-vis dem Volkscafé –«

»Führen S' mich hin! Dominikanerbastei Nummer 8«, befahl ich und stieg in den Wagen.

Das Haus, vor dem das Auto hielt, war ein dreistöckiges, graugetünchtes Gebäude von melancholischem Aussehen. Vergeblich suchte ich in dem dunklen Torweg die Portierswohnung. Ich kam in einen engen, sehr vernachlässigten Hof, auf dessen Steinpflaster sich Regenlachen angesammelt hatten. Ein Hund von unbestimmbarer Rasse, der auf einem Handwagen stand, kläffte mich wütend an. Auf einem Schutthaufen spielten zwei kleine blasse Buben mit Ziegelstükken, Kistendeckeln und zerbrochenen Flaschen. Ich fragte den einen von ihnen nach dem Hausbesorger, aber er verstand mich nicht und gab mir keine Antwort.

Eine Weile stand ich ratlos und wußte nicht, an wen ich mich wenden sollte. Von irgendeinem Winkel her kam ein unaufhörliches Plätschern, vieleicht gab es einen Brunnen dort oder das Wasser floß aus einer Dachrinne. Der Hund kläffte noch immer. Ich ging die hölzerne Wendeltreppe hinauf mit der Absicht, an irgendeiner Tür zu läuten und um Auskunft zu bitten.

Ein unangenehmer Geruch kam mir entgegen, der muffige Geruch von altem Hausrat, angesammelter

Feuchtigkeit und Gemüseabfällen. Ich zwang mich weiterzugehen, ich überwand mein Unbehagen, ich wollte nicht unverrichteter Dinge heimkehren.

Im erstem Stockwerk orientierte ich mich. Gleich rechts von der Treppe befand sich der Sitz der deutschakademischen Verbindung »Hilaritas«. Im Türspalt staken zwei Briefe und ein zerknüllter Zettel, auf dem mit Bleistift geschrieben stand: »Bin im Café Kronstein« und darunter ein Name, den ich nicht entziffern konnte. Es erschien mir zwecklos, hier Erkundigungen einzuziehen. Auch an der Kanzlei des Vereines der Hut- und Filzwarenhändler ging ich vorüber. Die dritte Tür führte in eine Privatwohnung. »Wilhelm Kubicek, Major i. P.« las ich auf dem Türschild. Hier läutete ich und gab dem Mädchen, das mir öffnete, meine Karte.

Ich wurde in ein einfach eingerichtetes Zimmer geführt, dessen Möbel weiße Schutzhüllen trugen. Der Tür gegenüber hing das Porträt eines Feldmarschalleutnants im Waffenrock und mit dem Orden der Eisernen Krone an der Brust. Der Major kam mir entgegen. Er war im Hausrock und in Pantoffeln, und in seinem Gesicht las ich Staunen und Beunruhigung über einen Besuch, dessen Zweck er sich nicht erklären konnte. Auf dem Tisch lag eine Lupe, eine türkische Pfeife, ein Notizblock, ein Tuchlappen, eine Tafel Schokolade und ein aufgeschlagenes Briefmarkenalbum.

Ich erklärte ihm, daß ich gekommen sei, um Auskunft über einen der Hausbewohner einzuholen. Ich hätte es für richtig gehalten, mich mit meiner Bitte an einen Kameraden zu wenden, denn auch ich sei Offizier, Rittmeister a. D. im Dragonerregiment Nr. 12. Das Mißtrauen verschwand aus seinem Gesicht. Er fragte ein wenig unsicher, ob ich im Auftrag irgendeiner Firma käme, und auf meine Antwort hin, daß mich meine eigenen, rein privaten Interessen zu ihm geführt hätten, gab er seine Zurückhaltung auf. Er bedauerte, mir nicht mit einem Gläschen Schnaps aufwarten zu können, einem guten Kontuczowka, noch aus Galizien, aber seine Frau sei ausgegangen und habe die Schlüssel zu sich gesteckt. Nicht einmal Zigaretten könne er mir anbieten, denn er sei Pfeifenraucher.

Ich gab ihm die Beschreibung des Mannes, den ich suchte, so wie ich sie vom Ingenieur erhalten hatte. Der Major vernahm mit Verwunderung, daß das Haus, in dem er wohnte, einen Menschen von so ungewöhnlichem Aussehen beherbergte. Er hatte von der Existenz dieses Monstrums niemals gehört.

»Sonderbar! Sonderbar! Sonderbar!« murmelte er. »Seitdem ich vom Regiment weg bin, wohn' ich hier. Die ganze Gasse ist ein Tratschgesindel; wenn die Frau Dolezal aus dem Sechserhaus zu Mittag Rindszunge mit Kapernsauce hat, weiß es am Nachmittag jedes Kind in der Gasse. Du sagst, daß er niemals ausgeht! Aber irgend etwas müßte man doch gehört haben, so kann sich einer gar nicht versteckt halten. Weißt du, was ich glaub', Herr Rittmeister? Daß du wem aufg'sessen bist. Da hat sich irgendein Witzbold, ein Spaßvogel, ein Tunichtgut einen guten Tag aus dir gemacht, du verzeihst schon, Herr Rittmeister.«

Er dachte eine Weile nach.

»Andererseits – Italiener ist er, sagst du? Wart einmal, wart einmal, wart einmal! Bis zum vorigen Jahr hat hier im Haus ein Serbokroat gewohnt, der hat sehr schlecht deutsch gesprochen, ich war der einzige, mit dem er in seiner Muttersprache hat reden können, weil ich nämlich zwei Jahre lang in Priepolje stationiert war, weißt, im Schandsack, mir graust, wenn ich an die Zeit denke, na, ich könnt' dir Geschichten erzählen aus Novibazar, lassen wir das! Also dick war er eigentlich nicht, ganz im Gegenteil. Dulibic hat er geheißen, jetzt fällt mir's ein, und der Neffe von einem Abgeordneten war er, lauter Hochverräter, wenn's auf mich ankäm' – Aber den kannst du nicht meinen, denn er ist im vorigen Jahr nach Budapest verzogen. Dulibic, ganz richtig, Dulibic hat er geheißen. Einen Augenblick, einen Augenblick, wart einmal! Da ist eine Partei, die hab' ich zwei, drei Wochen lang nicht zu Gesicht bekommen, ich frag' die Hausmeisterin: ›Was ist denn eigentlich los mit dem Herrn Kratky, man sieht ihn ja gar nicht mehr?‹ Mittelohrentzündung! Jetzt geht er schon wieder aus, ein bissel blaß ist er noch, ein bissel schwach, so was nimmt einen halt her. Aber erstens ist er kein Italiener, und eigentlich das, was man dick nennt, ist er auch nicht.«

Er überlegte. Plötzlich schien ihm eine Idee zu kommen.

»Wenn du am Ende den Herrn Albachary suchst«, sagte er mit gedämpfter Stimme und lächelte verständnisvoll und nachsichtig. »Vor mir brauchst du dich wirklich nicht zu genieren, wozu, ein Kamerad vor dem anderen – ich war auch einmal jung. Der Herr Gabriel Albachary wohnt im zweiten Stock, Tür Nummer 8. Du hast keine Ahnung, was zu dem für Leute hinaufkommen, wirklich vornehme Leute, Kavaliere, na, es kann jeder mal in die Situation kommen, daß er den Herrn Albachary braucht, da find' ich nichts dabei. Es soll übrigens ein sehr gebildeter Mensch sein, ein großer Sammler vor dem Herrn, Bilder, Antiquitäten, Viennensia, Theatralia, alles mögliche, ein alter Herr, immer elegant, immer tipp-topp, nur daß er halt zehn, zwölf, fünfzehn Prozent nimmt, je nachdem, manchmal auch mehr.«

Ich hatte keine Lust, der Klientel eines Wucherers beigezählt zu werden, und so entschloß ich mich, den Major, soweit als es die Umstände erforderten, ins Vertrauen zu ziehen.

»Ich bin nicht in Geldverlegenheit, Herr Major«, erklärte ich mit Nachdruck. »Der Herr Albachary interessiert mich nicht. Es handelt sich, um es kurz zu sagen, um den Schauspieler Bischoff, den Herr Major vielleicht dem Namen nach gekannt haben. Er ist in den letzten Tagen wiederholt hier in diesem Haus gewesen, und allem Anschein nach steht sein Selbstmord mit diesen Besuchen in Zusammenhang. Er hat sich gestern abend in seiner Villa erschossen.«

Der Major fuhr wie elektrisiert von seinem Stuhl in die Höhe.

»Was du nicht sagst! Der Hofschauspieler Bischoff?«

»Ja, es liegt mir sehr daran, zu erfahren —«

»Hat sich ungebracht? Nicht möglich! Steht es schon in der Zeitung?«

»Wahrscheinlich.«

»Der Hofschauspieler Bischoff! Wenn du mir das gleich gesagt hättest! Natürlich war er hier. Vorgestern, nein, wart einmal, am Freitag, so gegen zwölf—«

»Herr Major haben ihn gesehen?«

»Ich nicht, nein, meine Tochter. Was du nicht sagst! Der Hofschauspieler Bischoff. Du, sag einmal, was steht denn in der Zeitung? Geldschwierigkeiten? Schulden?«

Ich gab keine Antwort.

»Die Nerven«, fuhr er fort. »Wahrscheinlich die Nerven! Heutzutage ein Künstler – überreizt, überarbeitet – Meine Tochter hat auch gefunden, – zerstreut, zerfahren, hat anfangs gar nicht verstanden, was sie von ihm will – ja, die genialen Menschen! Meine

Tochter – nämlich, jeder von uns hat sein Steckenpferd. Ich sammle Erinnerungs- und Jubiläumsmarken. Wenn ich eine Kollektion fertig hab', verkauf' ich sie, es findet sich immer ein Liebhaber. Das Mädel wieder, meine Tochter, die interessiert sich mehr für Autogramme. Hat schon ein ganzes Album voll Unterschriften. Maler, Virtuosen, Exzellenzen, Schauspieler, Sänger, lauter Zelebritäten. Na, und Freitag zu Mittag, da kommt sie ganz aufgeregt ins Zimmer: ›Denk dir, Papa, wen ich jetzt auf der Treppe getroffen hab', den Bischoff!‹ Und hat schon ihr Album und ist schon wieder draußen. Und dann, nach einer Stunde kommt sie ganz glücklich zurück, so lang hat sie auf der Treppe warten müssen, aber erwischt hat sie ihn doch, und er hat seinen Namen in ihr Buch eingeschrieben.«

»Und wo ist er denn die ganze Zeit gewesen?« fragte ich.

»Bei dem Herrn Albachary, wo denn sonst?«

»Ist das nur eine Vermutung oder –?«

»Aber nein, sie hat ihn ja von dort rauskommen gesehen. Der Herr Albachary hat ihn bis vor die Türe begleitet.«

Ich stand auf und dankte dem Major für die Auskunft.

»Du willst schon gehen?« meinte er. »Wenn du noch einen Moment Zeit hast, vielleicht interessiert dich meine Sammlung. Besondere Stückeln hab' ich keine, was einem so unterkommt, große Raritäten wirst du nicht bei mir finden.«

Und er wies mit seinem Pfeifenrohr auf die aufgeschlagene Seite des Albums und sagte:

»Honduras. Letzte Emission.«

Ein paar Minuten später läutete ich an der Tür des Herrn Albachary.

Ein baumlanger, rothaariger Bursche in Hemdsärmeln öffnete mir und ließ mich eintreten.

Nein, der Herr sei nicht zu Hause. Wann er heimkäme? Das sei ganz ungewiß. Vielleicht erst gegen Abend.

Ich stand unschlüssig und überlegte, ob ich warten solle. Aus dem Zimmer, dessen Tür halb offen stand, hörte ich Schritte und ein ungeduldiges Räuspern.

»Auch ein Herr, der mit dem Herrn Albachary sprechen will«, sagte der Bursche. »Er wartet schon seit einer halben Stunde.«

Mein Blick fiel auf den Kleiderrechen. Da hing ein Raglan und ein steingrüner Velourhut, ein schwarzpolierter Stock mit Elfenbeingriff lehnte an der Wand – Teufel! durchfuhr es mich, den Stock sollt' ich doch kennen und den Hut dort und den Mantel! Ein Bekannter! Das fehlte mir noch, mich hier, in der Wohnung eines Wucherers, von irgendeinem meiner Bekannten begrüßen zu lassen! Rasch fort, ehe es ihm einfällt, nachzusehen, wer gekommen ist. –

Ich sagte, daß ich ein anderes Mal kommen wolle, vielleicht morgen um dieselbe Zeit, und dann beeilte ich mich, zu verschwinden.

Unten im Torweg kam mir ganz plötzlich die Erinnerung, woher ich den Hut und den Raglan und den Stock mit dem Elfenbeingriff kannte. Ich blieb stehen – so groß war in diesem Augenblick meine Verwirrung. Undenkbar! Nein, Unsinn, ich täusche mich – es kann doch nicht sein, daß er mir zuvorgekommen ist! Wie soll er denn hierher gefunden haben! Und doch – es war kein Zweifel möglich: der Mann, dessen Mantel dort oben im Vorzimmer des Spaniolen hing, war der Ingenieur.

14

Es goß in Strömen, als ich aus dem Hausflur trat. Die Straße war beinahe menschenleer, der Chauffeur saß, in einen Gummimantel gehüllt, auf seinem Lenkersitz und las in einer Zeitung, die vor Nässe triefte. Ein Gefühl des Unbehagens beschlich mich. Es war mir rätselhaft, welche Überlegung den Ingenieur so rasch und so sicher auf Eugen Bischoffs unsichtbare Spur geführt hatte, und, um die Wahrheit zu sagen, ich gab es bald auf, mir darüber Gedanken zu machen. Ich wußte nur, daß meine Nachforschungen völlig überflüssig gewesen waren. Die Erkundigung im Polizeibureau, das Verhör mit dem Chauffeur, der Besuch bei dem alten Major – nutzlos aufgewandte Mühe. Ein verlorener Nachmittag. Ich fühlte mich hungrig und müde, mich fröstelte, der Regen schlug mir ins Gesicht. Trockene Kleider, ein durchwärmtes Zimmer! – Ich wollte nach Hause, so rasch als möglich.

Der Chauffeur hatte sich mit dem Benzinbehälter zu schaffen gemacht, jetzt richtete er sich auf. »Myrthengasse 18«, rief ich ihm zu, das war meine Wohnung. Aber in dem Augenblick, da sich das Auto in Bewegung setzte, kam mir ein Einfall, der meine Stimmung im Nu veränderte. Ich hatte geglaubt, die Spur, auf die ich gestoßen war, bis an ihr Ende verfolgt zu haben – aber nein, sie lief weiter! Der Unfall in der Burggasse! Wie war denn das Auto in die Burggasse gekommen? Sonderbar, daß mir das jetzt erst auffiel. Die Burggasse lag ja gar nicht auf dem Weg, den Eugen Bischoff einschlagen mußte, um nach Hause zu gelangen. Was mochte den Chauffeur veranlaßt haben, solch einen Umweg zu machen? Das mußte ich erfahren.

Ich ließ das Auto halten. Mitten auf der Straße, in strömendem Regen begann ich den Chauffeur auszuholen.

»Wohin hätten Sie den Herrn führen sollen, damals am Freitag, als Sie das Malheur mit dem Straßenbahnwagen hatten.«

»In die Myrthengasse«, gab der Chauffeur zur Antwort.

»Geben Sie doch acht!« rief ich ärgerlich. »Haben sie mich denn nicht verstanden? In die Myrthengasse will ich hin, Myrthengasse Nr. 18, dort wohn' ich. Ich hab' Sie gefragt, wohin Sie den Herrn damals am Freitag hätten bringen sollen.«

»Na, halt a in die Myrthengassen«, meinte der Chauffeur gleichmütig.

»In die Myrthengasse Nr. 18? Zu mir«? rief ich überrascht.

»Na, nöt zum gnä' Herrn. In die Apotheken.«

»In welche Apotheke? In die Apotheke zum Erzengel Michael?«

»Is eh nur ane in der Gassen, kann scho sein, daß die so haßt.«

Was hat das zu bedeuten? fragte ich mich, während das Auto weiter fuhr. – Er verläßt die Wohnung des Wucheres und fährt in eine Apotheke. – Sonderbar! Und gerade in diese Apotheke, die gar nicht in seiner Fahrtrichtung liegt – das muß doch einen Grund haben! – Es stand für mich außer allem Zwiefel, daß zwischen Eugen Bischoffs Besuch bei dem Geldverleiher und seiner Fahrt zur Apotheke irgendein Zusammenhang bestehen mußte. Welcher Erfolg, wenn es mir gelang, diesen Zusammenhang aufzudecken! – Und das ist vielleicht gar nicht so schwierig, sagte ich mir, ich gehe einfach in die Apotheke, ich habe ja ohnehin die Absicht, Brom zu kaufen, die Gelegenheit, ein Gespräch anzuknüpfen, ergibt sich leicht – Schweigepflicht? Unsinn! Schweigepflicht gibt es nicht in den Apotheken – oder am Ende doch? Einerlei, ich muß die Sache nur geschickt anfassen, ich werde mich an den alten Provisor wenden, der mich immer so devot begrüßt – ergebenster Diener, Herr Baron, bald wieder die Ehre – oder an den Apotheker selbst, oder –

Heiliger Himmel! Den ganzen Tag über hatte ich vergeblich mein Gehirn zermattert, und jetzt, durch diesen Zufall – aber es war ja kein Zufall, natürlich, ihretwegen war Eugen Bischoff in die Apotheke zum Erzengel Michael gefahren, er kannte sie von ihrer Kindheit an, ihr hatte er sich anvertraut. Und ich – täglich hatte ich sie von den Fenstern meiner Wohnung aus gesehen, wenn sie mit ihrer Büchermappe von der Apotheke zur Universität lief, in die Vorlesung – klein, rotblond, immer eilig, immer erhitzt –, und unlängst im Vestibül des Theaters – darum war mir ihre Stimme im Telephon so bekannt erschienen, und jetzt begriff ich auch, warum der Klang dieser Stimme in mir die Erinnerung an irgendein ungewöhnliches Parfüm wachgerufen hatte – Essigäther, Terpentinöl – natürlich! Der Apothekengeruch.

Ich war außer mir vor Erregung, denn ich ermaß die Tragweite der Entdeckung, die ich gemacht hatte. Ich mußte an den Ingenieur denken, der oben in der Wohnung des alten Geldverleihers saß und wartete und die Zeit verstreichen ließ, während ich – zwei Minuten noch, und ich stand dem Mädchen gegenüber, das jene sonderbaren Worte vom Jüngsten Gericht gesprochen hatte, deren dunkler Sinn mit dem Geheimnis des Selbstmordes Eugen Bischoffs auf irgendeine Art verknüpft war. Der Augenblick, der die Lösung des tragischen Rätsels bringen mußte, war, so schien es mir, ganz nahe, und ich sah ihm mit einer unbestimmten Bangigkeit entgegen, mit einem Gefühl der Beklemmung, für das ich keine Erklärung fand, und trotzdem voll Ungeduld und voll Erwartung.

Sie hieß Leopoldine Teichmann und war die Tochter einer frühverstorbenen großen Schauspielerin, einer unvergeßlich schönen Frau, deren Name in der Welt, in der ich aufgewachsen bin, nie anders als mit leidenschaftlicher Bewunderung genannt wurde. Von ihrer Mutter hatte sie nur das rotblonde Haar und eine gewisse Unrast des Lebens geerbt, vieleicht auch den brennenden Ehrgeiz, denn sie dilettierte in vielen Künsten. Sie malte. Ich erinnerte mich eines Ölgemäldes, das sie in einer Künstlervereinigung ausgestellt hatte, eines Stillebens von langgestielten Astern und Dahlien – einer im übrigen sehr mittelmäßigen Arbeit. Sie hatte sich wiederholt in Wohltätigkeitsvorstellungen als Tanzkünstlerin bewundern lassen. Einmal hatte sie Eugen Bischoff mit dem Vorschlag, bei ihm Schauspielunterricht zu nehmen, überrascht, aber die Sache war über Erörterungen und Vorbesprechungen nie hinausgelangt. Einige Zeit nachher verschwand sie aus der Gesellschaft, in der sie eine gewisse Rolle gespielt hatte. Vor die Notwendigkeit gestellt, einen praktischen Beruf zu ergreifen, hatte sie sich auf das Studium der Pharmakologie geworfen. Da ich sie völlig aus den Augen verloren hatte, war ich sehr erstaunt, als ich sie eines Tages als Magister in der Apotheke zum Erzengel Michael wiederfand.

Es regnete noch immer, als ich in die Myrthengasse kam. Ich blieb vor dem Schaufenster der Apotheke stehen und dachte, während ich durch die trübangelaufenen Fensterscheiben das Arrangement von Franzbranntweinflaschen, Zahnpastatuben und Toilettepulverbüchsen betrachtete, darüber nach, wie ich das Gespräch einleiten sollte. Schließlich entschied ich mich dafür, mich dem jungen Mädchen als ein Freund Eugen Bischoffs vorzustellen und um eine Unterredung unter vier Augen zu bitten.

»Meine Verehrung, Herr Baron!« dienerte der Provisor, kaum daß ich die Tür geöffnet hatte. »Bitte nur einzutreten, was wird gefällig sein, stehe schon zu Diensten.«

Der Laden war voll von Menschen. Ein Bankdiener, der aus seiner Brieftasche das Rezept hervorsuchte, zwei Dienstmädchen, ein sehr blasser, beinahe weißblonder junger Mensch mit einer Sonnenbrille, der, während er wartete, in einer Illustrierten Zeitschrift las, ein barfüßiger kleiner Junge, der Spitzwegerichbonbons, und eine alte Frau mit einer Einkaufstasche, die Augentropfen, Eibischtee, Prager Haussalbe und »nachher noch was zur Blutreinigung« verlangte. Der Apotheker saß in einem anstoßenden Raum an seinem Schreibtisch. Das Fräulein Teichmann sah ich nirgends.

»Elendes Wetter!« sagte der Provisor, während er Seifenspiritus in eine Flasche füllte. »Der Herr Baron wahrscheinlich auch verkühlt. Ich sag' halt immer, ein Vierterl Wein, gewärmt, am besten eine Stange Zimt hinein, das ist mein Mittel, Muskatblüten, Nelken, gut gezuckert, wird sehr gerne genommen. Auf die Nacht dann einen Dunstumschlag – achtzig Heller macht's aus, Herr von Stiberny, danke sehr, die Ehre, Empfehle mich, Herr von Stiberny, ergebenster Diener!«

Er deutete auf den blassen jungen Menschen mit der Hornbrille, der den Laden verließ, wartete ein paar Sekunden lang und sagte dann, zu mir gewendet, mit gedämpfter Stimme:

»Der Herr, der was da raus'gangen ist – sehr interessant, ein Hämophilit. Was man so nennt, ein Bluter. War schon bei allen Ärzten, Professoren, Spezialisten, keiner kann ihm helfen. Ein Bluter. Unter Tausenden trifft's einen.«

»Der Herr Stiberny? So, so, so – hab i wieder was g'hört«, sagte die alte Frau mit der Einkaufstasche.

Ich verlangte ein Schlafpulver und erhielt eine Anzahl kleiner, weißer Tabletten in einem Pappschächtelchen.

»Das Fräulein, das mich sonst immer bedient, ist heute nicht da?« fragte ich.

»Das Fräulein Poldi?«

»Ich glaube, so heißt sie, das rotblonde Fräulein.«

»Die hat heute ihren freien Vormittag g'habt, weil sie gestern im Nachtdienst war. Muß alle Augenblick kommen, fünf Uhr ist's, sollt' eigentlich schon seit einer Stund' da sein. – Soll ich vielleicht was ausrichten?«

»Nicht notwendig, ich werde später wiederkommen«, sagte ich. »Nichts Wichtiges, ich hab' ihr nur Grüße zu bestellen von einen gemeinsamen Bekannten, den ich in Graz getroffen hab'. Im Vorübergehen hab' ich halt hereing'schaut. – Sie können mir übrigens auf jeden Fall ihre Adresse geben.«

Ich sah dem Provisor an, daß ihm die Geschichte von dem gemeinsamen Bekannten in Graz nicht sehr glaubwürdig erschien. Er warf mir einen prüfenden Blick zu, schrieb dann die Adresse auf ein kleines Zettelchen und sagte, indem er es mir überreichte:

»Zweiter Stock, Tür Nr. 21, bei Herrn Hofrat Karasek, das ist nämlich ihr Großvater. Das Fräulein ist aus sehr gutem Hause, erstklassige Familie, soll übrigens verlobt sein – hab' so was läuten gehört.«

»Leopoldine Teichmann, Bräuhausgasse Nr. 11« stand auf dem Zettel, den ich von dem Provisor erhalten hatte. Ich fuhr nicht sogleich hin, ich fürchtete sie zu verfehlen, denn sie konnte schon auf dem Weg zur Apotheke sein, damit mußte ich rechnen.

Eine Zeitlang ging ich vor der Apotheke auf und ab und wartete. Gegen sechs Uhr trieb mich ein neuerlicher heftiger Regenguß hinauf in meine Wohnung. Von den Fenstern meines Schlafzimmers aus konnte ich die Eingangstür der Apotheke im Auge behalten.

Sie kam nicht, und die Zeit verlief. Es begann zu dunkeln, ich hatte Mühe, die Gesichter der Leute, die kamen und gingen, zu erkennen. Als ich in der Gasse die ersten Rolläden niedergehen hörte, verließ ich meinen Beobachtungsposten. Daß sie jetzt noch kommen sollte, erschien mir wenig wahrscheinlich.

Ich mußte hin. – Eine Fahrt von zwanzig Minuten, überlegte ich. – Ich treffe sie beim Abendessen, das ist unangenehm. Um diese Stunde fremde Leute zu überfallen! Und vielleicht ist sie gar nicht einmal zu Hause. Im Theater oder bei einer Freundin. – Hilft nichts, dann werde ich auf sie warten, ich muß sie heute noch sprechen.

Ich verlor viel Zeit mit dem Suchen eines Wagens; es war beinahe acht Uhr, als ich endlich in die Bräuhausgasse kam. Das Haus Nummer 11 war eine öde, vierstöckige Vorstadt-Zinskaserne. Ein Kino, ein Altkleiderladen, ein Friseursalon und eine Stehweinhalle bildeten die Gassenfront. Das Treppenhaus war schlecht beleuchtet, schon das zweite Stockwerk lag völlig im Dunkeln. Ich hatte kein Streichholz bei mir und bemühte mich erfolglos, irgendeine der Türnummern zu entziffern.

Ich hörte Schritte, zwei Männer kamen im Dunkeln die Treppe herauf. Ich blieb stehen und horchte. Jetzt waren sie im zweiten Stock. Eine Taschenlampe blitzte auf, ein schmaler Lichtkegel fiel auf eine der Türen, glitt die Wand entlang, wanderte nach rechts und dann wieder zurück, blieb stehen und ließ ein Messingschild aus dem Dunkeln tauchen.

»Friedrich Karasek, Hofrat in Pension«, sagte die Stimme des Doktor Gorski.

»Doktor!« rief ich verblüfft. »Wie kommen denn Sie hierher?«

Der Lichtschein der Taschenlampe fiel in mein Gesicht.

»Da sind Sie ja, Baron«, hörte ich die Stimme des Ingenieurs.

»Sie auch«, rief ich bestürzt. »Und Sie scheinen gar nicht überrascht zu sein, mich hier zu treffen.«

»Überrascht? Sie belieben zu scherzen, Baron. Ich habe nicht im mindesten daran gezweifelt, daß auch Sie die Abendblätter lesen würden«, sagte der Ingenieur und zog die Türglocke.

15

Ich verstand nicht, was er mit diesen Worten sagen wollte, ich war noch immer grenzenlos erstaunt über das unerwartete Zusammentreffen. Erst als die alte Frau die Türe öffnete, als ich ihr verweintes Gesicht, ihre verstörten Augen sah, da erst begriff ich, daß in diesem Haus ein Unglück geschehen war.

Der Ingenieur nannte seinen Namen.

»Solgrub«, sagte er. »Ich bin der Herr, der vor einer Stunde angerufen hat.«

»Der junge Herr Karasek läßt bitten – wenn die Herrn auf ihn warten wollen!« sagte die alte Frau im Flüsterton. »Er wird in einer Viertelstunde zurück sein, er ist nur rasch hinüber ins Krankenhaus gegangen. Wenn die Herrn weiterkommen wollen –, aber recht leise, bitte, daß Sie der Herr Hofrat nicht hört, nämlich – er weiß es nicht, wir haben ihm nichts gesagt.«

»Er weiß es nicht?« fragte Doktor Gorski verwundert.

»Nein. Vor einer halben Stunde erst hat er nach dem Fräulein gerufen, sie liest ihm am Abend immer aus der Zeitung vor. ›Das Fräulein Poldi ist noch in der Apotheke‹, hab' ich ihm gesagt. Jetzt sitzt er und ist eingeschlafen, mit der Zeitung in der Hand. – So, bitte geradeaus, bitte nur einzutreten, der junge Herr Karasek wird gleich zurück sein.«

»Biedermeiermöbel«, stellte der Ingenieur fest und wechselte mit Doktor Gorski einen Blick des Einverständnisses. Dann wandte er sich wieder an die alte Frau:

»Der junge Herr Karasek – ein Sohn vom Herrn Hofrat, wie?«

»Nein. Ein Enkelkind. Vom Fräulein Poldi der Cousin.«

»Und das Unglück ist hier im Zimmer geschehen, nicht wahr?«

»Nein, nicht hier im Zimmer, woher denn, drüben im Kabinett, wo das Fräulein ihr Laboratorium hat. Heute vormittags, ich steh' in der Küche und sprech' mit der Marie, ich bin nämlich die Wirtschafterin, seit zweiunddreißig Jahren hier im Haus, also ich steh' in der Küche, da kommt der junge Herr. ›Frau Sedlak‹, sagt er, ›rasch, haben Sie eine heiße Milch?‹ – ›Für wen denn eine heiße Milch?‹ frag' ich. ›Für den Herrn Hofrat?‹ – ›Nein‹, sagt der junge Herr. ›Für die Poldi, die liegt auf der Erd' und hat Krämpfe‹ – Und ich, wie ich das hör': Krämpfe – ich erschreck' – der junge Herr, der war ganz ruhig, den bringt nichts aus seiner Ruhe – ich, natürlich, nehm' die Milch vom Herd und lauf' hinein. Da liegt das Fräulein und wirft sich, ach Gott, und das Gesichterl weiß wie die Wand und die Lippen blau, und ich sag' noch: ›Das ist die Hinfallende‹ und greif' nach ihren Händen, und auf einmal – ›Jesus, Maria, Josef‹, schrei' ich. – ›Das Fräulein hat ein Flascherl in der Hand.‹ – ›Was ist denn, was schreien Sie denn so?‹ ruft der junge Herr und sieht das Flascherl und nimmt es und riecht dazu und rennt zum Telphon – ›Fräulein, die Rettungsgesellschaft.‹ – Ein paar Minuten darauf waren sie schon da, das ist noch das Glück, daß das so rasch gegangen ist, und der Doktor von der Rettungsgesellschaft hat auch gesagt: ›Keine Minute zu früh, und vielleicht ist noch Aussicht.‹ Und dann hat er noch gesagt: ›Ausgeschlossen, daß sie sich vergriffen hat. Eine Pharmazeutin, die muß das sofort am Geruch erkennen.‹ – Die Herren entschuldigen, ich muß jetzt in die Küche. Ich bin allein zu Hause, und wenn der Herr Hofrat aufwacht, dann will er seinen Milchreis haben.«

Sie schloß das Fenster, schob die gelbseidene Klavierdecke zurecht, warf noch einen prüfenden Blick ins Zimmer, fand alles in Ordnung und ging hinaus. Ich stand auf, um die Bilder an der Wand zu betrachten. Aquarelle und kleine Pastellmalereien, Dilettantenarbeit, ein blühender Kastanienbaum, das Proträt eines Geige spielenden jungen Mannes, ein ziemlich mäßig komponierter ländlicher Marktplatz – auch das Bild, das ich einmal in einer Kunstaustellung gesehen hatte, war da, Astern und Dahlien in einer grünschimmernden japanischen Vase, es hatte also keinen Liebhaber gefunden. Aber mehr als all das zog mich ein anderes Bild an, das halb im Schatten an der Wand neben dem Klavier hing: ein Ölgemälde, die schöne Agathe Teichmann im Kostüm der Desdemona, ich erkannte sie sogleich, obwohl es fast zwanzig Jahre her war, seit ich sie zum letzten Male gesehen hatte.

»Ein sonderbares Wiedersehen nach zwanzig Jahren, Doktor!« sagte ich und wies auf das Bild der großen Tragödin. – Eine jähe Traurigkeit hatte mich erfaßt, ich fühlte, wie fremd mir meine eigene Jugend geworden war, die Flucht der Jahre, die Unerbittlichkeit der Zeit kam mir für einen Augenblick mit schmerzhafter Klarheit zum Bewußtsein.

»Agathe Teichmann«, sagte der Doktor und setzte sich den Zwicker zurecht. »Ich habe sie ein einziges Mal auf der Bühne gesehen. Agathe Teichmann! Wie alt waren Sie damals, Baron? Sehr jung noch, neunzehn Jahre alt, denk' ich, oder höchstens zwanzig. Keine ganz ungetrübte Erinnerung, wie? Ich, sehen Sie, ich habe niemals Glück bei Frauen gehabt. Dafür kann ich heute unbewegten Herzens einem alten Bilde gegenüberstehen. Ich habe sie einmal als Medea gesehen, das ist alles.«

Ich gab keine Antwort. Der Ingenieur sah uns beide

verständnislos an, schüttelte den Kopf, warf einen flüchtigen Blick auf das Gemälde und ging hinüber in das Kabinett.

Wir blieben allein im Zimmer und warteten. Der Doktor wurde ungeduldig und sah immer wieder auf seine Uhr. Auch mir verlief die Zeit langsam. Ich griff nach einem Buch, das auf dem Schreibtisch lag, und schlug es auf, aber es war ein Wörterbuch, und ich legte es sogleich wieder auf seinen Platz.

Endlich, nach einer Viertelstunde, kam der Ingenieur ins Zimmer zurück. Er schien auf dem Fußboden nach irgend etwas gesucht zu haben, denn seine Hände waren voll Staub und Schmutz. Doktor Gorski sprang auf.

»Solgrub, was haben Sie gefunden?« fragte er.

Der Ingenieur schüttelte den Kopf.

»Nichts.«

»Wirklich nichts?«

»Nicht die leiseste Spur. Nicht den geringsten Anhaltspunkt«, wiederholte der Ingenieur und blickte zerstreut auf seine Hände.

»Dort ist Wasser, Solgrub«, sagte der Doktor. – »Sie sind auf falschem Weg, wollen Sie das nicht begreifen, Solgrub? Den ganzen Tag über sind Sie hinter einem Phantom her. Ihr Monstrum existiert nicht, hat niemals exisiert, Ihr Monstrum ist das lächerliche Ergebnis einer irrigen Schlußfolgerung, ein Hirngespinst – wie oft soll ich Ihnen das wiederholen? Sie haben sich in eine absurde Idee verbissen und kommen nicht vorwärts.«

»Und was ist Ihr Plan, Doktor?« fragte der Ingenieur vom Waschtisch her.

»Wir müssen auf Felix einzuwirken trachten.«

»Das ist aussichtslos.«

»Lassen Sie mir Zeit!«

»Zeit? Nein, ich kann Ihnen keine Zeit lassen, Doktor. Sind Sie denn blind? Sehen Sie denn nicht, wie er dasitzt und schweigt und uns reden läßt? Er wird es niemals zulassen, daß sein Ehrenwort zum Gegenstand einer Diskussion mit sehr unsicherem Ausgang gemacht wird. Er hat seinen Entschluß gefaßt, er wird tun, was Felix von ihm verlangt, vielleicht morgen, vielleicht noch heute nachts, er hat den Finger am Hahn, und sie verlangen Zeit!«

Ich wollte widersprechen, protestieren, aber der Ingenieur ließ mich nicht zu Wort kommen.

»Ich bin auf falschem Weg, natürlich!« rief er. »Dasselbe sagten Sie mir heute mittags, Doktor, als ich auf dem Autostandplatz vor dem Theater nach dem Chauffeur fragte, der Eugen Bischoff zu seinem Mörder geführt hat. Dann, als ich das Haus gefunden hatte und die Treppe hinaufging, riefen Sie mir nach, ich sei auf falschem Weg, ich hätte mich in eine Idee verrannt –«

»Sie waren in der Wohnung des Geldverleihers?« unterbrach ich ihn.

»Des Geldverleihers?« rief der Ingenieur verwundert. »Von welchem Geldverleiher sprechen Sie?«

»Gabriel Albachary, Dominikanerbastei Nummer 8.«

»Ist der Spaniole ein Geldverleiher? Davon haben Sie mir nichts gesagt, Doktor?«

»Er leiht Geld auf Pfänder, das ist richtig«, bemerkte Doktor Gorski. »Keine Bekanntschaft, auf die man besonders stolz zu sein braucht. Aber daneben ist er einer unserer bedeutendsten Kunstkenner und Sammler. Eugen Bischoff kannte ihn seit beinahe zwanzig Jahren und benutzte manchmal seine Shakespeare-Bibliothek und seine Kostümbildersammlung.«

»Sie haben mit dem Manne gesprochen, Herr Ingenieur?« fragte ich.

»Nein. Er war nicht zu Hause, und ich nutzte diese Gelegenheit aus, um in der Wohnung nach dem Mörder zu suchen.«

»Und mit welchem Erfolg, davon sprechen wir lieber nicht, Solgrub – wie?« warf Doktor Gorski ein.

»Schweigen Sie!« schrie der Ingenieur, und im gleichen Augenblick entsann er sich, daß er in einer fremden Wohnung war, und dämpfte seine Stimme. »Ich habe ihn nicht gefunden, das ist wahr, aber nur, weil ich mir ein falsches Bild von ihm gemacht habe – darum habe ich ihn nicht gefunden. Ich habe eine irrige Vorstellung mit ihm verknüpft. Ein Denkfehler – irgendwo in meiner Überlegung steckt ein Denkfehler. Aber er ist oben, der Mörder, er hat die Wohnung nicht verlassen, er kann sie nicht verlassen haben, und ich werde ihn finden, Doktor, seien Sie dessen gewiß.«

Und wie ich diese Worte hörte, da regte sich etwas in mir, irgendein Hochmut erwachte in mir und trieb mich, dem Mann, der vor mir stand, seine Sicherheit zu nehmen, ihn irrezuführen, ihn in Zweifel zu stürzen, und ich sagte kaltblütig und mit voller Überlegung:

»Und wie, wenn ich Ihnen nun sage, daß Felix im Recht ist? Daß sich die Sache genauso zugetragen hat, wie er es Ihnen gestern geschildert hat? Wenn ich Ihnen nun gestehe, daß ich wirklich der Mörder Eugen Bischoffs bin –?«

Doktor Gorski griff nach meinem Arm und starrte mich wortlos an. Der Ingenieur schüttelte den Kopf.

»Unsinn«, sagte er, »Reden Sie doch keinen Unsinn. Sie bilden sich doch nicht ein, daß Sie mich irreführen können. Hören Sie? Es läutet. Das ist der junge Karasek. Wenn ich Sie bitten darf – lassen Sie mich mit ihm sprechen!«

16

»Er hält uns für Berichterstatter«, flüsterte mir Doktor Gorski zu. »Lassen Sie ihn dabei – Solgrub will es so. Gut, daß Sie in Zivil sind. Ein Dragonerrittmeister mit dem Kämmererschlüssel als Vertreter einer Lokalkorrespodenz, das wäre doch –«

Der junge Mann, der in diesem Augenblick ins Zimmer trat, machte den Eindruck eines höchst unbedeutenden Menschen, der am Stammtisch seines Vorstadtkaffeehauses die Rolle des arbiter elegantiarum spielt. Er grüßte – »Die Ehre, die Herren!« –, stellte sich vor – »Karasek mein Name« –, fuhr sich mit der Hand über den sorgfältig glattgezogenen Scheitel und bot uns aus einer Alpakatabatiere Memphiszigaretten an.

»Sehr freundlich von Ihnen«, sagte der Ingenieur, »daß Sie nach den Aufregungen dieses Tages noch Zeit für uns erübrigt haben. Darf ich mich vor allem nach dem Befinden des jungen Mädchens erkundigen?«

»Bitte, bitte!« wehrte der junge Karasek ab. »Ich weiß, die Pflichten der Publizistik – immer im Beruf. – Mein verstorbener Vater hat viel mit den Herren von der Presse zu tun gehabt. Hermann Karasek, Vorstand der achtzehnten Magistratsabteilung, Oberbaurat, vielleicht, daß ihn einer von den Herren zufällig – wär' ja möglich. – Ja, meine Cousine, leider! Man hat mich nicht zu ihr gelassen.«

Er beugte sich vor und sagte halblaut mit einer Miene, als ob er uns ein Amtsgeheimnis verriete:

»Der Professor versucht es jetzt mit Chloräthyl.«

»Inhalationen vermutlich«, bemerkte Doktor Gorski.

»Chloräthyl«, wiederholte der junge Karasek. »Man darf nichts unversucht lassen.«

»Haben Sie mit dem Arzt gesprochen?« fragte der Ingenieur. »Halten Sie es für möglich, daß sich das Fräulein morgen soweit erholt haben wird, um Besuche empfangen zu können?«

»Morgen? Schwerlich, schwerlich«, sagte der junge Mann und schüttelte den Kopf. »Der Arzt meint – ich habe mit dem Assistenten gesprochen, der Professor, können sich denken, sehr beschäftigt, naturgemäß wenig Zeit –, der Assistent meint, außer wenn ein Wunder geschieht, hoffen darf man ja immer, und die Schwester sagt auch, wahrscheinlich daß sie die Nacht nicht überlebt.«

»Steht es so schlimm?« fragte der Ingenieur. Herr Karasek hob bedauernd die Hände und ließ sie wieder fallen. Doktor Gorski stand auf und griff nach seinem Hut.

»Wollen schon gehen, die Herren?« fragte der junge Mann. »Einen Augenblick noch, wenn die Herren warten wollen, ich hab' mir gedacht: Eine kleine Erfrischung, ich weiß, die Herren sind schon nach dem Speisen, aber vielleicht einen schwarzen Kaffee, dauert keine zwei Minuten, werde gleich Auftrag geben. – Was ich noch fragen wollt': Mit wem von den Herren hab' ich am Telephon – die Ehre gehabt? Tät' mich interessieren.«

»Ich habe Sie angerufen«, sagte der Ingenieur.

»Nämlich, woher Sie das wußten – ich war, wie man sagt, perplex. Gut, sie war eine starke Raucherin, zwölf, fünfzehn Zigaretten im Tag, oft schon vor dem Frühstück das Zigarettel im Mund – heutzutage, ein junges Mädel – kommt vor. Mein Großvater dürft's nicht wissen, ich bitte Sie, ein alter Herr, an die Achtzig, noch aus der alten Zeit. Aber woher

Sie das wußten, daß meine Cousine unmittelbar vorher – keine fünf Minuten. – Ich war baff. Denk' mir noch, merkwürdiger Mensch, woher der das weiß.«

»Die Sache ist sehr einfach zu erklären«, gab der Ingenieur zur Antwort. »Der Selbstmordversuch Ihrer Cousine war, wie ich Ihnen mitteilen kann, kein freiwilliger, sondern erzwungen. Nun haben sich in der letzten Zeit drei ganz ähnliche Fälle erzwungenen Selbstmords ereignet. In allen diesen Fällen hatte augenscheinlich ein und diesselbe Person die Hand im Spiel, in allen diesen Fällen war ihre Methode die gleiche. – Das junge Mädchen hat also tatsächlich unmittelbar vor Ausführung der Tat eine Zigarette von Ihnen verlangt?«

»Eine Zigarette? Nein, davon war nicht die Rede. Zigaretten hat sie eine ganze Schachtel voll auf ihrem Schreibtisch stehen gehabt. Eine Hülse, eine leere Zigarettenhülse hat sie verlangt.«

»Eine Hülse!« rief der Ingenieur erregt. »Natürlich, das hätte ich mir denken können. Eine leere Zigarettenhülse! Erraten Sie, Doktor, zu welchem Zweck Eugen Bischoff die Tabakspfeife zu sich gesteckt hat? Eine Frage noch, Herr Karasek, bevor wir gehen. Eine Frage, die Ihnen vielleicht sonderbar erscheinen wird: Hat Ihre Cousine in der letzten Zeit irgendeinmal vom Jüngsten Tag gesprochen? Verstehen Sie mich? Vom Tag des Gerichts.«

»Jawohl, Herr – wie war der werte Name?«

»Solgrub, Waldemar Solgrub«, rief der Ingenieur ungeduldig. »Und in welchem Zusammenhang? Denken Sie nach, vielleicht erinnern Sie sich.«

»In welchem Zusammenhang? Im Zusammenhang mit der Malerei. Das war so eine Idee von ihr damals, wie sie mit dem Ladstätter und mir – das muß ich nämlich vorausschicken, die Poldi ist mit einem Freund von mir verlobt, ein Bureaukollege, sehr netter Mensch, kommt täglich ins Haus, im Frühjahr wollten sie heiraten. Geld ist nicht viel da, aber er hat eine schöne Stellung, und sie verdient auch, hat ihren Beruf – Ausstattung, Möbel, alles in schönster Ordnung, und der Großvater hat Ja und Amen dazu gesagt. Nun, und in der vorigen Woche, am Donnerstag, haben wir draußen im ›Hirschen‹ genachtmahlt, eine kleine Gesellschaft, ein paar Mädchen, ein paar Kollegen, einer von den Herren hat seinen Namenstag gefeiert, sehr animiert, und auf dem Nachhauseweg – wir drei, die Poldi, der Ladstätter und ich, wir sind vorausgegangen, der Ladstätter hat seine Gitarre mitgehabt, und auf einmal fängt die Poldi wieder davon an: Die Apotheke freut sie nicht und sie will zur Kunst zurück. Und der Ladstätter, statt daß er sie reden läßt, bleibt stehen und fängt Streit mit ihr an: ›Poldi!‹ sagt er, wenn das dein Ernst ist, du mußt ja wissen, was du tust, aber wenn dir gar nichts daran leigt, daß wir im März heiraten – du weißt, ich hab' nicht viel, und mit dem, was du dazuverdienst, muß ich rechnen, wenigstens für den Anfang, und wenn du von der Apotheke weggehst.‹ – ›Und wer sagt dir‹, gibt die Poldi zur Antwort, ›daß ich mit den Bildern nicht viel mehr verdienen werde, ganz andere Summen.‹ Und der Ladstätter: ›Du hast doch schon zweimal ausgestellt und nicht ein einziges Bild verkauft. Es geht nicht mit dem Kopf durch die Wand, und wenn man keine Verbindungen hat.‹ – ›Diesmal werde ich Erfolg haben‹, sagt die Poldi. – ›So! Und warum gerade diesmal?‹ fährt der Ladstätter auf sie los. Und die Poldi sagt ganz ruhig: ›Weil ich bessere Arbeit leisten werde. Dafür laß nur den Meister des Jüngsten Tages sorgen.‹«

»Den Meister des Jüngsten Tages?« unterbrach ihn

der Ingenieur. »Wer, um des Himmels willen, ist das? Kennen Sie ihn?«

»Nein. Ich kenn' ihn nicht. Und der Ladstätter hat auch gefragt: ›Wer, zum Kuckuck, ist denn das? Wieder so ein Maler, der dich zu sich ins Atelier einlädt?‹ Und die Poldi lacht und sagt: ›Bist eifersüchtig, Ludwig? Du brauchst nicht eifersüchtig zu sein, wirklich nicht. Wenn ich dir verraten würde, wie alt er ist!‹ Aber der Ladstätter bekommt einen roten Kopf und schreit: ›Alt oder jung, Poldi, ich will wissen, wer das ist, und ich hab' ein Recht‹ – Und die Poldi sieht ihn an und sagt: ›Gut, du hast ein Recht, und wenn ich berühmt bin, werde ich dir's sagen. Nur dir, Ludwig, sonst keinem. Dir ja. Aber erst wenn ich berühmt bin, vorher nicht!‹ – Und inzwischen sind uns die andern nachgekommen, und mehr war den ganzen Abend aus der Poldi nicht herauszubringen.«

»Doktor!« sagte der Ingenieur. »Über seine Methode sind wir uns jetzt wohl im klaren, wie? Wir kennen die Falle, und wir kennen den Köder. Nur seine Motive sind mir ein Rätsel. Was bezweckt er mit seinen Teufeleien! – Bitte, fahren Sie fort, Herr Karasek! Was geschah tags darauf?«

»Tags darauf, zu Mittag, ist die Poldi mit einem fremden Herrn nach Hause gekommen, und da ist mir die ganze Sache wieder eingefallen. Ein großer, starker Herr, glattrasiert, nicht mehr der Jüngste, schon ein bißchen grau – und die Poldi geht an mir vorbei in ihr Zimmer, stellt mir ihn nicht vor –, das bin ich nicht gewöhnt von der Poldi. Und ich denk' mir: Dem Ladstätter wird das sicher nicht recht sein – allein mit dem fremden Herrn –, andererseits, zudringlich wollt' ich auch wieder nicht sein – besser, du wartest, bis der Herr fortgeht, und dann stellst du ihn und fragst ihn geradeaus, was denn das soll, und überhaupt, was er von der Poldi will. – Aber wie ich nach einer halben Stunde ins Zimmer schau', ist der Herr schon fort, aber das Buch liegt auf dem Tisch, und ich sag' noch der Poldi: Der Herr hat das Buch hier vergessen, ein dickes Lexikon, hat doch einen Wert –«

»Der Herr hat ein Buch hier vergessen?« fiel ihm der Ingenieur ins Wort. »Wo ist es? Kann ich es sehen?«

»Bitte sehr. Dort liegt es«, sagte der junge Mann, und der Ingenieur nahm das Buch vom Schreibtisch, dasselbe Buch, in dem ich eine halbe Stunde zuvor gedankenlos geblättert hatte. Er warf einen Blick hinein und stieß einen Ruf der Überraschung aus.

»Italienisch! rief er. »Ein italienisches Wörterbuch! Doktor, wer hat nun recht behalten? Das Monstrum spricht Italienisch, da haben Sie den Beweis. Eugen Bischoff hat das Buch bei sich getragen, um sich mit dem Monstrum verständigen zu können. Aber – was ist denn das? Sehen Sie doch, Doktor – was hat das zu bedeuten?«

Doktor Gorski beugte sich interessiert über das Buch.

»Vitolo-Mangold. Enzyklopädisches Wörterbuch der italienischen Sprache«, stellte er aus dem Titelblatt fest. »Ein bißchen zu kompendiös. Wenig handlich. Ein richtiges Nachschlagewerk.«

»Fällt Ihnen sonst nichts auf?«

Doktor Gorski schüttelte den Kopf.

»Fällt Ihnen wirklich nichts auf?« fragte der Ingenieur. »Sehen Sie sich doch das Buch genauer an! – Herr Karasek, Sie haben den Herrn kommen gesehen. Sind Sie dessen sicher, daß er nicht noch ein zweites Buch bei sich gehabt hat?«

»Nur dieses eine. Das weiß ich ganz bestimmt.«

»Das ist sehr merkwürfig. Sehen Sie, Doktor: Es ist ein italiensich-deutsches Wörterbuch. Einen deutsch-italienischen Teil enthält der Band nicht. Den deutsch-italienischen Teil hat Eugen Bischoff allem Anschein nach nicht benötigt. – Wie ist das zu erklären? Eugen Bischoff hat mit dem Mörder nicht gesprochen. Er hat ihm schweigend zugehört. – Einen Augenblick! Stören Sie mich nicht! Der eine spricht, der andere schweigt und horcht und übersetzt – Was hat das zu bedeuten? Lassen Sie mich nachdenken!«

»Was ist denn geschehen?« hörte ich plötzlich von der Türe her eine hohe, zitternde Greisenstimme. »Draußen in der Küche sitzt die Frau Sedlak und weint. Was ist denn geschehen mit der Leopoldine?«

Der Hofrat Karasek, Agathe Teichmanns Vater, dessen erhabener Goethekopf mir aus den vergangenen Jahren lebendig in Erinnerung geblieben war, hatte sich sehr verändert. Ein uralter Mann, gespenstig, mager, die Hinfälligkeit selbst, so stand er, auf seinen Stock gestützt, in der Türöffnung und starrte mit einem völlig ausdruckslosen Blick zu Boden.

Der junge Karasek war aufgesprungen.

»Großvater!« stammelte er. »Nichts ist geschehen, was soll denn geschehen sein? Die Poldi liegt und schläft, dort am Sofa liegt sie, das siehst du doch. Sie hat Nachtdienst gehabt, die Arme.«

»Macht mir Sorgen, das Kind«, seufzte der alte Mann. »Hat ihren eigenen Kopf, hört nicht auf mich, läßt sich nichts sagen. Das hat sie von ihrer Mutter. Du weißt ja, Heinrich, die Agathe! Erst die Scheidung. Der Kummer! Und dann, wegen solch eines Lausbuben von Leutnant, ich komm' nach Hause, spür' den Gasgeruch, stockfinster in der Wohnung, ›Agathe!‹ ruf' ich –«

»Großvater!« bat der junge Karasek, und sein sonst so nichtssagendes Gesicht trug jetzt einen rührenden

Ausdruck zärtlicher Besorgtheit. »Großvater, laß das. Das ist doch schon, weiß Gott wie lang, vorbei.«

»Ich hab' es«, sagte plötzlich der Igenieur ganz laut, als wäre er allein im Zimmer. »Wir können gehen, Doktor. Hier sind wir fertig.«

Der alte Hofrat hob den Kopf.

»Hast Besuch, Heinrich?« fragte er.

»Ein paar Kollegen aus dem Amt, Großvater.«

»Ist schon recht, Heinrich, ein bißchen Zerstreuung, bißchen Unterhaltung – ein Königsrufer? Eine Preferencepartie? Entschuldigung, die Herren, daß ich Sie nicht begrüßt hab'. Mit meinen Augen – es geht halt nimmer recht. Kurzsichtig war ich ja immer, hab' mir sagen lassen, daß das mit den Jahren besser wird. Aber bei mir ist grad das Umgekehrte der Fall. – Was ist denn g'schehn mit der Poldi, wo steckt sie denn? Ich sitz' und wart', daß sie mir die Zeitung vorliest –«

»Großvater!« sagte der junge Karasek mit einem ratlosen und verzweifelten Blick zu uns hin. »Laß sie schlafen, sie ist müde. Weck sie nicht! Ich werde dir heute die Zeitung vorlesen.«

17

Doktor Gorski war in der allerübelsten Laune, er brummte, fluchte, schimpfte vor sich hin, während er sich in der Finsternis vorsichtig die steile Stiege hinuntertastete.

»Solgrub!« rief er. »Wo ist er, wo steckt er? Er hat meine Taschenlaterne. Läuft voraus, läßt mich in Stich – Manieren sind das! Achtung, Stufen! Baron, wo sind Sie? Gehen Sie doch voraus, ich finde mich nicht zurecht. Rechts? Links? Wenn ich wenigstens Streichhölzer – nicht einmal Streichhölzer habe ich bei mir. Ich weiß, Sie sehen im Dunkeln, Sie haben überhaupt etwas von einer Katze, das hab' ich schon immer gesagt. Ihre stumme Verbeugung dort oben, kostbar, was dachten Sie sich denn eigentlich, haben Sie denn nicht bemerkt, daß der alte Mann blind ist? Vollkommen blind. Gott behüte mich davor, so alt zu werden. Licht. Endlich! Halleluja, dem Himmel sei Dank, wir sind unten.«

Ein dünner Nebel lag auf der Straße, der Himmel war voll Wolken, die Gaslaternen warfen matte Lichtstreifen auf das regenfeuchte Pflaster. Vor dem Kino standen Leute, die auf Einlaß warteten. Die Türe der Stehweinhalle wurde geöffnet, und einen Augenblick lang hörte ich den Gesang heiserer Stimmen und die trübselige Musik eines Orchestrions.

Der Ingenieur trat auf uns zu.

»Wo sind Sie denn so lange geblieben?« fragte er. »Eine Ewigkeit steh' ich hier und warte. Neun Uhr zehn. Zu spät für heute, um zu dem Spaniolen hinaufzugehen.«

»Zu Gabriel Albachary?« rief der Doktor. »Was

in aller Welt wollen Sie denn schon wieder bei ihm?«

»Was ich bei ihm will? Doktor, Sie begreifen langsam, man könnte – ein Schuljunge begreift rascher als Sie. Ich will mir den Meister des Jüngsten Tages noch einmal ansehen. Heute nachmittags – Was starren Sie mich denn an? Das Monstrum! Verstehen Sie mich denn nicht? Den Mörder Eugen Bischoffs.«

Doktor Gorski schüttelte den Kopf.

»Sie halten den alten Mann für den Mörder?« fragte er.

»Welchen alten Mann?«

»Den Spaniolen.«

»Herr des Himmels! Doktor, Sie haben eine infernalische Fähigkeit, die Dinge in Verwirrung zu bringen. Merken Sie auf: Zuerst die Zigarettenhülse. Welche Rolle die in der Sache gespielt hat, das zu erraten war nicht schwer. Dann das Buch, das Wörterbuch, ich schlug es auf und sah: Da ist der Schlüssel. Nun hieß es nachdenken, sich konzentrieren, aber da kam der alte Mann, der Hofrat mit seinen Sorgen – ich hörte gar nicht auf ihn. Methodische Überlegung, Doktor, ist kein leerer Wahn. Der Mörder. Er hört nicht, er spricht nur – was hat das zu bedeuten? Jetzt weiß ich, was das zu bedeuten hat. Die Sache ist in Ordnung. Kein Anlaß zur Überhebung für mich, der ganze Tag ist voll Irrtümer gewesen. Wahrhaftig, ein Monstrum, ein Koloß, und ich bin ihm eine Stunde lang gegenübergesessen und habe ihn nicht erkannt.«

Wir gingen langsam die Straße hinunter. Doktor Gorski stieß mich an.

»Verstehen Sie das?« fragte er.

»Nicht ein Wort hab' ich verstanden«, gab ich zurück.

Der Ingenieur warf mir einen bösen Blick zu.

»Vollkommen überflüssig, daß Sie mich verstehen. Wozu denn? Die Sache ist in Ordnung, das mag Ihnen genügen. Sie können ruhig schlafen heute nachts. Sie werden nicht verreisen. Es wird keinen Jagdunfall geben. Kein Kreuz im Gotha hinter Ihrem Namen, vorläufig wenigstens – soweit verstehen Sie mich doch, wie?«

»Wollen Sie uns nicht doch in halbwegs verständlichen Worten erklären, was Sie eigentlich entdeckt haben?« bat Doktor Gorski.

»Heute nicht, Doktor. Ich habe nur eine vage Vorstellung von dem, was geschehen ist. Ein sehr undeutliches Bild und außerdem – es sind noch Lücken im logischen Ablauf der Ereignisse. Ich weiß noch immer nicht, wem Eugen Bischoffs erste Kugel gegolten hat, und solange ich das nicht weiß –«

»Wird sich das jemals feststellen lassen?«

»Vielleicht, Doktor. Was hindert mich, das Experiment Eugen Bischoffs zu wiederholen? Es kann sein, daß ich Ihnen schon morgen Mitteilungen machen werde, die auch für Sie, Baron, von Wert sein dürften. Mehr kann ich Ihnen heute nicht sagen. Haben Sie Geduld mit mir!«

»Solgrub!« rief Doktor Gorski. »Wenn das Ihr Ernst ist – und es scheint, daß Sie wissen, was sie sagen –, wenn es sich um ein Experiment handelt, dann, um des Himmels willen, seien Sie vorsichtig, nehmen Sie sich in acht!«

»Schon gut, Doktor«, sagte der Ingenieur gelassen. »Glauben Sie, ich gehe blind in die Gefahr? Ich bin gewarnt, ich weiß genau, wovor ich mich zu hüten habe. Sehen Sie –«

Er blieb stehen und holte einen kleinen Revolver von fremdartiger Konstruktion aus der Tasche.

»Da habe ich einen guten Freund aus alten Zeiten,

er war mein Begleiter auf manchem nächtlichen Patrouillengang in dem Hügelland zwischen Kirin und Gensan – aber jetzt kann ich ihn nicht brauchen, und wir müssen uns trennen. Stecken Sie ihn zu sich, Doktor, ich werde ihn zurückverlangen. Das Monstrum dort oben in der Wohnung des Spaniolen – Sie wissen ja: Es mordet nicht, es zwingt zum Selbstmord. Und es hat keine Macht über mich, solange ich ohne Waffe bin.«

»Und was wollen Sie mit ihm beginnen, Solgrub?«

»Es muß vernichtet werden«, sagte der Ingenieur still und ingrimmig. »Ins Feuer mit ihm! Das arme Mädchen, um dessen Leben heute nacht die Ärzte kämpfen, soll sein letztes Opfer gewesen sein.«

»Ins Feuer mit ihm? Wenn ich Sie recht verstehe, dann ist das Monstrum –«

»He!« rief der Ingenieur. »Ich glaube gar, Doktor, Sie beginnen zu begreifen. Sie haben sich Zeit gelassen. Nein, kein Mensch von Fleisch und Blut. Ein längst Verstorbener, und lebt und schleicht sich in die Köpfe – aber ich will ein Ende machen mit dem Gespenst! Genug davon. Sie werden es zu sehen bekommen.«

Wir waren endlich in eine belebtere Gegend gekommen, in einen Teil der Stadt, in dem ich mich zurechtzufinden vermochte. Eine breite Straße, von Bogenlampen hell erleuchtet, Akazienbäume zu beiden seiten der Fahrbahn. Irgendwo in der Nähe mußte die Kaserne der 73er liegen.

»Wohin haben Sie uns geführt?« räsonierte Dr. Gorski. »Wir haben einen sehr überflüssigen Umweg gemacht, ich könnte längst zu Hause sein.«

»Ich habe nicht die Absicht, Sie jetzt schon nach Hause zu entlassen«, meinte der Ingenieur. »Dort drüben ist das Café Gulliver. Wollen die Herren nicht noch einen Allasch mit mir trinken?«

Doktor Gorski lehnte diesen Vorschlag, ohne mich nach meiner Meinung zu fragen, für uns beide ab.

»Ich fahre mit der Straßenbahn nach Hause«, erklärte er. »Jawohl, mit der Straßenbahn«, fuhr er mit einem Blick auf mich fort. »Ich bin kein Offizier und habe keine Standespflichten. Sie können ja hier stehenbleiben und warten, bis zufällig ein Wagen vorbeikommt.«

»Ach was, kommen Sie nur mit hinein«, redete ihm der Ingenieur zu. »Sie werden, wenn Sie Glück haben, eine interessante Bekanntschaft machen. Im Café Gulliver verkehrt mein Freund Pfisterer, ein Universalgelehrter, der Mann mit dem Barnumgedächtnis, ein wirklicher Polyhistor und daneben Tänzer, Maler, Radierer, Artist, Barmixer, Mezzofanti – was Sie wollen. Ein Virtuose in der Kunst, seine Gläubiger hinzuhalten, es sind ihrer zumindest fünfhundert.«

»Danke«, brummte Dr. Gorski. »Ich mag die langhaarigen Genies nicht.«

»Mein Freund Pfisterer ist von der stichelhaarigen Sorte. Und außerdem: Er ist gerade der Mann, den ich heute brauche. Vorwärts, kommen Sie mit, ich habe keine Lust, allein nach Hause zu gehen.«

Wir traten in das Café. Es war ein recht fragwürdiges Lokal, und unser Erscheinen machte erheblichen Eindruck auf die wenigen Gäste. Der Ingenieur schien hier bekannt zu sein, denn das Büffetfräulein begrüßte ihn mit einem freundlich-herablassenden: »Servus, Doktor!«

Ein verdrossener Kellner kam und fragte nach unseren Wünschen.

»Ist der Dr. Pfisterer noch hier?« erkundigte sich der Ingenieur.

»Der war noch gar nöt weg», erklärte der Kellner mit einer Handbewegung, die Geringschätzung und wohlbegründetes Mißtrauen zum Ausdruck brachte.

»Mit wieviel hängt er bei Ihnen?«

»Siebenundzwanzig Kronen macht's aus, ohne die Maut.«

»Hier sind siebenundzwanzig Kronen und hier ist Ihre Maut«, sagte der Ingenieur. »Wo ist der Dr. Pfisterer?«

»Drüben im Billardzimmer sitzt er, wie alle Tag, und schreibt.«

Ein langer, magerer, rothaariger Mensch saß an einem der Marmortische, vor sich hatte er eine halbgeleerte Bierflasche, einen Eierbecher, der ihm als Tintenbehälter diente, und einen Stoß beschriebener Papiere. Ein ganz junges Mädchen mit hellgelb gefärbtem Haar stopfte an seiner Seite schweigend Zigaretten. An der Wand ihm gegenüber hing, mit einem Reißnagel befestigt, ein schmutziges, mit Bleistift eng beschriebenes Stück Papier, das sich bei genauerem Hinsehen als ein Dokument von bedeutender Tragweite erwies: – »Erklärung! Die Unterzeichneten ziehen die gegen Herrn Dr. Pfisterer erhobene Beschuldigung des Diebstahls zweier Illustrierter Zeitschriften und einer Kunstbeilage mit Bedauern zurück, da derselbe ihnen mit dem Klageweg gedroht hat. Hochachtungsvoll: Der Vierertisch.«

»Da ist er ja«, sagte der Ingenieur. »Guten Abend, Pfisterer.«

»Servus. Stör mich nicht«, gab der Rothaarige, ohne aufzublicken, zur Antwort.

»Woran arbeitest du, wenn man fragen darf?«

»An der Dissertation eines jugendlichen Schwachkopfs, der nach dem Doktortitel röhrt. Kellner, ein Birnenkompott mit ekelhaft viel Saft und einen Türkischen ›à la Pfisterer‹. – Bis elf muß ich fertig sein.«

»Laß einmal sehen – ist es erlaubt?« – Der Ingenieur nahm eines der beschriebenen Blätter vom Tisch. – »›Die Pektinsubstanzen und Ölglykoside als geschmackgebende Bestandteile unserer Gartengemüse‹. – Ja, um des Himmels willen, seit wann befaßt du dich auch mit Chemie?«

»Soviel wie die Herren von der Fakultät versteh' ich noch davon«, brummte der gelehrte Mann und schrieb weiter.

»Pfisterer, hast du einen Augenblick Zeit? Ich brauche eine Auskunft.«

»Wenn es sein muß –, aber mach rasch! Der Knabe kommt um elf Uhr und holt sich sein Lebenswerk. Leg los!«

»Gibt es einen Maler, den die Kunstgeschichte den ›Meister des Jüngsten Tages‹ nennt?«

»Giovansimone Chigi, bekannter Meister, ein Schüler des Piero di Cosimo. – Weiter.«

»Lebte um – ?«

»1520, in Florenz – du Ignorant.«

»Endete durch Selbstmord?«

»Nein. Starb im Kloster der Seraphischen Brüder von den sieben Schmerzen. In geistiger Umnachtung.«

»In geistiger Umnachtung«, wiederholte der Ingenieur.

Der Universalgelehrte legte die Feder aus der Hand und blickte auf. Er hatte ein Glasauge und auf der rechten Wange eine rote Flechte.

»Ist das alles, was du wissen willst?«

»Ich danke. Ja.«

»Mit deinem ›danke‹ ist mir nicht gedient. Du hast mir drei Fragen gestellt, wie Mime dem Allvater Wotan. ›Nach Wettens Pflicht bind' ich nun dich.‹ – Drei Fragen: – Erstens, hast du Geld, Solgrub?«

»Deine Zeche ist bezahlt.«

»Ausgezeichnet. Ich wüßte nicht, welche Fragen ich sonst noch an dich zu richten hätte. Geh deines Wegs! Ich habe schon längst bemerkt, daß du schmählich zu dem begüterten Teil der Menschheit übergelaufen bist. Pfui Teufel! Mir aus den Augen!«

Wir tranken unseren Allasch im Stehen.

»In geistiger Umnachtung«, murmelte der Ingenieur. »Er hat stärkere Waffen, als ich vermutete. In geistiger Umnachtung! – Unsinn! Ich habe den Krieg im Osten mitgemacht, ich habe keine Furcht vor seinem Jüngsten Gericht.«

18

Ein sonderbarer Gedanke kam mir, als ich am Morgen des nächsten Tages beim Frühstück saß. Er wollte sich nicht verdrängen lassen, ich versuchte es, mich mit ernsteren und wichtigeren Dingen zu beschäftigen – vergebliches Bemühen. Er kam immer wieder, er ließ mir keine Ruhe, und schließlich gab ich ihm nach. Ich stand auf, nahm fünf von den weißen Tabletten des Apothekers und löste sie in einem Glas Wasser auf. Mein Blick fiel auf die gepackten Koffer, die noch immer im Zimmer standen, ich hatte ja verreisen wollen – den Plan mußte ich nun aufgeben, dieser lächerlich-tolle Einfall hatte ihn zunichte gemacht.

Als ich dann an meinem Schreibtisch saß, erschien mir der Einfall nicht mehr ganz so lächerlich und unsinnig. Von einer Nacht bis zur andern schlafen, traumlos schlafen, den Teufel um einen grauen Herbsttag betrügen, mit einer leichten Bewegung der Hand die Tyrannei der Stunden zerbrechen. – Jetzt gleich! flüsterte es in mir. – Wozu noch warten? – Schon hatte ich das Glas in der Hand – Nein! Ich setzte mich zur Wehr. Noch nicht! Ich mußte fort. Ich hatte wichtige Angelegenheiten zu ordnen. Es gab Dinge, die ich nicht länger warten lassen durfte. – »Später«, sagte ich halblaut. – »Heute abend vielleicht«, sagte ich und stellte das Glas zurück auf den Schreibtisch.

Als ich um zwölf Uhr mittags nach Hause kam, fand ich ein paar Zeilen von der Hand des Ingenieurs auf meinem Schreibtisch. – »Ich habe eine wichtige Nachricht für Sie. Ich bitte Sie dringend, reisen Sie nicht ab, unternehmen Sie nichts, bevor ich mit Ihnen gesprochen habe. Ich bin am Nachmittag bei Ihnen.«

Ich blieb zu Hause, ich hatte schon vorher nicht die Absicht gehabt, nochmals auszugehen. Ich holte mir ein Buch aus dem Bücherschrank und setzte mich an meinen Schreibtisch.

Gegen vier Uhr nachmittags ging ein Gewitter nieder, Sturm, Regen, ein wahrer Wolkenbruch, ich mußte rasch die Fenster schließen, sonst hätte es eine Überschwemmung im Zimmer gegeben, und dann blieb ich am Fenster stehen und beobachtete die Leute, die sich eilig unter die Haustore flüchteten, im Nu war die Straße leergefegt – das unterhielt mich, das machte mir Spaß. Plötzlich läutete es. – »Das ist er«, sagte ich. »Just in dieses Unwetter mußte er hineingeraten.« – Eine wichtige Mitteilung. Nun gut, wir werden ja sehen. Ich beeilte mich nicht, ich stellte das Buch, in dem ich gelesen hatte, zurück an seinen Platz, hob ein Blatt Papier vom Boden auf, rückte den Armstuhl, der vor dem Schreibtisch stand, zurecht – dann ging ich hinaus. – »Vinzenz, wo ist der Herr, der nach mir gefragt hat?« – Niemand hatte nach mir gefragt. Die Nachmittagspost. Ein langerwarteter Brief aus Norwegen war gekommen, Jolanthe, die junge Dame vom Stavanger Fjord, hatte mir geschrieben. Ein großes, weißes Kuvert ohne Siegel, ohne irgendein Parfüm – so war sie. Scherzweise hatte ich sie Jolanthe genannt nach der Heldin irgendeines französischen Romans, dessen Titel ich vergessen habe, aber dieser Name hatte ihren Beifall nicht gefunden, er war nicht nach ihrem Sinn gewesen. Sie hieß Auguste. Endlich also hatte sie sich meiner erinnert, da war der versprochene Brief. Gut, dachte ich. Jetzt aber bin ich an der Reihe. Sie mag warten, ich habe lange genug gewartet – und warf den Brief uneröffnet in eines der Schreibtischfächer.

Um sieben Uhr abends gab ich das Warten auf. Es

war dunkel geworden, draußen schlug der Regen noch immer an die Scheiben, schwarze Wolken hingen über den Dächern. – Er kommt nicht mehr, es ist zu spät. Will denn der Regen heut kein Ende nehmen? Das Glas, in das ich die weißen Tabletten geworfen hatte, stand vor mir. – Noch nicht! Noch war es nicht an der Zeit. Ich hatte eine Arbeit vor mir, eine lästige Arbeit, immer und immer hatte ich sie aufgeschoben, aber nun mußte ich endlich Ordnung in meine Papiere bringen. Notizen, Dokumente, Mappen, Bilder, zerknitterte oder eilig zusammengefaltete Briefe, unnützer Ballast, der sich die Jahre hindurch angesammelt hatte – ich fand mich kaum noch in meinem Schreibtisch zurecht. Vinzenz mußte Feuer im Kamin machen, es wurde warm und behaglich im Zimmer, und dann holte ich einen Stoß verstaubter Papiere aus dem untersten Fach hervor. Sonderbarer Zufall: Meine Schulhefte aus der Militärakademie waren es, die zuerst zum Vorschein kamen. Ich schlug eines der Hefte auf, durchblätterte es – die ungelenke Schrift des Sechzehnjährigen! – Landwehr, Landsturm dient zur Unterstützung der gemeinsamen Wehrmacht. Wehrpflicht, allgemeine, persönlich zu erfüllen. Krakau, Wien, Graz, Budapest, Poszony. Neun Landwehr- und sechs Honvedterritorialbezirke. Am Rande, eilig hingeschrieben: Mittwoch Mutters Geburtstag. Gebirgsartillerie: Zerlegbare Rohrrücklauf-Schnellfeuergeschütze mit abnehmbarem Schutzschild. Train, Werkzeugwagen, acht Provianttragtiere. Dienstag, den 16., gesicherter Marsch, um vier Uhr gestellt sein. – Frühdunkel meiner Jugend! So hatte mein Leben begonnen. Fort mit dem Plunder, ins Feuer mit ihm.

Briefe meines Vormundes, seit einen halben Menschenalter war er tot. Das Bild eines ganz jungen Mädchens, dessen ich mich nicht entsinnen konnte, und auf der Rückseite stand: 24. Februar 1902, wirkliche Freundschaft soll es sein, die uns einander nahebringt. – Briefe, Karten, ein Protokoll, das von vier mir fremd gewordenen Namen unterzeichnet war. Das Tagebuch einer Frühverstorbenen, begonnen am 1. Jänner 1901, Sanatorium Dr. Demeter, Meran. Ein großes, mit Buntstiften ausgeführtes Croquis. Eine Abrechnung meines Verwalters über den Verkauf von 1200 Raummetern Buchen- und Eichenholz. Ein von mir handschriftlich angelegter Katalog meiner Sammlung javanischer und anamitischer Stoffbilder nebst einem Dankschreiben des naturhistorischen Museums, Ethnographische Abteilung, für die Zuwendung dieser Kollektion. Ein Feindesabzeichen. Eine Spezialkarte der Rottenmaner Tauern. Eine in Kupfer gestochene Einladung zum Ball bei Hof, Briefe, Briefe, und nun ein Bild aus den letzten Jahren, die Tochter des niederländischen Konsuls in Rangoon hatte es mir geschenkt, als ich Abschied von ihr nahm, und unten an den Rand hatte in singhalesischen Schriftzeichen Worte hingekritzelt. – »Geben Sie sich keine Mühe«, hatte sie gesagt, »Sie werden nie erfahren, was ich für Sie hierhergeschrieben habe.« – Nun hielt ich das Bild in der Hand und sah die krausen Zeichen und wußte noch immer nicht, ob sie Haß oder Liebe bedeuteten. – Alles wanderte in den Kamin. Das Bild aus Rangoon wehrte sich, es wollte sich nicht den Flammen ergeben, aber die Glut war zu stark, und sie verzehrte die stolzen Augen, die leicht gefurchte Stirne, die ganze schlanke Gestalt und die nie gelesenen Worte. –

»Ich bitte um Verzeihung«, sagte plötzlich eine Stimme von der Türe her. »Ich komme verspätet. – Sie sind allein, Baron? Ist Solgrub noch nicht hier?«

Ich sprang auf. Ich mußte das Läuten der Türglocke

überhört haben. Von der Glut des Kaminfeuers geblendet, erkannte ich die Gestalt nicht, die mir im Halbdunkel des Zimmers gegenüberstand.

»Ich habe geklopft, aber ich erhielt keine Antwort«, sagte der späte Besucher und zog die Türe hinter sich zu. »Ist Solgrub nicht bei Ihnen gewesen?«

Er trat etwas näher, das Licht der Tischlampe fiel in sein Gesicht. Jetzt erkannte ich ihn. Felix, Dinas Bruder. – Was will er hier? fragte ich mich betroffen. – Was in aller Welt hat ihn hierhergeführt?

»Solgrub? Nein, er ist nicht gekommen«, sagte ich verwirrt. »Ich habe ihn seit gestern nicht gesehen.«

»Dann wird er wohl bald hier sein«, meinte Felix und nahm den Stuhl, den ich ihm anbot. »Solgrub, mein alter Freund Solgrub hat eine fixe Idee. Er hält Sie für völlig unbeteiligt an den Vorgängen, die zum Selbstmord Eugen Bischoffs geführt haben. Und er hat mich hergebeten, um mir, wie er sich ausgedrückt hat, die Ergebnisse seiner Nachforschungen in Ihrer Anwesenheit vorzulegen.«

Ich hörte ihn schweigend an. Ich erwiderte nichts.

»Wir beide, Baron«, fuhr Felix fort, »Wir wissen, wie sich die Sache in Wahrheit abgespielt hat. Solgrub – er ist ein phantastischer Kopf, er hat eine leichte Neigung, sich lächerlich zu machen. Er bringt den Selbstmord einer mir völlig unbekannten jungen Dame mit dem meines Schwagers in Verbindung, er spricht von einem Experiment, das ihm wichtige Aufschlüsse bringen soll, und von dem Einfluß irgendeines mysteriösen Unbekannten – weiß Gott, es ist mir nicht ganz leichtgefallen, ihn mit Ruhe anzuhören. – Wenn ich ihn recht verstanden habe, so baut sich sein System von Fehlschlüssen auf der Tatsache auf, daß Eugen Bischoff zwei Schüsse abgegeben hat: einen gegen sich und einen gegen ein unbekanntes Ziel. Wenn Solgrub, woran ich nicht zweifle, kommen wird, um uns seinen Irrtum einzugestehen, dann werde ich ihm das Rätsel des ersten Schusses aufklären: Eugen Bischoff hat seinen Revolver nie vorher benützt. Darum hat er einen Probeschuß abgegeben, bevor er die Waffe gegen sich selbst gerichtet hat. Das ist die einfache Erklärung. – Sonderbar, daß Solgrub noch nicht da ist!«

»Wünschen Sie auf ihn zu warten?« fragte ich brüsk, denn ich wollte dieser Erörterung ein Ende machen.

»Wenn ich Sie nicht störe –«

»Dann erlauben Sie, daß ich in meiner Beschäftigung fortfahre.«

Ich wartete seine Antwort nicht ab. Ich nahm ein Päckchen Briefe aus dem Schreibtisch und begann, sie durchzusehen.

»Der grüne bosnische Gebetsteppich!« sagte Felix, und seine Augen wanderten durch das Halbdunkel des Zimmers. »Wie lange ist es her, seit ich zum letztenmal Ihnen hier gegenübersaß? Ich war Freiwilliger in Ihrem Regiment und kam zu Ihnen, Sie um Rat zu fragen, in einer Sache, die mir schwer am Herzen lag. Eheu, fugaces, Postume, Postume –! Sie sprachen damals wie ein Freund zu mir – Alles ins Feuer, Baron?«

»Alles ins Feuer. Nichtigkeiten der Vergangenheit. – Der Ingenieur kommt heute wohl nicht mehr. Es ist neun Uhr.«

»Er kommt bestimmt.«

»Dann darf ich Ihnen wohl inzwischen – einen Sherry? Eine Tasse Tee?«

»Nein, danke. Wenn ich Sie um das Glas Wasser bitten dürfte, das auf dem Schreibtisch steht –«

»Ich möchte Ihnen nicht raten, davon zu trinken«, sagte ich und läutete dem Diener. »Es ist das Schlafmittel, das ich mir für die heutige Nacht vorbereitet habe.«

»Für die heutige Nacht«, wiederholte Felix leise und sah mich mit einem langen, forschenden Blick an.

Ein paar Minuten vergingen. Vinzenz kam, erhielt seinen Auftrag und verschwand geräuschlos. Ich blätterte in alten Papieren.

»Ich habe unrecht getan, daß ich Sie heute morgens nicht bat, hinaufzukommen«, begann Felix plötzlich. »Als ich eine halbe Stunde später ans Fenster trat, waren Sie schon fort. Vielleicht hatten Sie den durchaus begreiflichen Wunsch –«

Ich unterbrach ihn – nicht mit einen Wort, nicht mit einer Geste, nur mit einem erstaunten Blick.

»Ich sah Sie in den Anlagen vor der Villa im Regen auf und nieder gehen – oder sollte ich mich geirrt haben?« fuhr er, ein wenig außer Fassung gebracht, fort.

»Um welche Zeit soll das gewesen sein?« fragte ich.

»Es war zehn Uhr.«

»Nicht gut möglich«, sagte ich ruhig. »Um zehn Uhr war ich in der Kanzlei meines Rechtsanwalts. Unsere Besprechung währte von neun Uhr bis etwa gegen elf.«

»Dann hat mich eine – allerdings ganz ungewöhnliche Ähnlichkeit getäuscht.«

»Vermutlich«, sagte ich und fühlte, wie der Zorn in mir aufstieg. Er war noch immer überzeugt, daß ich vor den Fenstern der Villa gestanden war, um einen Blick von Dina zu erhaschen – ich las das in seinen Augen. Ich konnte mich nicht länger beherrschen, eine wilde Begierde überkam mich, ihn zu verletzen, ihn in seinem Stolz zu treffen, ihm wehe zu tun. Ich holte das Bild hervor, mit dem ersten Griff fand ich es, das Bild, das ich keinem Menschen je vorher gezeigt hatte, ich hielt es sekundenlang in der Hand, ich hielt es so, daß er es erkennen mußte, ich sah, wie er blaß wurde, seine Hand, die das Wasserglas hielt, zitterte – dann warf ich Dinas Bild mit einer achtlosen Gebärde ins Feuer.

Ein Krampf erfaßte mich, ich fühlte einen Stich in der Herzgegend, ich mußte an eine Nacht denken, an eine Winternacht, und im nächsten Augenblick wollte ich das Bild mit bloßen Händen aus den Flammen reißen – aber ich bezwang mich, ich ließ das Bild zu Asche verbrennen und rührte mich nicht von der Stelle. Es wurde mir dunkel vor den Augen, ich sah die Glut im Kamin und die weißbandagierte Hand, sonst nichts.

»Nun habe ich ja die Antwort, um derentwillen ich hierhergekommen bin«, hörte ich Felix' Stimme. »Um die Wahrheit zu sagen – ich war mir über Ihre Pläne nicht im klaren, und ich habe die Nacht dazu verwendet, die Angelegenheit, die Sie und mich betrifft, zu Papier zu bringen – für alle Fälle. Jetzt freilich – Ich habe Sie verstanden, Baron. Sie haben Ihre Entscheidung getroffen, und sie ist endgültig. Sonst hätten Sie sich nicht von diesem Bild getrennt.«

Er holte ein großes, weißes Kuvert aus seiner Brusttasche hervor, er hielt es so, daß ich die Aufschrift lesen konnte.

»Hier ist der Brief«, sagte er. »Er ist überflüssig geworden. Erlauben Sie, daß ich von einer Gelegenheit, die ich vorfinde, Gebrauch mache.«

Und er warf den Brief, der an das Kommando meines Regiments gerichtet war, in den Kamin.

Und jetzt, in diesem Augenblick, begriff ich, daß die Stunde gekommen und daß mein Schicksal entschieden war. Und sowie mir diese Gewißheit kam, erschien mir das Bild des Tages, der zu Ende gehen wollte, plötzlich sonderbar verwandelt: Es war mir, als hätte mich schon vom frühen Morgen an nur dieser eine Gedanke beherrscht, daß ich sterben müsse, weil ich mein Wort verpfändet hatte. Und alle Dinge, die mich tagsüber beschäftigt hatten, verrieten mir jetzt ihren geheimen Sinn: Als hätte ich nicht aus bloßer Laune, sondern weil ich sterben wollte, meine Papiere vernichtet – nichts durfte zurückbleiben in dieser Welt der stöbernden Neugierde. Der lang erwartete Brief aus Norwegen, Jolanthes Brief, ich hatte ihn uneröffnet gelassen – was immer er enthielt, es hatte keinen Sinn mehr, ihn zu lesen. Und dort stand das Glas und wartete auf mich und es bedeutete Schlaf – Schlaf ohne Erwachen.

»Es hat geläutet«, sagte Felix. »Das ist Solgrub. Nun mag er kommen und seine Märchen erzählen. An Ihren Entschlüssen wird er nichts mehr ändern.«

Ich hörte Schritte, Solgrub – der Ingenieur –, ich fürchtete den Augenblick, da er ins Zimmer treten mußte; was er berichten konnte, mußte jetzt töricht, lächerlich, absurd klingen – ich sah den spöttischen Zug auf Felix' Lippen –

»Solgrub! Nur herein, Solgrub!« rief er. »Was bringst du für Nachricht? Laß hören!«

Es war nicht der Ingenieur. Doktor Gorski stand in der Türe.

»Doktor, Sie sind es? Suchen Sie Solgrub?« fragte Felix.

»Nein. Ich suche Sie«, sagte Doktor Gorski langsam. »Ich war bei Ihnen, man hat mich hierhergewiesen.«

»Wer hat Sie hierhergewiesen?«

»Dina. Ich habe es ihr verschwiegen, ich habe ihr nichts gesagt. Solgrub –«

»Was ist's mit Solgrub?«

Doktor Gorski machte einen Schritt vorwärts, blieb stehen und starrte mich an.

»Solgrub – um sieben Uhr, ich ordinierte noch, plötzlich läutete das Telephon. – ›Wer ist dort?‹ – ›Doktor! Um des Himmels willen, Doktor!‹ – ›Wer ist dort?‹ – ruf' ich, ich erkannte seine Stimme nicht. – ›Doktor, rasch, um des Himmels willen, sagen Sie Felix –‹. – ›Solgrub!‹ ruf' ich. ›Sind Sie es? Was ist geschehen?‹ – ›Zurück!‹ brüllt er mit einer Stimme, die nicht mehr menschlich klang. – ›Zurück!‹ – Und dann hörte ich nichts mehr, nur ein Geräusch, als wäre ein Sessel umgestürzt. – Ich rief noch zweimal an – keine Antwort. Ich stürze hinunter, nehm' einen Wagen – die Treppe hinauf, ich läute – niemand öffnet. Ich – wieder hinunter wie ein Wahnsinniger, hole einen Schlosser – Sperrhaken! – Solgrub lag ausgestreckt auf der Erde, hingeschlagen, in der Hand die Telephonmuschel –«

»Selbstmord?« fragte Felix mit einem starren Blick.

»Nein. Herzschlag.«

»Es war das Experiment«, sagte Doktor Gorski. »Es ist kein Zweifel, daß er das Opfer seines Experimentes geworden ist.«

»Und was wollte er mir sagen – im letzten Augenblick?«

»Den Mörder wollte er Ihnen nennen, seinen Mörder, Eugen Bischoffs Mörder.«

»Seinen Mörder? Sagten Sie nicht: Herzschlag?«

»Der Mörder hat vielerlei Waffen. Auch diese. Ich weiß, wo er zu finden ist. Wir müssen ihn unschädlich machen. Solgrub ist tot, jetzt ist die Reihe an uns. Hören Sie, Felix? Und Sie, Baron –«

»Ich bitte Sie, nicht mit mir zu rechnen«, sagte

ich. »Ich habe über den morgigen Tag schon verfügt.«

Felix wendete den Kopf. Unsere Blicke begegneten einander.

»Nein«, sagte er. »Jetzt nicht.«

Er griff nach dem Glas, das auf dem Schreibtisch stand.

»Sie verzeihen«, sagte er und schüttete den Inhalt auf den Boden.

19

Wir trafen einander am Tage nach Solgrubs Begräbnis in dem Vorgarten eines kleinen Kaffeehauses, das abseits von den großen Verkehrsstraßen in der Nähe des Stadtparks lag. Es war ein heller, etwas frostiger Morgen. Straßenhändler traten an unseren Tisch und boten uns Birnen, Trauben, Schlehdornzweige und Judenkirschen zum Kauf an. Ein Bosniak kam mit Messern und Spazierstöcken. Zwischen den Tischen hüpfte die zahme Dohle des Kaffeesieders umher und suchte Brotkrumen. Wir waren die einzigen Gäste. Felix hatte sich Zeitschriften geben lassen, aber er sah sie nicht an, und so saßen wir, blickten hinüber in den Stadtpark und tauschten einsilbige Bemerkungen über die Jahreszeit, über Reisepläne und über Doktor Gorskis Unpünktlichkeit.

Endlich, gegen vier Uhr, erschien er. Er entschuldigte sich: Inspektionsdienst, Nachtrunde durch die Zimmer, um sieben Uhr Operation. Er kam direkt aus dem Spital. Im Stehen trank er einen heißen schwarzen Kaffee.

»Das ist mein Frühstück«, sagte er. »Das und nachher eine Zigarre. Gift für die Nerven. Ich kann Ihnen nur raten: Nehmen Sie sich kein Beispiel an mir.«

Dann machten wir uns auf den Weg.

»Kohlrüben, Kraut, saurer Hering, schlechte Zigaretten«, meinte Doktor Gorski, als wir die Treppe zur Wohnung des Spaniolen hinaufgingen. »Die richtige Atmosphäre für unser Vorhaben. Wir sind kleine Leute, Baron. Es ist leicht möglich, daß Sie ein Darlehen benötigen; nicht viel, zweitausend, dreitausend Kronen, die Bürgen haben Sie gleich mitgebracht. Wir dürfen nicht mit der Türe ins Haus fallen, der Mann ist sicherlich mißtrauisch – am besten, wir überlassen alles dem Zufall. – Noch einen Stock höher. Hoffentlich ist er zu Hause, wenn nicht, dann heißt es eben warten.«

Herr Gabriel Albachary war zu Hause. Der rothaarige Diener ließ uns in einen Salon eintreten, der mit Kunstgegenständen aller Zeiten und Stilarten überfüllt war. Gleich darauf trat Herr Albachary ins Zimmer, ein kleiner, zierlicher Herr von übertriebener, beinahe stutzerhafter Eleganz – tiefschwarz gefärbter Schnurrbart, Monokel, auf zehn Schritte Entfernung duftete er nach Heliotrop. – »Balkan«, flüsterte mir Doktor Gorski zu.

Er bat uns mit einer Geste, Platz zu nehmen, und sah uns einen Augenblick lang prüfend an. Dann wandte er sich an mich:

»Ich glaube, ich irre mich nicht, der Herr Baron waren Vorgesetzter meines Sohnes. Einjährig-Freiwilliger Edmund Albachary. Ich kenne den Herrn Baron vom Turf her.«

»Edmund Albachary«, sagte ich und suchte vergeblich in meiner Erinnerung. »Einjährig-Freiwilliger Edmund Albachary. Natürlich. Es muß schon einige Zeit her sein. Wie geht es dem jungen Mann?«

»Wie es ihm geht? Ja, wer das sagen könnte! Vielleicht geht es ihm gut. Er lebt nicht bei mir, leider, schon seit einem Jahr.«

»Ist er verreist? Ins Ausland?«

»Verreist, jawohl. Ins Ausland. Viel weiter als ins Ausland, lieber Herr. Wenn ich Tag und Nacht fahre, zehn Jahre lang, komme ich doch nicht zu ihm. – Den gottseligen Herrn Vater hab' ich auch gekannt, das mag jetzt dreißig Jahre her sein, daß ich ihn gekannt hab'. Was verschafft mir die Ehre, Herr Baron?«

Ich war in einer Verlegenheit, ich hatte nicht die Absicht gehabt, ihm meinen Namen zu nennen. Trotzdem entschloß ich mich, die Rolle, die mir zugeteilt worden war, zu übernehmen, und brachte mein Anliegen vor.

Herr Albachary hörte mich, ohne seine Miene zu verändern, mit höflicher Aufmerksamkeit an, ein oder zweimal nickte er, während ich sprach, wie zustimmend mit dem Kopf. Dann sagte er:

»Man hat Sie falsch unterrichtet, Herr Baron. Ich bin Kunsthändler, jetzt eigentlich nur noch Sammler, mit Geldgeschäften habe ich mich nie befaßt. Es kommt allerdings vor, daß ich guten Bekannten, die sich an mich wenden, aus Gefälligkeit Darlehen verschaffe, und ich stehe natürlich auch Ihnen gerne zur Verfügung. Darf ich fragen, mit welchem Betrag dem Herrn Baron gedient wäre?«

»Ich brauche zweitausend Kronen«, sagte ich und sah, wie Doktor Gorski unruhig auf seinem Platz hin und her rückte.

Der alte Herr sah mir überrascht ins Gesicht. Dann lächelte er.

»Dem Herrn Baron hat es beliebt, sich einen Scherz auszudenken. Ich verstehe. Der Herr Baron benötigt dringend zweitausend Kronen, und in zwei Minuten bietet er mir für meinen Gainsborough eine halbe Million an.«

Ich wußte nicht, was ich ihm antworten sollte. Doktor Gorski biß sich in die Lippen und warf mir einen wütenden Blick zu. Felix versuchte, die Situation zu retten.

»Sie haben vollkommen recht, Herr Albachary, es war ein Scherz«, sagte er. »Wir wußten, daß Sie Ihre Kunstschätze nicht gerne und nicht jedermann zeigen, und haben eine nicht sehr geschickte Form gewählt, uns bei Ihnen einzuführen. – Ist das Ihr Gainsborough?«

Er wies auf ein Gemälde, das uns gegenüber an der Wand hing. Ich hatte es bis dahin gar nicht beachtet.

»Nein, das ist ein Romney«, meinte Herr Albachary nachsichtig. »George Romney, geboren zu Dalton, Lancashire. Bildnis der Miß Evelyn Lockwood. Das Original war in meinem Besitz, ich habe es erst vor einigen Tagen nach England verkauft.«

»Eine Kopie also.«

»Ja. Eine ausgezeichnete Arbeit. Nicht ganz ausgeführt, einzelne Partien sind, wie Sie sehen, nur skizzenhaft angedeutet. Ein genialer junger Künstler, er wurde mir von einem Akademieprofessor empfohlen. Leider zu genial! Der junge Mensch hat Selbstmord verübt.«

»Selbstmord? Hier bei Ihnen?«

»Nein. In seiner Wohnung.«

»Aber er hat hier bei Ihnen gearbeitet«, nahm Doktor Gorski das Wort. »In welchem Raum? Kann ich das erfahren?«

»In meinem Bibliothekzimmer«, sagte der Bilderhändler verwundert. »Es hat die beste Lage. Vormittagssonnne.«

»Nun noch eines, Herr Albachary. Seit wann befindet sich Ihr Sohn in einer Anstalt für Nervenkranke?«

»Seit elf Monaten«, stammelte der alte Mann und starrte den Doktor mit entsetzten Augen an. »Warum fragen Sie?«

»Ich weiß, warum ich frage, Herr Albachary. Sie werden es sogleich erfahren. Darf ich Sie bitten, mich in Ihr Bibliothekzimmer zu führen?«

Gabriel Albachary ging uns schweigend voran, in der Tür des Bibliothekzimmers blieb Doktor Gorski stehen.

»Das Monstrum!« sagte er und deutete auf einen riesigen Folianten, der im Erker auf einem geschnitzten gotischen Stehpult lag, auf ein Buch von solchem Format, wie ich nie zuvor eines gesehen hatte. »Das Monstrum! Dieses Buch ist an dem Unglück schuld, das Ihrem Sohn zugestoßen ist. Dieses Buch hat den Selbstmord Eugen Bischoffs verursacht. Dieses Buch – –«

»Was sagen Sie da!« rief der Bilderhändler. »Es ist wahr, als er zum letztenmal bei mir war, las er in diesem Buch. Er war gekommen, um alte Kostümbilder durchzusehen, aber als ich fortging, stand er vor dem Pult. – ›Laß dich nicht stören, Eugen, ich gehe zum Speisen‹, sagte ich, wir waren alte Freunde, ich kannte ihn seit fünfundzwanzig Jahren. – ›Wenn du etwas brauchst, so läute dem Diener.‹ – ›Schon gut‹, sagte er, und seitdem habe ich ihn nicht wiedergesehen, denn als ich zurückkam, war er fort. Und der Herr, der vor drei Tagen bei mir war, der verlangte sogleich das Buch zu sehen und machte sich Notizen und sagte, er werde wiederkommen.«

»Er ist nicht gekommen. Er konnte nicht kommen. An dem Abend des Tages, an dem er bei Ihnen war, ist er gestorben. – Woher haben Sie das Buch?«

»Mein Sohn hat es aus Amsterdam gebracht. Um des Himmels willen, was hat das alles zu bedeuten? Was steht in diesem Buch?«

»Das werden wir jetzt feststelllen«, sagte Doktor Gorski und schlug den schweren, kupferbeschlagenen Deckel des Folianten auf. Felix stand hinter ihm und blickte ihm über die Schulter.

»Landkarten!« rief Doktor Gorski überrascht. »*Theatrum orbis terrarum.* Ein altes geographisches Werk.«

»In Kupfer gestochene und handkolorierte Landkarten«, stellte Felix fest. »*Dominio Florentino. Ducato di Ferrara. Romagna olim Flaminia.* Nichts als Landkarten. Wir haben uns geirrt, Doktor.«

»Blättern Sie weiter, Felix! *Patrimonio di San Pietro et Sabina. Regno di Napoli. Legionis Regnum et Asturiarum principatus.* Jetzt kommen die spanischen Provinzen. – Halt! Sehen Sie nicht? Die Rückseite ist beschrieben.«

»Wahrhaftig, Doktor, es ist Italienisch.«

»Altes Italienisch, jawohl. *Nel nome di Domineddio vivo, giusto e sempiterno ed al di Lui honore! Relazione di Pompeo di Bene, organista e cittadino della città di Firenze* – – Felix, das ist es! Wir haben es! – Herr Albachary, wollen Sie mir das Buch überlassen?«

»Nehmen Sie es! Schaffen Sie es fort von hier, ich will es nicht mehr sehen.«

»Ja, aber wie, um des Himmels willen?« rief Doktor Gorski. »Wie bringe ich es fort von hier? Ich kann es kaum heben!«

»Zwei kräftige Leute aus meinem Laboratorium«, sagte Felix. »Um drei Uhr nachmittags ist es bei mir.«

20

– – – Im Namen des lebendigen, ewigen und gerechten Gottes und zu seinem Preis: – Bericht des Pompeo di Bene, Orgelspielers und Bürgers der Stadt Florenz, über die Geschehnisse, die sich vor seinen Augen zugetragen haben in der Nacht auf Simon und Juda des Jahres MDXXXII nach der Fleischwerdung Christi. – Geschrieben von seiner eigenen Hand.

Da ich morgen mein fünfzigstes Jahr vollenden werde und die Dinge ein solches Aussehen haben, daß einer in dieser Stadt, leichter als er glaubt, sein Leben vor der Zeit verlieren kann, so will ich, nachdem ich mich viele Jahre hindurch des Schreibens enthalten habe, mit heutigem Tage die Wahrheit bekennen und zur Erinnerung niederschreiben, was in jener Nacht dem Giovansimone Chigi, genannt Cattivanza, widerfahren ist, dem hochberühmten Baumeister und Maler, den sie heute den »Meister des Jüngsten Tages« nennen. Möge Gott ihm seine Sünden vergeben, wie ich will, daß er mir vergebe und aller Kreatur.

Als ich ein Knabe von sechzehn Jahren war, hatte ich die Malerei zu meiner Kunst gewählt und gedachte, von ihr zu leben. Und mein Vater, der ein Seidenwirker in der Stadt Pisa war, hatte mich zu Tommaso Gambarelli in die Werkstatt gegeben, und ich arbeitete mit ihm an vielen großen und schönen Werken. Aber am 24. Mai, zu den Vigilien des heiligen Pfingstfestes, an eben jenem Tage, an dem die Feinde den Monte Sansovino nahmen, starb genannter Tommaso Gambarelli im Hospital della Scala an der Pest. Also suchte ich mir im Namen Gottes einen anderen Meister und ging zu Giovansimone Chigi, der seine Werkstatt auf dem alten Markt neben den Trödelbuden hatte.

Dieser Giovansimone Chigi war ein kleiner und mürrischer Mann; er trug, Sommer und Winter, ein Käppchen aus blauem Tuch mit Ohrklappen, und wer ihn zum erstenmal sah, der mochte ihn eher für den Kapitän eines maurischen Kaperschiffes halten als für einen Christen und Bürger der Stadt Florenz. Und so geizig war er, daß er mir nicht ein halbes Brot in der Woche gab. Ich war noch nicht sieben Wochen bei ihm, da hatte ich schon fünf Goldflorenen von dem Meinigen ausgegeben.

Eines Abends, als ich aus der Rechenschule nach Hause kam, traf ich in der Werkstatt meinen Meister im Gespräch mit dem Messer Donato Salimbeni aus Siena, einem Arzt, der im Dienste des Kardinallegaten Pandolfo de'Nerli stand. Messer Salimbeni war ein Mann von erhabenem Geist und ehrwürdigem Aussehen, weit gereist und sehr erfahren in der Laborantenkunst. Ich kannte ihn von meinem früheren Meister her, und seine trefflichen Heilmittel hatten mir große Erleichterung verschafft, damals, als ich mir bei einem Ritt nach Pisa von der feuchten Luft das Fieber geholt hatte.

Als ich eintrat, stand Messer Salimbeni in Betrachtung eines Bildes, das eine von Engeln umgebene Muttergottes darstellte, während der Meister vor dem Feuer auf und ab ging, denn es war kalt. Und wie Messer Salimbeni mich erblickte, winkte er mir, heranzukommen, und fragte:

»Und dieser da?«

»Ich habe nur den einen«, sagte der Meister und verzog den Mund. »Er malt Blumen und kleine Tiere auf eine Art, die man loben kann, und diese Arbeiten gelingen ihm am besten. Und wenn ich auf meinen Bildern Eulen, Katzen, Singvögel oder Skorpione anzubringen hätte, so könnte er mir wohl behilflich sein.«

Er seufzte und bückte sich zur Erde, um zwei Scheite Eichenholz ins Feuer zu werfen. Dann fuhr er fort:

»Da ich jung war, gelangen mir viele herrliche Werke, und ich habe mit meiner Kunst den Ruhm dieser Stadt vermehrt. Ich bin es, der den schönen heiligen Petrus aus Erz gemacht hat, den Ihr noch heute vor dem Altare der Kirche Santa Maria del Fiore sehen könnt. Damals heftete man mir mehr als zwanzig Sonette an meine Türe, die alle mein Werk und meinen Namen priesen. Und man erwies mir noch andere und größere Ehren. Heute aber bin ich ein alter Mann, und es will mir nichts Rechtes mehr gelingen.«

Und er wies auf einen im Tempel lehrenden Christus und auf eine von Engeln zum Himmel emporgetragene Maria Magdalena und sagte:

»Das ist nichts, was Ihr da seht. Ich weiß es wohl, und Ihr müßt es mir nicht sagen, denn nichts ist drükkender als Tadel. In meiner Jugend hatte ich die Kraft der Gesichte, und ich sah Gottvater und die Patriarchen, ich sah den Erlöser, die Heiligen und die Jungfrau und die Engel. Ich sah sie auf wunderbare Weise, wohin immer ich auch blickte, oben in den Wolken und hier unten in meiner Werkstatt, so klar und lebendig, wie der Verstand sie niemals zu ersinnen vermag. Und wie ich sie sah, so malte ich sie, und es gab nicht viele in meiner Kunst, die es mir gleichtaten. Heute aber sind meine Augen trübe, und in mir ist die Glut der Gesichte erloschen.«

Messer Salimbeni stand an die Wand gelehnt in der Dunkelheit, und ich sah ihn nicht, ich hörte nur seine Stimme.

»Giovansimone!« sagte er. »Alle menschliche Weisheit ist nur Stückwerk und weniger als Stückwerk, ist nur Rauch und Schatten vor dem Antlitz des Herrn. Dennoch ist es mir beschieden gewesen, indem ich meine Gedanken zu Gott erhob, einige von den Geheimnissen zu ergründen, von denen diese vergängliche Welt erfüllt ist. Und das, was du die Kraft der Gesichte nennst, kann ich dir wiedergeben, und ich kann sie sogar in solchen erwecken, die sie nie zuvor besessen haben. Und das ist mir ein leichtes.«

Der Meister horchte auf. Eine kurze Weile stand er und überlegte, dann schüttelte er den Kopf und stieß ein Gelächter aus.

»Messer Salimbeni!« sagte er, »man weiß es in der ganzen Stadt, daß Ihr Euch vielerlei geheimer Künste und Fertigkeiten rühmt, aber wenn Ihr sie anwenden sollt, so habt Ihr immer Ausflüchte zur Hand. Sicherlich war das, was Ihr eben sagtet, auch nur eine von Euern Großsprechereien. Oder habt Ihr am Ende diese Kunst am Hofe des Moguls oder des Türken erlernt?«

»Diese Kunst«, sprach der gelehrte Arzt, »ist keine von den heidnischen Künsten, und ich verdanke sie der Güte Gottes allein, der mir den Weg des Erkennens gewiesen hat.«

»Dann«, sagte der Meister, »habe ich keinen anderen Wunsch, als bald etwas von dieser Kunst zu sehen. Aber das eine sag' ich Euch, wenn Ihr mich zum besten halten wollt, so werdet Ihr übel bei mir ankommen.«

»Für heute«, sagte Messer Salimbeni, »ist nicht viel mehr zu tun, als daß wir uns über den Tag einig werden, an dem das Werk vonstatten gehen soll. Doch zuvor geh mit dir zu Rat, Giovansimone! Denn ich sage dir, daß es ein stürmisches Meer ist, in das du dich wagst, und vielleicht wäre es besser für dich, du bliebest im Hafen.«

»Recht habt Ihr, Messer Salimbeni!« rief der Meister. »Man muß Vorsicht üben. Jedermann weiß, daß ich einen schlimmen Feind in Euch habe, wenngleich Ihr mir mit Worten die Ehren, die mir gebühren, widerfahren laßt. Ich darf Euch nicht trauen.«

»Es ist wahr, Giovansimone, und wozu es verschweigen!« sagte der Arzt des Kardinallegaten. »Es steht eine Sache zwischen uns beiden. Du hattest einen Streit mit Cino Salimbeni, dem Sohn meines Bruders, und er gab dir harte Worte, und du sagtest so laut, daß es alle, die anwesend waren, hören konnten: ›Nur Geduld, auch dafür wird der Tag kommen.‹ Und einige Tage darauf fand man ihn tot auf dem Weg, der durch die Wiesen zum Kloster der Servibrüder führt, dort lag er, und das Dolchmesser stak ihm zwischen Hals und Nacken.«

»Er hatte viele Feinde, und ich hab' ihm sein Unglück vorausgesagt«, murmelte der Meister.

»Es war ein spanischer Misericordia-Dolch, und in die Klinge hatte der spanische Waffenschmied seinen Namen eingetrieben«, fuhr Messer Salimbeni fort. »Dieser Dolch gehörte einem Mann, der aus Toledo hierher geflohen war, und sie ergriffen ihn und brachten ihn vor die Achte. Aber er schrie und beteuerte, daß er das Messer in der Nacht zuvor bei den Trödelbuden auf dem alten Markt verloren habe. – Sie glaubten ihm nicht, und er bestieg den Karren.«

»Ehre gebührt dem Spruch der Achte«, sagte der Meister. »Und geschehene Dinge haben ein Ende.«

»Wisse«, rief Messer Salimbeni, »daß geschehene Dinge niemals ein Ende haben, und der, der es getan hat, möge der Gerechtigkeit Gottes gewärtig sein.«

»Ich sage Euch das eine«, gab der Meister zur Antwort. »Ich war in meinem Hause und malte eine heilige Agnes mit den Buch und dem Lamm, so wie es mir aufgetragen war, da kam dieser Messer Cino und bot mir Versöhnung an, und wir tranken zusammen und schieden in Freundschaft voneinander. Und am Tag darauf, als die Übeltat geschah, da lag ich krank in meinem Bette, dafür habe ich Zeugen. Und so wahr mir Gott gnädig sein möge am Tag des Gerichtes, so und nicht anders ist es gewesen.«

»Giovansimone!« sagte der Arzt. »Nicht ohne Grund nennen sie dich: die Schlechtigkeit.«

Als der Meister diesen Spottnamen, den die Leute ihm gegeben hatten, hörte, geriet er in Zorn, denn das ertrug er niemals. Und sein Zorn nahm ihm den Verstand. Er griff nach der Radschloßbüchse, die er immer schußbereit in seiner Werkstatt hatte, und schwang sie wie ein Rasender und schrie:

»Hinaus mit dir, du Strauchdieb, du Pfaffenbastard! Mach, daß du fortkommst, und komm mir nicht wieder!«

Messer Salimbeni wandte sich und ging die Treppe hinunter, aber der Meister lief mit der Büchse in der Hand hinter ihm her, und ich hörte ihn noch lange Zeit vor dem Hause schelten und toben.

Einige Zeit darauf, und es war am Vorabend des Festes Simon und Juda, da kam Messer Donato Salimbeni zum anderen Mal. Und er sprach, indem er tat, als wäre zwischen ihm und dem Meister nichts vorgefallen:

»Der Tag ist da, den du erwartest, Giovansimone, und ich bin bereit.«

Der Meister sah von seiner Arbeit auf. Als er den Messer Salimbeni erkannte, geriet er von neuem in Zorn und rief:

»Was wollt Ihr schon wieder? Habe ich Euch nicht aus meinem Haus gewiesen?«

»Heute werde ich dir willkommen sein«, sagte der Arzt. »Ich bin gekommen, um die Sache, von der wir gesprochen haben, ins Werk zu setzen, und es ist gerade die richtige Stunde.«

»Geht nur, geht!« sagte der Meister verdrossen. »Ihr habt mir schändliche Worte gegeben. Aber ich will es Euch gedenken.«

»Dem, der nichts begangen hat, haben meine Worte nicht gegolten«, erwiderte ihm Messer Salimbeni, und dann wandte er sich mir zu und rief:

»Auf, Pompeo! Jetzt ist es nicht an der Zeit, die Flöte zu blasen. Geh und hole mir das und das!«

Und er nannte mir die Namen der Kräuter und Spezereien, deren er zu seinem Räucherwerk bedurfte, und wieviel von jedem. Unter den Kräutern gab es etliche, deren Natur ich nicht kannte, und wieder andere, die an allen Ecken wachsen. Dazu zwei Nösel gebrannten Wein.

Als ich auf dem Apothekerladen zurückkam, waren die beiden in allen Stücken einig geworden. Und Messer Salimbeni nahm die Spezereien und die Kräuter aus meinen Händen und sagte zu dem Meister: Das ist dies und das ist jenes. Sodann machte er das Räucherwerk zurecht.

Als er damit zu Ende war, verließen wir die Werkstatt. Und während wir die Treppe hinuntergingen, ließ der Meister den Messer Salimbeni sehen, daß er an der Seite unter seinem Mantel ein Dolchmesser und einen Degen trug.

»Messer Salimbeni!« sagte er. »Und wenn Ihr der Teufel selbst wäret, glaubt nur nicht, daß ich Euch fürchte.«

Wir gingen durch die Chiaragasse und über die Rifredibrücke und jenseits des Flusses an der Tuchwalkerei vorbei und vorbei an der kleinen Kapelle, in der die alten marmornen Sarkophage stehen. Es war eine helle Nacht, und der Mond stand am Himmel. Und endlich, nachdem wir eine Stunde lang gewandert waren, kamen wir auf einen Hügel, der gegen einen Steinbruch hin steil abfiel. Heute steht auf dieser Stelle ein Landhaus, genannt Zum Ölbaum, aber damals weideten tagsüber dort die Ziegen.

Hier blieb Messer Salimbeni stehen und befahl mir, Reisig und Disteln zu sammeln und ein Feuer zu machen. Und zu meinem Meister gewendet sprach er:

»Giovansimone, hier ist der Ort, und die Stunde ist gekommen. Noch einmal sage ich dir: Geh mit dir zu Rat! Denn starken und sicheren Gemütes muß sein, wer sich eines solchen Beginnens unterfangen will.«

»Gut, gut«, sagte der Meister. »Laßt die vielen Worte und fangt endlich an!«

Nun beschrieb Messer Salimbeni mit vielen Zeremonien einen Kreis um das Feuer, und in diesen Kreis führte er den Meister. Sodann warf er etwas von seinem Räucherwerk in die Flammen, und sowie er das getan hatte, verließ er den Zirkel.

Eine dicke Wolke Rauchs erhob sich aus dem Feuer und wuchs in die Höhe und umhüllte den Meister, und für eine Weile entschwand er meinen Augen. Aber sowie der Rauch sich verzogen hatte, warf Messer Salimbeni von neuem Räucherwerk in die Flammen. Dann fragte er:

»Was siehst du nun, Giovansimone?«

»Ich sehe«, sprach der Meister, »die Felder und den Fluß und die Türme der Stadt und den nächtlichen Himmel, sonst nichts. Jetzt sehe ich einen Hasen über die Wiesen laufen und, o Wunder, er ist gesattelt und gezäumt.«

»Das ist wahrhaftig ein besonderes Gesicht«, sagte

Messer Salimbeni. »Aber du wirst, denke ich, heute noch mehr dergleichen sehen.«

»Es ist kein Hase, es ist ein Ziegenbock!« rief der Meister. »Es ist kein Ziegenbock, es ist ein morgenländisches Tier, dessen Namen ich nicht kenne, und es macht die tollsten Sprünge. Jetzt ist es verschwunden.«

Plötzlich begann der Meister zu grüßen und sich zu verbeugen.

»Siehe da!« rief er. »Mein Nachbar, der Goldschmied, der im vorigen Jahr verstorben ist. Er sieht mich nicht. Wehe Euch, Meister Castoldo, Ihr habt das Gesicht voll Schwären und Beulen.«

»Giovansimone, was siehst du jetzt« fragte der Arzt.

»Ich sehe«, sagte der Meister, »zackige Felsen und Klüfte und Schluchten und steinerne Grotten. Und ich sehe einen Felsen, schwarz von Farbe und frei in der Luft schwebend, und er stürzt nicht nieder, was ein großes Wunder und kaum zu glauben ist.«

»Das ist das Tal Josaphat«, rief Messer Salimbeni. »Und der schwarze Felsen, der in den Höhen schwebt, ist Gottes ewiger Thron. Und wisse, Giovansimone: Die Erscheinung des Felsens ist mir ein Zeichen, daß es dir bestimmt ist, in dieser Nacht noch so Gewaltiges zu sehen, wie nie ein Mensch vor dir erschaut hat.«

»Wir sind nicht allein«, sagte der Meister, und seine Stimme senkte sich zu einem angstvollen Flüstern. »Ich sehe Menschen, die singen und jubilieren, und es sind ihrer viele.«

»Nicht viele, nein, nur wenige sind es, denen es gewährt ist, mit den Engeln Gottes das Gloria des Jüngsten Tages zu singen«, sagte Messer Salimbeni mit leiser Stimme.

»Und jetzt sehe ich Tausende und Abertausende, eine unendliche Schar, Ritter und Ratsherren und reichgeschmückte Frauen, die recken die Arme empor und weinen, und es ist ein großes Wehklagen unter ihnen.«

»Sie klagen«, rief Messer Salimbeni, »um das, was gewesen ist und nicht mehr sein kann. Sie weinen, weil sie verdammt sind zur Finsternis und auf ewig beraubt des göttlichen Angesichts.«

»Ein ungeheures Feuerzeichen steht am Himmel«, schrie der Meister. »Und es leuchtet in einer Farbe, die ich nie zuvor gesehen habe. Wehe mir! Das ist keine irdische Farbe, und meine Augen ertragen sie nicht.

»Das ist die Farbe Drommetenrot«, rief Messer Salimbeni mit donnernder Stimme. »Das ist die farbe Drommetenrot, in der die Sonne leuchtet am Tag des Gerichts.«

»Wessen ist die Stimme, die meinen Namen aus dem Sturmwind ruft?« schrie der Meister, und er begann am ganzen Leibe zu zittern. Und plötzlich stieß er ein Heulen aus, das klang wie das eines Tieres und durchdrang die Stille der Nacht und wollte kein Ende nehmen.

»Wehe mir!« schrie er. »Sie sind da, und sie greifen nach mir, die Dämonen der Hölle, sie kommen von allen Seiten, und die Luft ist erfüllt von ihnen.«

Und von Entsetzen gejagt, versuchte er zu fliehen, aber die unsichtbaren Dämonen ereilten ihn, und er fiel zu Boden und schlug um sich ins Leere. Schreiend und mit grauenvoll verzerrtem Antlitz erhob er sich und lief von neuem und brach wiederum nieder, und das war so jammervoll anzusehen, daß ich vor Angst zu sterben vermeinte.

»Helft ihm, Messer Salimbeni!« rief ich in meiner Verzweiflung, aber der Arzt des Kardinallegaten schüttelte den Kopf.

»Es ist zu spät«, sagte er. »Er ist verloren, denn die

Gesichte der Nacht haben Gewalt über ihn bekommen.«

»Barmherzigkeit, Messer Salimbeni!« schrie ich. »Barmherzigkeit!«

Da hatten die Dämonen der Hölle den Meister ergriffen, und sie schleppten ihn mit sich fort, und er wehrte sich und schrie. Und Messer Salimbeni schritt auf ihn zu, dort, wo der Hügel sich gegen den Steinbruch hin senkte, trat er ihm in den Weg.

»Mörder ohne die Furcht des allmächtigen Gottes!« rief er. »Steh und bekenne deine Tat!«

»Gnade!« schrie der Meister und fiel auf die Knie und bedeckte sein Antlitz mit den Händen.

Da hob Messer Salimbeni die Faust und traf ihn mitten in die Stirne, daß er wie tot zu Boden stürzte.

Heute weiß ich es, daß dies nicht Grausamkeit war, sondern eine Tat des Erbarmens, und daß Messer Salimbeni mit diesem Schlag den Meister aus der Gewalt seiner Gesichte erlöste.

Wir brachten den Betäubten in seine Werkstatt, und dort lag er ohne ein Zeichen des Lebens bis zum Abendläuten. Als er erwachte, wußte er nicht, ob es Tag oder Nacht war, er redete irre und sprach immer und immer wieder von den Dämonen der Hölle und von der grauenvollen Farbe Drommetenrot.

Später, als die Raserei von ihm zu weichen begann, verlor er sich in sich selbst, er saß in einem Winkel seiner Werkstatt und starrte ins Leere, und mit keinem Menschen sprach er ein Wort. Aber des Nachts hörte ich ihn in seiner Kammer wehklagen und Gebete singen. Und am St. Stephanstag verschwand er aus der Stadt, und niemand wußte, wohin er gegangen war.

Es geschah, als ich drei Jahre später auf dem Weg nach Rom in das Kloster der Seraphischen Brüder von den sieben Schmerzen kam, in dem das Haarband und der Gürtel der Heiligen Jungfrau aufbewahrt wird, sowie auch ein Knäuel Garn, den sie mit eigenen Händen gesponnen hat. Und ich ging, vom Prior begleitet, in die Kapelle, um die heiligen Reliquien zu betrachten. Da sah ich einen Mönch, der stand auf einem Gerüste, und es währte eine Weile, ehe ich meinen gewesenen Meister, den Giovansimone, erkannte.

»Er ist verstörten Sinnes«, sagte der Prior, »aber wahrhaft groß in seinen Entwürfen. Wir nennen ihn den Meister des Jüngsten Tages. Denn er malt nur dieses eine, immer wieder das gleiche. Und wenn ich ihm sage: Meister, hieher eine Heimsuchung und an jene Wand die Heilung des Lahmen oder die Speisung der Zehntausend, so wird er sehr zornig, und man muß ihm seinen Willen lassen.«

Die Sonne war eben im Untergehen, und rosenfarbenes Licht fiel durch die Fenster auf die steinernen Fliesen. Und ich erblickte an der Wand den schwebenden Felsen Gottes und das Tal Josaphat und den Chor der Erlösten und die vielgestaltigen Dämonen der Hölle und den feurigen Pfuhl, und sich selbst hatte der Meister unter die Verdammten gemalt, und das alles war mit solcher Wahrheit dargestellt, daß mich ein Schauer des Entsetzens überlief.

»Meister Giovansimone!« rief ich zum Gerüste empor, aber er erkannte mich nicht. Mit zitternden Händen, immerwährend im Gebet, malte er an der Figur eines zornigen Cherubs in solcher Hast, als wären die Dämonen der Hölle noch immer hinter ihm her.

Das ist es, was ich über den Meister des Jüngsten Tages zu berichten habe, und viel mehr weiß ich nicht. Denn als ich nach einigen Wochen wiederum in das Kloster kam, fand ich die Kapelle leer, und die Mönche zeigten mir, wo er begraben lag. Möge ihn und uns alle am Tage des Gerichts Christus, der helle Morgenstern, der unsere Hoffnung ist, in die Schar der Erlösten geleiten.

Den anderen aber, den Messer Salimbeni, den ich den wahren Meister des Jüngsten Tages nenne, habe ich seit jener Nacht nicht wiedergesehen, und es mag sein, daß er in die fernen Königreiche des Ostens zurückgekehrt ist, in denen er so viele Jahre seines Lebens verbracht hat. Aber das Geheimnis seiner Kunst habe ich im Gedächtnis bewahrt, und ich setzte es hierher für solche, die glauben, daß sie starken und sicheren Gemütes sind: Nimm, fürwitziger Mensch, Tormentill, in Branntwein ausgezogen, und von diesem drei Teile. Gib sodann – – –

XXI

»Weiter! Weiter!« drängte Doktor Gorski.

»Das ist alles«, sagte Felix. »Hier bricht das Manuskript ab – vollkommen unvermittelt.«

»Unmöglich!« rief Doktor Gorski. »Es kann noch nicht zu Ende sein. Der wichtigste Teil des Berichtes – lassen Sie sehen!«

»Überzeugen Sie sich selbst, Doktor! Es kommt nichts mehr, nur noch Landkarten, spanische Provinzen. *Granata et Murica. Utriusque Castiliae nova descriptio. Insulae Balearides et Pytiusae.* Die Rückseiten unbeschrieben. *Andalusia continens Sevillam et Cordubam.* Nicht die kleinste Spur irgendwelcher handschriftlicher Aufzeichnungen. Der Bericht ist unbeendet geblieben.«

»Aber die Zusammensetzung der Droge! Woher hat Eugen Bischoff die Zusammensetzung der Droge gekannt? Der Schluß des Berichtes muß vorhanden sein. Sie haben eine Seite überschlagen, Felix. Sehen Sie nochmals nach!«

Wir standen alle drei über den Folianten gebeugt. Felix blätterte langsam zurück.

»Hier fehlt ein Blatt!« sagte Doktor Gorski plötzlich. »Hier zwischen Asturien und den beiden Kastilien. Das Blatt ist herausgeschnitten worden.«

»Sie haben recht«, stellte Felix fest. »Das Blatt ist mit einem stumpfen Messer herausgeschnitten worden.«

Doktor Gorski schlug sich mit der Hand vor die Stirn.

»Solgrub?« rief er. »Das ist Solgrub gewesen. Verstehen Sie? Er wollte verhindern – Nach ihm sollte niemand mehr das Experiment ausführen! Er hat die letzte Seite des Berichtes vernichtet, die Seite, auf der die Zusammensetzung des Mittels angegeben war. – Was nun, Felix?«

»Was nun, Doktor?«

Ratlos blickten sie einander an.

»Ich will Ihnen gestehen«, sagte Doktor Gorski, »daß ich entschlossen war, die Wirkung der Droge an mir selbst zu erproben, mit allen Vorsichtsmaßregeln natürlich.«

»Ich hatte die gleiche Absicht«, erklärte Felix.

»Nein, Felix, ich hätte es niemals zugelassen, daß Sie, ein medizinischer Laie – aber wozu streiten! Vorüber! Keiner von uns dreien wird jemals erfahren, welche unbegreiflichen Kräfte es gewesen sind, die Solgrub und Eugen Bischoff und, der Himmel weiß, wie viele andere noch, in einen rätselhaften Tod getrieben haben.«

Er schlug den schweren, kupferbeschlagenen Dekkel des Folianten zu.

»Es wird keinen mehr verführen«, sagte er. »Solgrub, unser armer Solgrub war das letzte Opfer. Je länger ich über die Sache nachdenke – Die Physiologie des Gehirns gibt uns einige Anhaltspunkte, Felix. Ich habe mir meine Theorie gebildet. Nein, ich glaube nicht, daß es die Vision des Jüngsten Tages gewesen ist. Ich neige eher zur Annahme, daß die Wirkung der Droge in jedem einzelnen Fall –«

Ich sprang auf. Mit einemmal war mir ein Einfall gekommen, der mich überrannte, der mich völlig aus dem Gleichgewicht warf. Ich war außerstande, meine Erregung zu verbergen. Ich warf einen Blick auf Felix und auf Doktor Gorski – sie achteten nicht auf mich. Ich verließ das Zimmer.

Rasch durch den Garten, ehe sie mein Verschwinden bemerken! Nein, das Geheimnis war nicht verloren, es lag da und wartete auf mich. Ich – ich allein sollte die Wahrheit erfahren. Nur ein paar Schritte noch –

Die Tür des Pavillons stand offen. Alles war so geblieben, wie ich es von jenem Abend her in Erinnerung behalten hatte: Auf dem Schreibtisch der Revolver, über das Sofa gebreitet der schottische Plaid – das umgestürzte Tintenfaß, die zerbrochene Büste Ifflands –, alles hatte man auf seinem Platz gelassen, und dort auf dem Tisch lag meine Pfeife.

Ich hielt sie in den Händen, eine dünne Schicht Asche war zu entfernen, und dann kam es zum Vorschein. Ein schwärzlichbraunes Gemisch, die Droge, das verlorengeglaubte Räucherwerk des sienesischen Arztes, der Zauber, der dem Mörder Giovansimone Chigi das Geständnis seiner Tat entrissen hatte.

Als ich das Streichholz anbrannte, erwachte in mir eine leise Furcht vor dem Unbekannten, das mich erwartete. Furcht? Nein, es war nicht Furcht, es war das Gefühl, mit dem ein Schwimmer vom festen Land in tiefes Wasser springt. Das Wasser wird über seinem Kopf zusammenschlagen, doch er weiß, daß er eine Sekunde später wieder emporkommt. So und nicht anders war mir zumut. Ich war meiner Nerven sicher. Ich erwartete die Visionen des Jüngsten Tags, ich erwartete sie mit Gleichmut, ja beinahe mit Neugierde. Mit allem gedanklichen Rüstzeug eines Menschen unserer Tage sah ich dem Spuk einer vergangenen Zeit entgegen. – Rauch und Schatten ist alles, was du siehst, sagte ich mir, und dann tat ich den ersten Zug aus meiner Pfeife.

Es ereignete sich nichts. Ich sah durch eine blaue Rauchwolke hindurch die Totenmaske Beethovens an der Wand und im offenen Fenster ein paar grüne

Kastanienzweige, die sich im Wind bewegten, und darüber ein Stück des graubewölkten Himmels. Über den Fußboden kroch ein großer, bläulich schillernder Käfer von einer Art, die ich nicht kannnte, aber den hatte ich schon vorher bemerkt.

Der zweite und der dritte Zug. Das fremdartig-säuerliche Aroma des Gemisches kam mir jetzt erst zum Bewußtsein. Ich verspürte es nur eine Sekunde lang, es verflüchtigte sich sehr rasch. Ich hatte die unbehagliche Vorstellung, daß mich Felix oder Doktor Gorski hier überraschen könnten, und blickte durchs Fenster. Aber der Garten war leer. Sie saßen im Zimmer und debattierten und hatten meine Abwesenheit vermutlich noch gar nicht bemerkt.

Ich erinnere mich, daß ich im ganzen fünf Züge aus meiner Pfeife machte. Dann erschien mir mitten im Zimmer der Hibiskusstrauch.

Ich war mir dessen vollkommen bewußt, daß ich einer Täuschung meiner Sinne unterlag. Ein Erinnerungsbild, aber eines von so unerhörter Lebhaftigkeit und Plastik, daß ich unwillkürlich einen Schritt näher trat. Ich zählte die rotvioletten Blüten des Strauchs, es waren ihrer, soviel ich sehen konnte, acht, und eine neunte, tiefrot gefärbte, öffnete sich, während ich sie betrachtete.

Plötzlich war der Hibiskusstrauch verschwunden, und an seiner Stelle sah ich das tiefe Grün einer Arequapalme, und an ihren Stamm gelehnt die Gestalt eines Chinesen in einem Kleid von silbergrauer Seide. Was mir sogleich an ihm auffiel, war seine absurde Häßlichkeit, er hatte das Gesicht eines neugeborenen Kindes, aber ich erschrak nicht, ich wußte genau, daß meine durch die Droge aufs Äußerste gesteigerte Vorstellungskraft ein Bild reproduzierte, das sich irgendwo in fremden Zonen meinem Gedächtnis eingeprägt hatte. Aber dieses Erinnerungsbild zeigte sich mir auf unerklärliche Art ins Scheußliche verzerrt. Ich war in diesem Stadium des Experimentes noch immer der ruhige und kaltblütige Beobachter eines höchst sonderbaren optischen Phänomens. Den Tisch und das Sofa und die Umrisse des Zimmers sah ich auch jetzt noch, aber sie erschienen mir schattenhaft und unwirklich, wie eine dunkle und verworrene Erinnerung an etwas, was vor langer Zeit gewesen war.

Dann wurde diese Vision verdrängt durch das Bild einer Ziegelmauer und eines offenen Schuppens, das minutenlang unbeweglich vor meinen Augen stand und in mir das Gefühl einer unbeschreiblichen Trostlosigkeit wachrief. Das Innere des Schuppens war von dem Schein eines Schmiedefeuers erhellt, und ich gewahrte zwei Männer mit nacktem Oberkörper und glattrasiertem Schädel. Ihr Anblick rief sogleich ein unbestimmtes Furchtgefühl in mir hervor, das sich zu rasendem Entsetzen steigerte.

Plötzlich wendete sich einer der beiden Männer um und kam aus dem Schuppen hervor auf mich zu mit eigentümlich schlenkernden Bewegungen seiner Beine. Den Kopf und die Schultern hielt er nach vorn gebeugt, die Arme hingen wie leblos an seinem Körper herunter. Jetzt stand er vor mir. Und nun hob er mit der rechten Hand seinen linken Arm, die Finger seiner linken Hand suchten mich, tasteten nach mir, ich fühlte sie an meinem Handgelenk, fuhr zurück, schrie, ich hörte mich schreien, Todesangst schüttelte mich – die Augen, die Lippen – das Gesicht zerfressen – die Lepra! heulte es in mir – die Lepra! Die Lepra! Ich brach nieder, ich verbarg meine Hände – die Lepra! – winselte ich, und dann haschte ich den Bruchteil einer Sekunde lang verzweifelt nach einem Gedanken: – Wahn! Blendwerk! Alles nur Traum! –

Aber er entflog, ich blieb allein mit der Vision des Grauens, ein Meer von Angst und Entsetzen riß mich mit sich fort.

Ich weiß nicht, was dann geschah. Ich hatte mich verloren und kam zu mir zurück. Das erste, was ich sah, war ein vergittertes Fenster, hoch oben an der Wand, so hoch, daß ich es nicht erreichen konnte. Dann erkannte ich in der halben Finsternis, die mich umgab, einen Tisch und zwei Stühle, die mit Schrauben am Fußboden befestigt waren. An der Schmalseite des Zimmers stand ein schweres eisernes Gitterbett.

Ich kauerte auf der Erde. Ich hatte das Gefühl, in diesem Raum lange Zeit hindurch Furchtbares erlebt zu haben, aber was es gewesen war, darauf konnte ich mich nicht besinnen. Dunkel schwebte mir ein breites, strark gerötetes Gesicht mit rundlichem Kinn und kleinen Schweißtropfen auf der Stirne vor Augen, gegen das ich einen heftigen Widerwillen empfand.

Ich verspürte Durst, ich wußte, ohne daß ich es sah, daß neben dem Bett ein eiserner Wassernapf stand, mit einer Kette an der Wand befestigt. Ich kroch auf der Erde hin und trank. Dann überfiel mich ein unbezähmbarer Drang, den eisernen Napf in Trümmer zu schlagen, aber er widerstand meinen Bemühungen.

Plötzlich wurde die Türe geöffnet und Licht flutete ins Zimmer. Zwei Männer traten ein. Der eine von ihnen war hochgewachsen, breitschultrig, glattrasiert, er trug eine Hornbrille, sein Gesicht kannte ich, ich hatte es oft gesehen. Der andere war ein kleiner, magerer Mensch mit kurzem, grauem Spitzbart und lebhaften Augen. Die Hände hatte er in die Taschen seines Havelocks versenkt. Ich sah ihn an, vermochte aber keine Erinnerung mit ihm zu verbinden.

»Demenz, alternierender Typus, serienweises Auftreten der Anfälle«, sagte der Breitschultrige in einer fremden Sprache, aber trotzdem verstand ich jedes seiner Worte. »Seit vier Jahren in Behandlung. Ehemaliger Generalstäbler, Kavallerieoffizier, von beiden Elternteilen her belastet.«

Ich lag auf der Erde und behielt ihn scharf im Auge.

»Reflektorische Pupillenstarre, gesteigerter Muskeltonus, erhöhter Druck des Liquor. – Nein, lassen Sie die Türe offen, Kollega, der Wärter – Achtung!«

Da hatte ich ihn auch schon zu Boden gerissen, ich kauerte auf seiner Brust und würgte ihn. Dann sprang ich auf – hinaus auf den Korridor –, irgend jemand warf sich auf mich, ich riß mich los und stieß mit der Faust zweimal in ein breites, gerötetes Gesicht mit rundlichem Kinn, lief weiter, hörte Rufen, Schreien, ein Pfeifensignal, und mit einemmal war ich im Freien.

Bäume, Buschwerk, eine endlose Ebene. Ich stand allein, rings um mich her war ein Schweigen, das ich nicht schildern kann. Die Landschaft lag wie erstarrt, nichts regte sich, kein Halm, kein Wipfel, nur kleine, weiße Federwolken schwebten über einen azurnen Himmel.

Plötzlich wurde ich dessen inne, daß ich in jenem Zimmer wie ein Tier gelebt hatte, jahrelang zwischen Tisch und Gitterbett, auf der Erde kriechend, wie ein Tier brüllend, mich immer wieder gegen die Türe werfend, und jetzt waren sie gekommen, mich zurückzuholen – sie waren da, ich sah sie, sie hatten mich umstellt, und eine namenlose Angst ergriff mich vor dem Mann mit dem breiten, roten Gesicht.

»Da ist er«, hörte ich seine Stimme, und er stand vor mir und starrte mich an. Sein breiter Mund war zu einem Grinsen verzerrt, kleine glitzernde Schweißtropfen standen auf seiner Stirne, die Hände hinter seinem Rücken – Ich wußte, was er vor mir versteckt hielt, ich schrie, ich wollte flüchten – sie kamen von allen Seiten – keine Hilfe –

Da war plötzlich der Revolver in meiner Hand. Ich wußte nicht, woher ich ihn hatte, er war da, ich hielt ihn, ich fühlte das tödlich-kalte Metall des Laufs.

Und in dem Augenblick, da ich die Waffe gegen meine Schläfe hob, in diesem Augenblick erschien am Himmel ein ungeheures Meer von Glut, das loderte und brannte in einer Farbe, die ich nie zuvor gesehen hatte, und ich kannte ihren Namen, Drommetenrot hieß sie, meine Augen waren geblendet von dem Orkan der grauenvollen Farbe, Drommetenrot war ihr Name, und sie leuchtete dem Ende aller Dinge.

»Rasch! Seine Hand!« rief eine Stimme neben mir, und ich fühlte, wie mein Arm bleischwer wurde, aber ich riß mich los und wollte nicht länger leben.

»So geht es nicht. Lassen Sie mich!« schrie die Stimme, und dann hörte ich ein Dröhnen und ein Singen, das grausame Licht am Himmel erlosch, Finsternis fiel herab, eine Sekunde lang sah ich, wie in einem Traume, längst vergangene, längst vergessene Dinge, einen Tisch, ein Sofa, eine blaue Wandtapete, weiße Gardinen, die der Wind bewegte, und dann sah ich nichts mehr.

22

Ich erwachte aus meiner Ohnmacht wie aus einem tiefen Schlaf. Eine Weile lag ich mit geschlossenen Augen ohne jede Vorstellung von Ort und Zeit. Ich konnte mich nicht darauf besinnen, wo ich zuletzt gewesen und was mir geschehen war, und suchte vergeblich nach einem klaren, ordnenden Gedanken. Dann öffnete ich die Augen. Es kostete mich einige Anstrengung, ehe es mir gelang, ich hatte Schlafsucht und ein Gefühl der Trägheit und des Unbehagens zu überwinden.

Jetzt fand ich mich zurecht. Ich lag ausgestreckt auf einer Ottomane im Musikzimmer der Villa Bischoff. Doktor Gorski saß neben mir und fühlte meinen Puls, hinter ihm stand Felix. Das gedämpfte Licht der Stehlampe fiel auf die Blätter des Folianten, der aufgeschlagen auf dem Tische lag.

»Wie fühlen Sie sich?« fragte Doktor Gorski. »Kopfschmerzen? Schwindel? Übelkeit? Ohrensausen? Schmerzt Sie das Licht?«

Ich schüttelte den Kopf.

»Sie haben eine beneidenswerte Konstitution, Baron. Jeder andere – Das Herz ist in Ordnung. Ich glaube beinahe, Sie werden allein nach Hause gehen können.«

»Sie waren grenzenlos leichtsinnig, Baron«, sagte Felix. »Wie konnten Sie denn – Wußten Sie denn nicht, was Sie erwartete? Ein Zufall, daß Dina im Garten war, sie hörte Sie schreien –«

»Ja, und wir kamen nicht eine Sekunde zu früh«, fiel ihm Doktor Gorski ins Wort. »Sie hatten schon den Revolver an der Schläfe. Ich will es Ihnen nicht verschweigen: Sie sind recht unsanft mit mir umgegangen. Ich flog gegen die Wand wie ein Gummiball. Und wenn nicht Felix den glücklichen Einfall gehabt hätte –«

»Es war nicht mein Einfall, das wissen Sie genau«, unterbrach ihn Felix.

»Die Gewaltkur des Doktor Salimbeni, jawohl. Ein Faustschlag mitten in die Stirn, und Sie gaben alle Ihre Suicidbestrebungen auf. Sie müssen böse Angstvorstellungen gehabt haben. Sind Sie sich dessen bewußt, Baron, wie nahe Sie dem andern Ufer waren?«

Jetzt erst kam mir die volle Erinnerung an alles, was geschehen war. Ich sprang auf, ich versuchte zu erzählen – der Leprakranke, das Irrenhaus, das grauenvolle Licht am Himmel –

»Schweigen Sie! Schweigen Sie davon!« wehrte Doktor Gorski ab. »Später einmal, wenn Sie ruhiger geworden sind, werden Sie mir das alles erzählen. Lepra, Irrenhaus – etwas Ähnliches habe ich erwartet. Der Fall ist klar, und Ihre Erfahrungen bestätigen nur, was ich ohnehin vermutet habe. Als Sie aus Ihrer Betäubung erwachten, hatte ich gerade begonnen, Felix meine Anschauungen zu entwickeln. Wenn es Sie nicht anstrengt, so hören Sie mir zu. Es wird Ihnen manches verständlich werden.«

Er zog die Stehlampe näher an sich heran. Dann saß er etwa eine Minute lang schweigend in seinem Armstuhl.

»Nein, ich glaube nicht, daß das Mittel eine Erfindung des sienesischen Arztes ist«, begann er, »Es ist uralt, und seinen Ursprung haben wir zweifellos im Orient zu suchen. Angst und Ekstase! Haben Sie sich jemals mit der Geschichte der Assassinen beschäftigt? Vielleicht haben Sie heute das Mittel in den Händen gehalten – oder eines der Mittel, durch die der Alte vom

Berge über die Seelen der Menschen geherrscht hat.«

»Und nun ist es für alle Zeit verloren«, sagte Felix.

»Vom Standpunkt der Wissenschaft aus mag das zu bedauern sein«, meinte Doktor Gorski. »Ich bin zufrieden, daß es so gekommen ist. Solgrub wußte, was er tat, als er das letzte Blatt vernichtete. Die Dämpfe, die Sie eingeatmet haben, Baron, hatten die Fähigkeit, auf jenen Teil des Gehirns erregend einzuwirken, der der Sitz des Vorstellungsvermögens ist. Sie steigerten die Leistungen Ihrer Phantasie ins Ungemessene. Gedanken, die durch Ihr Hirn huschten, gewannen sogleich Gestalt und standen Ihnen vor Augen, als wären sie Wirklichkeit. Begreifen Sie nun, warum das Experiment des Doktors Salimbeni seine Anziehungskraft vor allem auf Schauspieler, auf Bildhauer und Maler ausgeübt hat? Sie alle erhofften sich von dem Rausch, von der ›Glut der Gesichte‹, neue Impulse für ihr künstlerisches Schaffen. Sie sahen nur den Köder und ahnten nicht, welcher Gefahr sie entgegengingen.«

Er stand auf und schlug in einem plötzlichen Ausbruch von Leidenschaft mit der Faust auf die aufgeschlagenen Seiten des Folianten.

»Eine infernalische Falle! Verstehen Sie? Der Sitz der Phantasie ist zugleich der Sitz der Furcht. Das ist es! Furcht und Phantasie sind unlösbar miteinander verknüpft. Immer waren die großen Phantasten zugleich Besessene der Angst und des Grauens. Denken Sie an den Gespenster-Hoffmann, denken Sie an Michelangelo und den Höllenbrueghel, denken Sie an Poe –!«

»Es war nicht Furcht«, sagte ich, und die Erinnerung ließ mich erschauern. »Furcht kenne ich, ich habe sie mehr als einmal erlebt. Furcht ist etwas, was sich überwinden läßt. Es war nicht Furcht oder Angst oder Grauen, es war tausendmal mehr als das, es war ein Gefühl, für das es keine Worte gibt!«

»Sie kennen die Furcht?« rief Doktor Gorski. »Sie wollen behaupten, daß sie die Furcht kennen, Baron? Vielleicht seit heute. Aber was Sie vorher als Furcht erlebt haben, war nur ein schwacher Widerschein eines Gefühls, das seit Jahrtausenden in uns erloschen ist. Die wahre Furcht, die echte Furcht, die Furcht, die den Urmenschen überfiel, wenn er aus dem Schein seines Feuers ins Dunkle trat, wenn aus den Wolken die rasenden Blitze niederfuhren, wenn von den Sümpfen her der Schrei des Vorweltsauriers ertönte, die Urweltangst der einsamen Kreatur – keiner von uns lebenden Menschen kennt sie, keiner wäre fähig, sie zu ertragen. Aber der Nerv, der sie in uns hervorzurufen vermag, ist nicht tot, er lebt, liegt vielleicht in Jahrtausende alter Betäubung, er rührt sich nicht und regt sich nicht – wir tragen einen furchtbaren Schläfer in unserem Hirn!«

»Und das grauenvolle Licht? Die unvorstellbare Farbe?«

»Vielleicht läßt sich auch für dieses sehr sonderbare Phänomen eine physiologische Erklärung finden. Ich müßte ihr freilich ein paar Worte über den Bau des menschlichen Auges vorausschicken: Der Träger der Farbenempfindung ist die Netzhaut oder vielmehr ein System von Nervenfasern, die in der Netzhaut enden und durch die Grundfarben, das heißt durch Strahlen von ganz bestimmter Wellenlänge, erregt werden. – Ist es nicht denkbar, daß die giftigen Dämpfe, die Sie eingeatmet haben, vorübergehend eine solche Veränderung in Ihrer Netzhaut bewirkt haben, daß sie auch für andere Strahlen, für Strahlen von größerer oder kleinerer Wellenlänge, empfänglich wurde? Vielleicht war das rätselhafte Drommetenrot jene außerhalb des Sonnenspektrums liegende, uns unsichtbare Farbe, die die Physiker das ›Infrarot‹ nennen.«

»Was sagen Sie da!« rief Felix. »Sie sprechen von den dunkeln Wärmestrahlen! Wollen Sie behaupten, daß er sie gesehen, mit dem Auge als Farbe wahrgenommen hat?«

»Vielleicht«, sagte Doktor Gorski. »Das Phänomen läßt mehrere Deutungen zu. Aber welchen Sinn hat es, Hypothesen aufzubauen, die wir niemals nachprüfen können?«

Er stand auf und öffnete das Fenster. Der Wind trug den Geruch feuchter Erde und verwehter Blätter zu uns herein. Kleine Nachtfalter tauchten aus dem Dunkel und flatterten um das Licht der Lampe.

»Und Sie glauben«, fragte ich, »daß damals, an jenem Abend, während Sie hier im Zimmer saßen – daß damals Eugen Bischoff im Pavillon die gleichen Visionen hatte?«

Doktor Gorski wendete sich um und trat vom Fenster fort.

»Wie meinen Sie – die gleichen –? Nein«, sagte er. »Die Schreckbilder, die Sie gesehen haben, stammen aus Ihrem Unterbewußtsein. Lepra! Sie sind einige Male im Orient gewesen, Sie haben Ostasien bereist – sollte nicht irgendeinmal, Ihnen selbst kaum bewußt, eine leise Angst vor der furchtbaren Seuche des Ostens in Ihnen aufgestiegen sein? Denken Sie nach, Baron! – Eugen Bischoff? Er hatte seit Jahren nur eine große Furcht: daß er Dina verlieren, daß er sie an Sie verlieren könnte. Und in jener unglückseligen Stunde hat ihm eine grausame Vision Dina in Ihren Armen gezeigt. Was dann weiter geschah? Der Schuß, der erste Schuß, der die Wand traf, gibt uns Aufschluß. Der Schuß hat Ihnen gegolten, Baron. Dann mag ihn das Grauen über seine Tat gepackt haben, und er richtete die Waffe gegen sich selbst. Als Sie ins Zimmer traten – entsinnen Sie sich des Ausdrucks, den sein Gesicht annahm? Er sah Sie – Sie lebten, er hatte Sie ins Herz getroffen, und Sie standen vor ihm. Mit einem Gefühl grenzenlosen Staunens ist Eugen Bischoff hinüber in die andere Welt gegangen.«

»Und Solgrub?« fragte Felix vom Fenster her.

»Solgrub? Er war Offizier der russischen Armee, er hat den mandschurischen Feldzug mitgemacht. Was wissen wir denn einer vom anderen? Ein jeder von uns trägt sein Jüngstes Gericht in sich. Vielleicht – wer weiß es? – sind es die Toten jener Kämpfe gewesen, die sich in seiner letzten Stunde gegen ihn erhoben haben.«

Er trat an den Tisch und streifte den Staub von dem Deckel des alten Buches.

»Da liegt es, das Monstrum«, sagte er. »Es wird kein Unheil mehr stiften. Seine Zeit ist vorüber. Durch wieviel Hände mag es gegangen sein auf seinem Weg durch die Jahrhunderte! – Wollen Sie es behalten, Felix? Wenn nicht – ich habe zu Hause mancherlei halbvermoderten, gelehrten Plunder, ich fühle mich im Geruch vergilbten Pergamentes wohl. – Die beschriebenen Blätter gehören Ihnen, Baron. Legen Sie sie zu den Dokumenten Ihres Lebens. Behalten Sie sie als Erinnerung an eine Stunde, in der ich Sie sah, wie ich nie wieder einen Menschen sehen möchte.«

Als ich das Haus verließ, stand Dina an der Türe des Gartens. Ich mußte an ihr vorüber, es führte kein anderer Weg hinaus. Ein tiefer, brennender Schmerz stieg in mir auf, ich dachte an das, was gewesen war und nicht mehr sein konnte. Schatten standen zwischen uns. Eine Sekunde lang lag ihre Hand in der meinen, und dann verlor sie sich in der Dunkelheit. Ich grüßte. Schweigend gingen wir voneinander.

Schlußbemerkungen des Herausgebers

Gottfried Adalbert Freiherr von Yosch und Klettenfeld ist zu Beginn des Weltkrieges als Kriegsfreiwilliger an die Front gegangen und einige Monate später in der Schlacht bei Limanova bei einem Aufklärungsritt im Gehölze von Kostelniece gefallen. In der Satteltasche seines Pferdes fanden sich neben anderen Schriften die Papiere vor, in denen er auf seine Art über die Ereignisse des Herbstes 1909 Bericht erstattet.

An den langen russischen Dezemberabenden des Jahres 1914 ist der Roman – anders lassen sich die nachgelassenen Schriften des Freiherrn von Yosch wohl nicht gut bezeichnen – unter den Offizieren des sechsten k. u. k. Dragonerregiments von Hand zu Hand gegangen. Ich erhielt ihn – ohne jeden Kommentar – gegen Ende des Monats von meinem Schwadronskommandanten. Die Gründe, die den Freiherrn von Yosch fünf Jahre vor Kriegsausbruch zum Verzicht auf seine Rittmeistercharge genötigt hatten, waren den meisten von uns bekannt. Der Selbstmord des Hofschauspielers Bischoff hatte seinerzeit auch außerhalb der Reichshauptstadt ziemliches Aufsehen hervorgerufen, und ich entsann mich genau der Rolle, die der Freiherr von Yosch in dieser Affäre gespielt hatte.

Ich erwartete daher, als ich die Papiere durchzusehen begann, den Versuch einer Rechtfertigung, eine vielleicht schöngefärbte, aber im wesentlichen wahrheitsgemäße Darstellung des Sachverhaltes vorzufinden. Der erste Teil des Berichtes entspricht auch tatsächlich, was die rein äußeren Geschehnisse betrifft, dem wirklichen Verlauf der Dinge. Um so größer war meine Überraschung, als ich feststellen mußte, daß von einem bestimmten Punkt an seine Erzählung jeden Zusammenhang mit der Wirklichkeit verliert. An jener Stelle des Berichtes – (sie findet sich im 9. Abschnitt des Buches und lautet charakteristischerweise: – »In mir und rings um mich war alles anders geworden, ich gehörte wieder der Wirklichkeit an.«) – an jener Stelle biegt die Darstellung mit einer jähen Wendung ins Phantastische ab. Sollte es notwendig sein, es erst ausdrücklich zu sagen, daß Freiherr von Yosch den Hofschauspieler Bischoff, einen zu psychischen Depressionen neigenden und in diesem Zustand leicht beeinflußbaren Menschen, zum Selbstmord veranlaßt, daß er, von den Verwandten des Toten zur Rechenschaft gezogen und in die Enge getrieben, seine Zuflucht zu einem falschem Ehrenwort genommen hat? Das ist der wahre Sachverhalt. Alles Weitere, das Eingreifen des Ingenieurs, die Jagd nach dem »Monstrum«, das geheimnisvolle Präparat, die Visionen – alles das ist abenteuerliche Erfindung. In Wahrheit hat die Affäre, über die der Kabinettskanzlei Sr. Majestät Bericht erstattet wurde, in einer ehrengerichtlichen Verurteilung des Freiherrn von Yosch ihren Abschluß gefunden.

Welchen Zweck verfolgte der Freiherr von Yosch mit seiner Darstellung? Trug er sich am Ende mit der Absicht, sie der Öffentlichkeit vorzulegen? Hoffte er eine Wiederaufnahme des ehrenrätlichen Verfahrens zu erreichen? Das scheint mir wenig wahrscheinlich. Nicht alle seine geistigen Fähigkeiten waren gleichmäßig entwickelt, aber der Blick für das Erreichbare fehlte ihm keineswegs. Wenn aber seine Aufzeichnungen nicht für die Öffentlichkeit bestimmt waren, wozu dann die große Arbeit, die vielleicht Jahre seines Lebens in Anspruch genommen hat?

Erfahrene Kriminalisten geben Antwort auf diese Frage. Sie verweisen auf das »Spiel mit den Indizien«, auf jenen bei vielen Verurteilten beobachteten selbstquälerischen Drang, die Indizien ihrer Tat gewaltsam umzudeuten, sich selbst immer wieder den Beweis zu erbringen, daß sie schuldlos sein könnten, wenn das Schicksal es nicht anders gewollt hätte.

Auflehnung gegen das Geschehene und nicht mehr zu Ändernde! – Aber ist dies nicht – von einem höheren Standpunkt aus gesehen – seit jeher der Ursprung aller Kunst gewesen? Kam nicht aus erlittener Schmach, Demütigung, zertretenem Stolz, kam nicht de profundis jede ewige Tat? Mag die gedankenlose Menge vor einem Kunstwerk in Beifallsstürmen toben – mir enthüllt es die zerstörte Seele seines Schöpfers. In den großen Symphonien der Töne, der Farben und der Gedanken – in ihnen allen sehe ich einen Schimmer der wunderlichen Farbe Drommetenrot. Eine ferne Ahnung der großen Vision, die den Meister für eine kurze Weile über die Wirrnis seiner Schuld und Qual emporgetragen hat.

Abschließend bemerke ich, daß es mir gelungen ist, die Bedenken, die die nächsten Angehörigen des Freiherrn von Yosch gegen die Drucklegung seiner Erinnerungen geltend gemacht haben, zu zerstreuen. Die Veröffentlichung erfolgt mit ihrer Zustimmung.

NACHWORT

1

Der Perutz Leopold, ein ungemein schlamperter Knabe, saß in der Volksschule der Patres Piaristen in Prag neben mir. Meine erste Erinnerung sieht seine schmutzige und blutende Hand: Er hatte sich, der beneidenswerte Besitzer eines wunderschönen Taschenmessers, unter der Bank in den Daumen geschnitten, nicht zufällig, sondern absichtlich. »Damit der Herr Lehrer erschrickt!« flüsterte er mir zu und legte die Hand breit aufs Pult. Der Effekt war groß.

Mit diesen Sätzen leitete am 28. Februar 1923 der Journalist Richard A. Bermann ein Porträt seines Freundes Leo Perutz ein, das dem Vorabdruck des Romans *Der Meister des Jüngsten Tages* in der Wiener Zeitung »Der Tag« vorangestellt war. Dieses Porträt ist eines der sehr seltenen Zeugnisse, die über eine der verschwiegensten und eigenwilligsten Gestalten der österreichischen Literatur des 20. Jahrhunderts Auskunft bieten, denn der am 22. November 1882 in Prag geborene, seit 1899 in Wien lebende jüdische Schriftsteller Leo Perutz hat in seinem Leben weder ein Interview gegeben noch irgendwelche autobiographischen Mitteilungen veröffentlicht.

Allerdings teilte auch Richard A. Bermann wenig über das Leben des gelernten Versicherungsmathematikers Perutz mit – neben der eingangs zitierten nur eine einzige weitere Anekdote, die schildert, wie sein Mitschüler wegen einer nicht bestandenen Mathematik-Prüfung durch die Matura fiel und daraufhin vorerst »feierlichst der Literatur entsagte und die Mathematik zum Lebensberuf wählte«. Sein Porträt, so schrieb Bermann, solle nur dem Schriftsteller Perutz gelten, nicht dem »Mathematiker, Briefmarken- und Narrensammler, dem Hausherrn, Skifahrer, Kletterer, Kriegsinvaliden, Orientreisenden, ›Tartl‹-Spieler, Kaffeehausgast, Raufbold, verspäteten Landsknecht, dem Ehemann, Vater, dem guten Kerl und Kameraden«.

Im Jahre 1923 war der Name des Schriftstellers Leo Perutz in der literarischen Öffentlichkeit Deutschlands und Österreichs schon ein Begriff, mit dem die Erfolge der Romane *Die dritte Kugel* (1915), *Zwischen neun und neun* (1918) und *Der Marques des Bolibar* (1920) verknüpft waren. Richard A. Bermann schrieb:

> *Jetzt fängt er an, ziemlich berühmt zu werden; in Los Angeles verfilmt man »Zwischen neun und neun«, in London dramatisiert man den »Marques de Bolibar«, seine Bücher erscheinen in zehnter Auflage, ja, selbst im Café Herrenhof lassen sie den Leo Perutz gelten. Wäre er ein Engländer, dann wäre er schon Baronet und wühlte in Guineas. In deutschen Landen ist er immer noch nicht viel, nur der beste Erzähler. Andere Romanciers bevölkern erhabenere Sphären, wieder andere sind fixer mit der Druck- und Schreibmaschine, aber so viel wie Leo Perutz fällt keinem ein, und diese blutvolle Leidenschaft des Erzählens hat kein anderer, der jetzt in deutscher Sprache schreibt. [...]*

Dem Dichter Perutz guckt immer der Mathematiker Perutz über die Schultern, er hat ein möglichst kompliziertes Beispiel gefunden, das mit möglichster Eleganz gelöst werden muß. Aber wie weit ist er von den schnellen Sudlern, den dünnflüssigen Effekthaschern entfernt! Seine Effekte sind Blut, nicht Wasser oder Jauche.

Mit wenigen knappen Sätzen charakterisierte Bermann die literarische Eigenart von Perutz, bevor er auf den *Meister des Jüngsten Tages* einging:

Niemand arbeitet sorgfältiger als dieser Fruchtbare. [...] Andere Erzähler sensationell gefärbter Stoffe wälzen eine vereinzelte Grundidee breit aus. Perutz fühlt sich am wohlsten in einem Labyrinth von Hindernissen; er frißt mit einem kannibalischen Vergnügen Schwierigkeiten. Der erste Einfall ist manchmal phantastisch und irreal; alles andere ist Logik und Mathematik und warmblütige Realität. Nie erklärt er ein Wunder durch ein zweites, nie hilft er sich aus dem Irrgarten anders heraus als durch Vernunft. [...] Das Gedankliche und Problematische fliegt ihn beim Erzählen an; von Haus aus philosophiert er nicht, sondern erzählt, erzählt. Diesen großen Trieb zum reinen Fabulieren gibt es in der deutschen Literatur sehr selten. Er liefert Unterhaltungslektüre, aber was für eine!

Der neue Roman von Leo Perutz ist eines von seinen phantastischen Büchern. [...] »Der Meister des Jüngsten Tages« ist eine höchst kunstreich komponierte Geschichte: ein schauerliches Geheimnis wird allmählich enthüllt. [...] Es ist ein Buch für schlaflose Nächte, eines das schlaflose Nächte erzeugt.

Bermanns Hinweis, daß *Der Meister des Jüngsten Tages* eine »höchst künstreich komponierte Geschichte« erzählt, ist auch heute noch nicht überflüssig geworden. Die ungemein spannende Handlung des Romans, den Jorge Luis Borges 1946 in seine Edition der besten Kriminalromane der Welt übernahm und den Theodor W. Adorno als »genialen Spannungsroman« bezeichnete, hat auch versierte Leser und Rezensenten immer wieder darüber hinweggetäuscht, daß sich unter der scheinbar so glatten Oberfläche des Textes eine labyrinthische Welt von Rätseln auftut.

2

Dabei beginnt alles ganz einfach. Der Bericht des Ich-Erzählers, des etwas labilen und zu Selbstanklagen neigenden Freiherrn von Yosch nämlich, ist ebenso spannend, wie er unkompliziert erscheint. Bei einem Hausmusikabend in der villa des alternden Schauspielers Bischoff, an dem neben dessen Frau Dina und deren Bruder Felix der Freiherr von Yosch, der Arzt Dr. Gorski und der Ingenieur Solgrub teilnehmen, zieht sich der Hausherr in seinen Gartenpavillon zurück, um sich auf die Rezitation des Monologs Richards III. vorzubereiten. In seinem Pavillon kommt der an der Einbuße seiner Gestaltungskraft leidende Schauspieler auf mysteriöse Weise durch einen Schuß aus seiner eigenen Pistole ums Leben.

Felix, Eugen Bischoffs Schwager, beschuldigt den Freiherrn von Yosch, er habe den zu Depressionen neigenden Schauspieler in seinem Pavillon aufgesucht und ihn mit der Nachricht über den Bankrott des Bankhauses der Bischoffs in den Selbstmord getrieben. Als Motiv für die Tat gibt Felix an, Yosch, der vor Jahren der Geliebte seiner Schwester war, habe deren Verlust nie verwunden und deshalb die Ehe der Bischoffs zerstören wollen, um Dina zurückzugewinnen. Yosch leugnet die Tat und versichert bei seinem Ehrenwort als Offizier, daß er den Pavillon nicht betreten habe. Zum Beweis des Gegenteils legt Felix die im Pavillon aufgefundene Pfeife Yoschs vor, dem nach seinem verpfändeten Offiziersehrenwort nur noch der Freitod übrigzubleiben scheint.

Gegen die von Felix vertretene Anklage wenden sich indes Solgrub und Dr. Gorski mit der Annahme, daß der Schauspieler selbst die Pfeife Yoschs mit in den Pavillon genommen habe. Solgrub äußert zunächst den Verdacht, daß Eugen Bischoff ermordet worden sei, revidiert diese Hypothese jedoch, als feststeht, daß Bischoff allein in seinem Pavillon war, und ersetzt sie durch die Vermutung, Bischoff habe sich »unter dem Zwang eines fremden Willen« erschossen.

Während Solgrub nach den Hintergründen des Todes von Bischoff fahndet, ereignet sich ein zweiter, ebenso mysteriöser Todesfall. Die Apothekerin Leopoldine Teichmann, eine ebenso ambitionierte wie erfolglose Malerin, die mit Bischoff bekannt war, vergiftet sich ohne erkennbares Motiv. Den Ingenieur Solgrub, der einen Zusammenhang zwischen den Todesfällen vermutet, führen seine Nachforschungen zu dem Kunsthändler und Pfandleiher Albachary. Er scheint auf eine heiße Spur gestoßen zu sein, denn er kündigt Yosch und Dr. Gorski ein Selbstexperiment an, das das Rätsel der mysteriösen Todesfälle aufklären soll. Am nächsten Tag erfahren Felix und Yosch von Dr. Gorski, daß Solgrubs Experiment letal verlaufen ist: der Ingenieur ist einem Herzschlag zum Opfer gefallen. Um Aufschluß über Solgrubs Nachforschungen zu erlangen, begeben sich Felix, Yosch und Dr. Gorski in die Wohnung des Kunsthändlers Albachary und finden dort einen alten Folianten, in dem Eugen Bischoff und Solgrub gelesen haben. Das Buch enthält einen Bericht aus dem 16. Jahrhundert, der schildert, wie der florentinische Maler Giovansimone Chigi von dem Arzt Donato Salimbeni eine Droge erhielt, die die »Kraft der Gesichte« verleiht. Nach dem Einatmen dieser Droge wurde Chigi von Schreckensvisionen gepeinigt, verfiel dem Wahnsinn und malte bis zu seinem Tod nur noch ein einziges Motiv: das Jüngste Gericht. Mit dem Auffinden des Berichts über die Droge ist das Rätsel der mysteriösen Todesserie geklärt. Um ein Fortwirken des Unheils der Droge unmöglich zu machen, hat Solgrub den Bericht über die Zusammensetzung der Droge vor seinem Tod aus dem Folianten entfernt. Yosch erinnert sich indes daran, daß ein Rest der Droge in seiner Pfeife in Bischoffs Pavillon verblieben sein müsse. Er geht in den Pavillon, raucht die Droge, wird ebenfalls von Schreckensvisionen gepeinigt und greift zum Revolver Bischoffs, um seinem Leben ein Ende zu bereiten. Mit seiner Rettung durch die hinzueilenden Felix und Dr. Gorski schließt der Bericht des Ich-Erzählers Gottfried Adalbert Freiherr von Yosch und Klettenfeld.

3

Nicht aber der Roman *Der Meister des Jüngsten Tages.* Dieser endet mit »Schlußbemerkungen des Herausgebers«, die aus der Feder eines anonymen Regimentskameraden des Freiherrn von Yosch stammen, der zu Beginn des Ersten Weltkriegs gefallen ist. Der Herausgeber spricht den Aufzeichnungen seines

Kameraden jede Glaubwürdigkeit ab und verweist sie in den Bereich des Wunschdenkens. Aufgrund der ehrengerichtlichen Verurteilung Yoschs sieht er es als erwiesen an, daß dieser »den Hofschauspieler Bischoff, einen zu psychischen Depressionen neigenden und in diesem Zustand leicht beeinflußbaren Menschen, zum Selbstmord veranlaßt, daß er, von den Verwandten des Toten zur Rechenschaft gezogen und in die Enge getrieben, seine Zuflucht zu einem falschen Ehrenwort genommen hat«. Der Wahrheit entspricht Yoschs Bericht, so behauptet der Herausgeber, nur bis zum 9. Kapitel, und hier auch nur in bezug auf das, »was die rein äußeren Geschehnisse betrifft«, danach verliere Yoschs Bericht »jeden Zusammenhang mit der Wirklichkeit«.

Nach dieser verblüffenden Enthüllung steht der Leser vor der Frage, welchem Bericht er glauben soll: dem des Freiherrn oder dem des Herausgebers. Viele Rezensenten des Romans haben – sei es aus Respekt vor dem Ehrengericht, sei es, weil der Herausgeber das letzte Wort behält – den »Schlußbemerkungen des Herausgebers« Glauben geschenkt. Für diese Lesart entschied sich auch Perutz' Freund Richard A. Bermann:

> *»Der Meister des Jüngsten Tages« ist eine höchst kunstreich komponierte Geschichte: ein schauerliches Geheimnis wird allmählich enthüllt; es wäre ein Geheimnis aus fast übersinnlichen Regionen der Phantasie, wenn es nicht als die psychopathologische Träumerei eines grübelnden Gehirns realistisch erklärt würde, für Leute, die solche Erklärungen brauchen.*

Es gibt keinen Grund, dem Leser zu verwehren, daß er

der Wahrheitsversicherung des Herausgebers Glauben schenkt – der Bericht des Freiherrn von Yosch verliert nicht an Spannung und Faszination dadurch, daß er nachträglich als Fiktion entlarvt wird.

Es gibt aber auch keinen Grund, den Leser zu zwingen, daß er der Wahrheitsversicherung des Herausgebers Glauben schenkt, denn dessen »Schlußbemerkungen« sind in vielerlei Hinsicht angreifbar. Der Herausgeber lehnt den Wahrheitsgehalt des Berichts des Freiherrn von Yosch allzu summarisch ab, ohne Angabe von Gründen oder Beweismitteln, allein gestützt auf die Autorität des Ehrengerichts, das Yosch verurteilt hat. Warum teilt er dem Leser nicht mit, auf welcher Beweisgrundlage die Verurteilung erfolgte? Beruhte sie allein auf der Aussage von Felix, der den Freiherrn als Rächer der Ehre seiner Schwester haßte? Wurden Zeugen gehört, Indizien beigebracht, die der Leser aus dem Bericht von Yosch nicht kennt? Ein einziger Satz, der etwa besagte, daß Dina, Dr. Gorski und Solgrub – der nach der Darstellung des Herausgebers der Droge nicht zum Opfer gefallen sein kann und als Zeuge zur Verfügung gestanden haben dürfte – vor dem Ehrengericht die Anklage von Felix bestätigten, hätte dem Wahrheitsanspruch des Herausgebers eine kaum angreifbare Überzeugungskraft verliehen.

Die Berufung auf das Ehrengericht als Institution der militärischen Sondergerichtsbarkeit allein kann die Unglaubwürdigkeit des Berichts des Freiherrn von Yosch nicht verbürgen. Gegenstand des ehrengerichtlichen Verfahrens war allein die Abgabe eines falschen Ehrenwortes, nicht aber der angeblich durch Yosch herbeigeführte Selbstmord des Schauspielers Eugen Bischoff, zumal die Veranlassung zum Selbstmord durch Übermittlung einer Zeitungsnotiz zwar eine moralisch verwerfliche, nicht aber eine strafrechtlich relevante Tat ist.

Doch selbst wenn der Leser einmal unterstellt, daß die Darstellung des Herausgebers wahr ist, ergeben sich noch Probleme bei der Rekonstruktion der Ereignisse bis zum 9. Kapitel von Yoschs Bericht, der nach den Worten des Herausgebers, »was die rein äußeren Geschehnisse betrifft, dem wirklichen Verlauf der Dinge« entspricht. Was zählt denn zu den »rein äußeren Geschehnissen«? Gehört Eugen Bischoffs Erzählung von dem mysteriösen Tod der beiden Brüder, des Malers und des Seeoffiziers, zu ihnen? Ist nicht allein durch diese Erzählung der Rückzug Bischoffs in den Pavillon motiviert und basiert nicht auf dem Zusammenhang dieser Todesfälle mit dem Tod Eugen Bischoffs die Drogen-Theorie des Ingenieurs Solgrub, die wiederum dem Bericht Yoschs Glaubwürdigkeit verleiht? Aber mag diese Erzählung Bischoffs auch nicht den »rein äußeren Geschehnissen« zuzurechnen sein, die Tatsache, daß Bischoff zweimal geschossen hat, muß ihnen zugehören, wenn nicht die Trennung zwischen den »rein äußeren« und irgendwelchen ›inneren‹ Geschehnissen zusammenbrechen soll. Für diese zwei Schüsse gibt es nur eine einzige plausible Erklärung, und diese liefert Dr. Gorski in jenem Teil von Yoschs Bericht, der nach der Versicherung des Herausgebers »jeden Zusammenhang mit der Wirklichkeit« verloren hat. Dr. Gorski richtet diese Erklärung an den Freiherrn:

»[. . .] Eugen Bischoff? Er hatte seit Jahren nur eine große Furcht: daß er Dina verlieren, daß er sie an Sie verlieren könnte. Und in jener unglückseligen Stunde hat ihm eine grausame Vision Dina in Ihren Armen gezeigt. Was dann weiter geschah?

Der Schuß, der erste Schuß, der die Wand traf, gibt uns Aufschluß. Der Schuß hat Ihnen gegolten, Baron. Dann mag ihn das Grauen über seine Tat gepackt haben, und er richtete die Waffe gegen sich selbst. Als Sie ins Zimmer traten – entsinnen Sie sich des Ausdrucks, den sein Gesicht annahm? Er sah Sie – Sie lebten, er hatte Sie ins Herz getroffen, und Sie standen vor ihm. Mit einem Gefühl grenzenlosen Staunens ist Eugen Bischoff hinüber in die andere Welt gegangen.«

Im Vergleich mit dieser Erklärung Dr. Gorskis erweist sich Felix' Hypothese, der zum Selbstmord entschlossene Eugen Bischoff habe zunächst einmal »einen Probeschuß abgegeben, bevor er die Waffe gegen sich selbst richtete«, als äußerst unplausibel – einmal davon abgesehen, daß Felix diese Hypothese erst im 18. Kapitel äußert – und damit in jenem Teil von Yoschs Bericht, der nach Auffassung des Herausgebers dem »Phantastischen« angehört. Den »Schlußbemerkungen des Herausgebers« mangelt es an Überzeugungskraft also schon deshalb, weil sie für den »wirklichen Verlauf der Dinge« keine plausible Erklärung anbieten, während der angeblich unglaubwürdige Bericht des Freiherrn von Yosch eine solche enthält.

Am Ende des Romans sieht sich der Leser mit zwei unvereinbaren Wahrheitsansprüchen konfrontiert: dem Wahrheitsanspruch des Ich-Erzählers Yosch und dem des anonymen Herausgebers. Die Frage, welcher Wahrheitsanspruch begründet und welcher unbegründet ist, läßt sich mit Gewißheit nicht entscheiden, weil Kriterien zur Überprüfung der Wahrheitsansprüche jenseits des Berichts des Freiherrn und der »Schlußbemerkungen des Herausgebers« weder vorliegen noch zu gewinnen sind. Wie kann der Leser sich in dieser Situation verhalten? Er kann sich entschließen, dem Bericht des Freiherrn von Yosch zu glauben, er kann sich dafür entscheiden, dem Herausgeber zu vertrauen, er kann das Buch in der Einsicht aus der Hand legen, daß eine Entscheidung der Frage mit Gewißheit unmöglich ist. Er kann aber auch den Argumenten des Herausgebers für die Unglaubwürdigkeit von Yoschs Bericht mißtrauen und versuchen, den Wahrheitsanspruch des Freiherrn an dessen eigenem Bericht zu überprüfen.

4

Yosch beginnt seinen Bericht über »jene Folge tragischer Begebenheiten, mit der ich auf so sonderbare Art verknüpft gewesen bin«, mit einer zeremoniellen Wahrheitsbeteuerung, die an eine eidesstattliche Versicherung erinnert: »Ich habe die volle Wahrheit geschrieben. Nichts übergangen, nichts unterdrückt – wozu auch? Ich habe keinen Anlaß, irgend etwas zu verheimlichen.« Wenn der Erzähler im folgenden einräumt, daß sein »Gedächtnis eine Unzahl Einzelheiten [...] lebendig und deutlich bewahrt hat«, daß sich in ihm jedoch »von der Länge des Zeitraums, in dem sich das alles abgespielt hat, eine ganz falsche Vorstellung herausgebildet hat«, so sieht das weniger nach einer Einschränkung der Wahrheitsversicherung aus als nach einer verzeihlichen menschlichen Schwäche, die die Wahrheit des Berichts nur unterstreicht. Und in der Tat legt Yosch gleich im Anschluß an diese Versicherung eine beeindruckende Probe seines stupenden Gedächtnisses ab, indem er den Leser nicht nur mit allen Einzelheiten seines Tagesablaufs am

26. September 1909 vertraut macht, sondern auch mit denen der Morgenblätter von diesem Datum.

Um so erstaunter ist der Leser, daß Yosch sich schon im zweiten Kapitel beim Anblick des Ingenieurs Solgrub zwar an dessen Gesicht erinnert, aber nicht mehr weiß, »wo und unter welchen Umständen ich ihm schon begegnet war« – Solgrub erinnert ihn dann daran, daß sie »auf der Strecke Christiania – Bergen vier Stunden lang einander gegenübergesessen« haben. Kurz darauf gerät Yosch auch das erste Mal mit seiner Wahrheitsversicherung in Konflikt. Er erklärt umständlich, weshalb er gegen Menschen wie Solgrub ein Vorurteil habe, um sich dann selbst korrigierend ins Wort zu fallen:

> *Nein! Wen will ich denn belügen? Es ist ja alles nicht wahr. Eifersucht ist es, klägliche Eifersucht, der Schmerz verratener Liebe. Wenn ich Dina sehe, werde ich zum Kettenhund, der sie bewacht. Wer in ihre Nähe kommt, wird mein Todfeind.*

Bei der weiteren Lektüre von Yoschs Bericht über die Ereignisse am Abend von Eugen Bischoffs Tod stößt der Leser dann auf eine ganz erstaunliche Kette von Erinnerungslücken des Erzählers. So vermag Yosch, als er sich heimlich aus dem Musikzimmer entfernt, nicht anzugeben, »wie lange ich im Garten geblieben bin. Vielleicht lange Zeit« – und diese Erinnerungslücke betrifft just die ›Tatzeit‹. Nachdem die zwei Schüsse im Gartenpavillon gefallen sind, glaubt Yosch sich »zu erinnern, daß ich im ersten Augenblick die bestimmte Vorstellung von zwei Einschleichern hatte«, eine Vorstellung, die sich im weiteren Verlauf der Ereignisse erstaunlich verdichtet bis zu dem Augenblick, da er den Pavillon betritt:

Ich wußte es plötzlich, ehe ich noch einen Blick in das Zimmer geworfen hatte, wußte ich, was geschehen war. Daß kein Kampf mit Einschleichern stattgefunden hatte, sondern daß Eugen Bischoff Selbstmord begangen hatte. Woher mir mit einemmal diese Gewißheit gekommen ist, kann ich nicht sagen.

Diese Gewißheit korrespondiert mit einer erstaunlichen Unsicherheit Yoschs über ganz elementare Sachverhalte. Auf dem Weg vom Musikzimmer in den Gartenpavillon gerät er, der sich im Hause der Bischoffs mit schlafwandlerischer Sicherheit bewegt, in ein ihm »ganz unbekanntes, dunkles Zimmer im Hochparterre«, findet weder Ausweg noch Licht, das ihm, selbst Pfeifenraucher, erst die Streichhölzer Solgrubs bringen. Während seines gesamten Aufenthalts im Garten erlangt Yosch keine Sicherheit darüber, ob die Feuchtigkeit vom Regen oder Tau herrührt. Genau entsinnt sich Yosch aber dessen, daß ihn seine überreizten Nerven im Stich gelassen und ihm in einer Vision »in dem einfältigen Diener des Hauses den schweigenden Boten«, den »dunkeln Fergen des ewigen Stromes« erscheinen lassen. Die überreizten Nerven sind auch die Ursache dafür, daß Yosch Dinas Begehren, er solle sie sofort verlassen, als Anschuldigung auffaßt und auf dem Heimweg Verfolgungsphantasien hat, die ihm alle Passanten als Ankläger erscheinen lassen. Auf der Basis des Erzählerberichts ist schwer auszumachen, was Yosch nach dem Tod Eugen Bischoffs wirklich und was er nur im »Wachen träumend« erlebt. Um so erstaunlicher ist es, daß er in dem Bericht über überreizte Nerven, Visionen, Erinnerungen und Wachträume ganz beiläufig eine Tatsache erwähnt, die er früher zu erwähnen offensichtlich ›vergessen‹ hat, die aber für die Rekonstruktion des wahren Verlaufs der Ereignisse von erheblicher Bedeutung ist. Im Garten sitzend, fühlt Yosch sich plötzlich krank:

> *Ich bin krank, flüsterte ich mir zu und machte nochmals einen Versuch, aufzustehen. – Natürlich, Fieber, ich dachte mir's. Ohne Mantel und Hut im Freien sitzen in der kalten Nachtluft, und die Nässe, die Nässe! Das kann der Tod sein. – Und ich nahm die Zeitung aus der Tasche – ich trug sie bei mir, weiß Gott, wozu ich sie zu mir gesteckt hatte –*

Welche Rolle die Zeitung gespielt haben könnte, wird aus der Vision deutlich, die Yosch überkommt, als ihn Felix beschuldigt, er habe Eugen Bischoff in den Tod getrieben:

> *Wie eine längst vergessene Erinnerung tauchte es in mir auf, als wären Jahre darüber vergangen – ich sah mich durch den Garten gehen, über den Kiesweg, an den Fuchsienbeeten vorbei – wohin ging der Weg? Was suchte ich im Pavillon? Die Türe knarrte beim Öffnen. Wie Eugen Bischoff bleich wurde bei meinen ersten geflüsterten Worten, wie er verstört auf das Zeitungsblatt starrte, wie er aufsprang und wieder zurücksank! Und der scheue Blick, der mir folgte, als ich den Pavillon verließ und die knarrende Türe behutsam hinter mir zuzog. – Auf der Terrasse ist Licht. – Das ist Dina – hinauf zu ihr – und jetzt – ein Schrei – ein Schuß! Dort unten steht der Tod, und ich, ja ich – ich habe ihn gerufen. –*

Später bewertet Yosch auch diese Vision nachdrücklich als »Sinnestäuschung«, »Wachtraum«, »Traum und Wahn«. Seine Reaktion auf Felix' Anschuldigung ist wieder seiner Erinnerung entzogen. Yosch hört, wie Felix dem Doktor zuruft, »›Geben Sie acht, Doktor, er fällt‹«, er versichert aber sofort: »Nein, ich fiel nicht. Ich schlug die Augen auf und saß im Lehnstuhl. Vor mir stand Felix.« Diese Darstellung steht nicht nur im Widerspruch zu einer früheren Feststellung des Erzählers, nach der Solgrub auf dem einzigen Stuhl im Zimmer gesessen hat – sie wird später von Yosch selbst dementiert, der nach seiner Rückkehr in sein Haus vermutet, »daß ich drüben im Pavillon, als ich für ein paar Sekunden das Bewußtsein verlor – es war nur ein Schwächeanfall und er ging rasch vorüber –, daß ich da mit der Stirne auf irgendeinen harten Gegenstand aufgeschlagen bin«.

Die Kette gravierender Lücken, die Yoschs Erinnerung aufweist, die Fülle von Visionen, die seine Wahrnehmung überlagern – oder ersetzen? – und schließlich die Beiläufigkeit, mit der ein so belastendes Indiz wie die Tageszeitung in den Bericht eingeflochten wird, wecken einige Zweifel an seiner Versicherung, er habe »die volle Wahrheit« geschrieben und »nichts übergangen, nichts unterdrückt«.

Auf die Frage, warum sich bei ihm »von der Länge des Zeitraums, in dem sich das alles abgespielt hat, eine ganz falsche Vorstellung herausgebildet hat«, versucht Yosch selbst eine Antwort zu geben:

> *Vielleicht hat mich die Erinnerung an verwelktes Kastanienlaub auf den Kieswegen des Gartens, an reife Trauben, die an den Straßenecken feilgeboten wurden, und an ersten herbstlichen Frost – vielleicht hat mich dieser ganze Komplex unbewußter*

Erinnerungen, die mir irgendwie mit diesem Tag verknüpft sind, irregeführt; das kann wohl sein.

In der Tat hat der Erzähler mit dem Faktor Zeit einige Probleme. Der ganze Bericht über die Ereignisse bis zum Tod Eugen Bischoffs ist durchsetzt von Tempuswechseln, bei seinem Aufenthalt im Garten gerät Yosch in ein Zeit-Loch, dessen Dauer er nicht zu bestimmen vermag, und nach Bischoffs Tod geraten seine Zeitvorstellungen gänzlich durcheinander. Die Berührung eines im Garten verbliebenen Buchs führt ihn in die Vergangenheit zurück und läßt das Bild eines mit Dina verbrachten Herbstmorgens in ihm entstehen. Diese Erinnerung wird abgelöst durch die an eine mit Dina verlebte Silvesternacht, dann kehrt Yosch jäh in die Gegenwart zurück, in ihm ist »wilde Verzweiflung und ein stechender Schmerz« über den Verlust Dinas, bevor er sich plötzlich dessen bewußt wird, daß Eugen Bischoff tot ist. Und genau in diesem Augenblick unternimmt Yosch in seinen Visionen einen Zeit-Sprung, indem er den Komplex sehr bewußter Erinnerungen mit der Gegenwart kurzschließt. Als er Dina sagen hört, »Du bist es, Gottfried? Du bist so lange fortgeblieben –«, verknüpft Yosch die Jahre zurückliegende Silvesterszene, in der Dina ihn bat, die Tür zu öffnen, um den Hund Zamor hereinzulassen, mit der Gegenwart, indem er ihr beziehungsreich antwortet: »Ich bin aufgestanden, Liebste, um die Türe zu öffnen. Du wolltest es ja. Da bin ich wieder –«. Hat Yosch das »Tor der Zeiten« geöffnet, um den Verlust Dinas an Bischoff rückgängig zu machen, die Zeit der Trennung von ihr auszulöschen? Hat Felix recht, wenn er als Motiv dafür, daß Yosch Eugen Bischoff in den Tod getrieben habe, anführt:

»Daß eine Frau, die Sie unlösbar an sich gekettet zu haben glaubten, sich von Ihnen losgemacht hatte und nun einem anderen gehören sollte – diesen Gedanken vermochten Sie, scheint es, nicht zu ertragen. Sie hatten Ihre erste Niederlage erlitten und fühlten sich herausgefordert. Dina zurückzugewinnen, wurde zur Aufgabe Ihres Lebens. Alles, was Sie seither unternommen haben, auch das Geringste, das scheinbar Bedeutungsloseste, hat ausschließlich diesem einen Ziel gegolten.«

Gibt es einen Zusammenhang zwischen dem »Tor der Zeiten«, das Yosch in seiner Vision in der Gartenszene auftut und dem »Tor der Zeiten«, das sich, wie der Erzähler in seinem »Vorwort statt eines Nachworts« erwähnt, bei der Verfolgung des ›Mörders‹ von Eugen Bischoff öffnet, »der Verfolgung eines unsichtbaren Feindes, der nicht von Fleisch und Blut war, sondern ein furchtbarer Revenant aus vergangenen Jahrhunderten«? Will Yosch im ersten Fall den Verlust Dinas, im zweiten Fall den von ihm herbeigeführten Tod Eugen Bischoffs durch eine Flucht aus der Zeit rückgängig machen?

Yosch selbst konfrontiert sich auf Felix' Anklage mit einer Vision seiner Schuld, die »wie eine längst vergessene Erinnerung« in ihm aufsteigt, »als wären Jahre darüber vergangen«, aber zu Beginn des 9. Kapitels weist er die Schuld zurück:

Wie ist das möglich? fragte ich mich geängstigt und verwundert. – Ich habe mich diese Zimmer betreten sehen, habe mich Worte flüstern hören, die nie von meinen Lippen gekommen sind! Ich, ich selbst habe an meine Schuld geglaubt! – Wie ist das

möglich? Eine Sinnestäuschung! Ein Wachtraum hat mich genarrt! Ein fremder Wille hat mich zwingen wollen, eine Tat auf mich zu nehmen, die ich nicht begangen habe. Nein, ich bin nicht hier gewesen! Ich habe mit Eugen Bischoff nicht gesprochen, ich bein kein Mörder! Alles das war nur Traum und Wahn, emporgestiegen aus der Hölle und nun zurückgescheucht –
Ich atmete befreit und erleichtert auf. Ich hatte mich gewehrt, ich hatte mich nicht ergeben, die unerklärliche Gewalt, die auf mir gelastet hatte, war gebrochen. In mir und rings um mich war alles anders geworden, ich gehörte wieder der Wirklichkeit an.

»Was sich an diesem Abend in der Villa Eugen Bischoffs noch ereignet hat, ist bald erzählt.« Dieser Satz, mit dem das 10. Kapitel beginnt, führt einen gänzlich gewandelten Erzähler ein. Gewiß, er hat noch Erinnerungslücken – aber wie kunstvoll werden diese nun in seinen Bericht eingebaut! Der Erzähler vermeidet die Tempuswechsel der ersten Kapitel, die ein Indiz für die bedrückende Gegenwärtigkeit des Berichteten und die Distanzlosigkeit des Erzählers sein könnten, und aus dem unsicheren ist nun ein souveräner Ich-Erzähler geworden. Aber ist er ein zuverlässiger Ich-Erzähler geworden? Den Leser, der Yoschs Bericht bis zum 9. Kapitel mit Argwohn verfolgt hat, verläßt sein Mißtrauen auch für den Rest des Romans nicht. Und dieses Mißtrauen erhält schnell und reichlich Nahrung.

Wer ist die geheimnisvolle Unbekannte, die noch am Abend nach Eugen Bischoffs Tod in dessen Haus anruft? Dem Freiherrn, der mit ihr telefoniert, kommt ihre Stimme bekannt vor:

Ich kannte diese Stimme, ich hatte sogleich die bestimmte Empfindung, daß ich mit einem ganz jungen Mädchen sprach, und mit dieser Vorstellung war die Erinnerung an ein sonderbares Parfüm verbunden, an den Duft von Äther oder ätherischen Ölen – eine Sekunde lang überlegte ich, wo ich diese Stimme schon gehört hatte.

Nach Hause zurückgekehrt, muß Yosch, als er das Wort »Brom« auf einen Merkzettel schreibt, »plötzlich, ohne daß mir der Zusammenhang bewußt wurde, an die Stimme im Telefon denken, an die Stimme der Frau, die auf das Jüngste Gericht nicht warten wollte«. Als habe er all diese Reminiszenzen vergessen, teilt Yosch dem Ingenieur Solgrub nach einer »Art Eingebung« seine »Schlußfolgerung« mit, daß die Unbekannte eine Schauspielschülerin Bischoffs gewesen sei. Will Yosch den methodischen Spürsinn Solgrubs auf eine falsche Fährte lenken? Als er mit dem Droschkenbesitzer, der Eugen Bischoff am Tag vor dessen Tod gefahren hatte, an der Apotheke gegenüber von seinem Hause ankommt, fällt es dem Freiherrn plötzlich wie Schuppen von den Augen, daß die geheimnisvolle Unbekannte die Apothekerin und einstige Malerin Leopoldine Teichmann ist. Und nun entsinnt sich Yosch einer schier verblüffenden Fülle eng vernetzter Details aus dem Leben nicht nur der Apothekerin, sondern auch von deren Mutter, einer Schauspielerin, die er in seiner Jugend tief verehrt hatte; er erinnert sich an den »erhabenen Goethekopf« ihres Großvaters, ja, er vermag sich sogar Details aus einem Ölgemälde der angeblich Unbekannten ins Gedächtnis zu rufen, die ihn doch in der Apotheke, wie er sagt, »immer bedient« hat! Welcher Leser kommt bei dieser Fülle gut sortierter Erinnerungen an eine angeblich

Unbekannte nicht auf die Vermutung, daß Yosch die Unbekannte gut gekannt und ihr eine Funktion in einer erfundenen Geschichte zugewiesen hat?

Nicht viel anders verhält es sich dann mit dem geheimnisumwitterten Kunsthändler und Pfandleiher, dessen Spur Yosch so zögernd und mühselig sucht, der ihm angeblich ebenfalls unbekannt ist und über den der Leser aus Yoschs Bericht später ganz beiläufig erfährt, daß dieser Herr Albachary nicht nur Yoschs Vater gekannt hatte, sondern daß Yosch selbst Vorgesetzter von dessen Sohn, dem Einjährigen-Freiwilligen Edmund Albachary, gewesen ist. Ist es ein bloßer Zufall, daß alle handlungstragenden Personen aus Yoschs Bericht über die Ereignisse nach dem Tod Eugen Bischoffs in einer Beziehung zum Leben des Freiherrn stehen?

Das stärkste Stück beim Verschweigen wichtiger Informationen leistet sich der Erzähler in der Beschreibung des zweiten Vormittags nach Eugen Bischoffs Tod. »Beim Frühstück« löst er eine Überdosis Schlaftabletten in einem Wasserglas auf, verschiebt den Plan, sie einzunehmen, jedoch auf später und setzt seinen Bericht mit dem Satz fort: »Als ich um zwölf Uhr mittags nach Hause kam, fand ich ein paar Zeilen von der Hand des Ingenieurs auf meinem Schreibtisch.« Was er zwischen dem Frühstück und zwölf Uhr unternommen hat, erfährt der Leser erst im nächsten Kapitel – vielmehr, er erfährt es nicht, denn Felix' Behauptung, er habe Yosch um zehn Uhr »in den Anlagen vor der Villa im Regen auf und ab gehen« sehen, steht die Versicherung des Freiherrn gegenüber, er sei »von neun Uhr bis etwa gegen elf« in der »Kanzlei« seines »Rechtsanwalts« gewesen.

Kann der Leser nach so vielen faktischen und fingierten Erinnerungslücken der Versicherung des

Freiherrn von Yosch, er habe »die volle Wahrheit geschrieben. Nichts übergangen, nichts unterdrückt« noch Glauben schenken? Erweckt dieser überaus unzuverlässige Ich-Erzähler Yosch nicht im ersten Teil seines Berichts den Eindruck, er könne sich nicht erinnern, und im zweiten Teil den, als wolle er sich nicht erinnern? Ist nicht der ganze Bericht des Freiherrn ein planmäßiges Manöver, um den Leser von seiner Schuld abzulenken?

5

[...] wenn nun ein solcher Kummer, ein solches schmerzliches Wissen, oder Andenken, so quaalvoll ist, daß es schlechterdings unerträglich fällt, und das Individuum ihm unterliegen würde, – dann greift die dermaaßen geängstigte Natur zum Wahnsinn als zum letzten Rettungsmittel des Lebens: der so sehr gepeinigte Geist zerreißt nun gleichsam den Faden seines Gedächtnisses, füllt die Lücken mit Fiktionen aus und flüchtet so sich von dem seine Kräfte übersteigenden geistigen Schmerz zum Wahnsinn [...].
Arthur Schopenhauer, *Die Welt als Wille und Vorstellung*

Gegen die These, daß Yoschs Bericht nur dem Zweck dient, von seiner Schuld abzulenken, scheint zunächst ein Argument zu sprechen, das auch der Herausgeber gesehen hat. Wenn Yosch nämlich in der Tat den »Versuch einer Rechtfertigung« hätte unternehmen wollen, so hätte er das mit einer Strategie des Verschweigens von Tatsachen und der beiläufigen Leugnung seiner Schuld erheblich wirkungsvoller erreichen können als mit einem Bericht, in dem die Frage seiner Schuld gleichsam zum Leitthema erhoben wird.

Schon in Yoschs Interpretation des zweiten Satzes von Brahms' H-Dur-Trio ist dieses Thema unübersehbar angeschlagen. Für den Freiherrn manifestiert sich in diesem Satz – der übrigens keinesfalls so düstere Assoziationen zu erwecken braucht – der Triumph Satans über die sündige Seele am Jüngsten Tag. Mit dem »Traum vom Jüngsten Tag« präludiert Yosch zugleich einem Motiv, dessen handlungstragende Bedeutung erst sehr viel später erkennbar wird, und auch sein inständiger Wunsch, sich mit Dina zu versöhnen, der angeblich eine »Nachwirkung der Musik« ist, wird erst vor dem Hintergrund der späteren Ereignisse verständlich.

Während des Gesprächs im Musikzimmer spielt Yosch selbst mit dem – freilich sofort wieder unterdrückten – Gedanken, Bischoff von seinem Gespräch mit dem Intendanten zu informieren – eine Nachricht, die diesen »zu Boden« werfen würde; in spektakulärer Gedankenlosigkeit begeht er eine »Ungeschicklichkeit nach der anderen«, indem er bei Bischoff zweimal indirekt auf den Verlust von dessen Vermögen anspielt. Nach Bischoffs Tod behauptet der Gärtner, den Yosch als die Gestalt des Todes betrachtet, der Freiherr habe ihn gerufen, und von all den Rollen, die Bischoff in seinem Leben gespielt hat, fällt Yosch nun ausgerechnet die des Mörders Macbeth ein, um sogleich das klassische Bild der Untilgbarkeit der Schuld aus der ersten Szene des 5. Aktes zu beschwören, in der Lady Macbeth spricht: »Here's the smell of blood still: all the perfumes of Arabia –«. »Wie eine längst vergessene Erinnerung« überkommt Yosch eine Vision seiner Schuld, die er bald in den Bezirk von »Traum und Wahn« verbannt, doch noch auf dem Heimweg erblickt er in jedem Passanten einen Ankläger.

Nach seiner Rückkehr in die Wirklichkeit schwankt Yosch zwischen »dem Gefühl der Ruhe, der Zuversicht, des völligen Außerspielseins« und einer teils eingestandenen, teils verleugneten Todessehnsucht. Dem pensionierten Major, bei dem er um Auskunft über das »Monstrum« im Haus in der Dominikanerbastei nachsucht, stellt er sich als »Rittmeister a. D.« vor, als hätte er seinen Dienst schon quittieren müssen, und in einem Anfall von »Hochmut« konfrontiert er die nach den Ursachen für die Todesserie forschenden Solgrub und Dr. Gorski mit der Frage:

> *»Und wie, wenn ich Ihnen nun sage, daß Felix im Recht ist? Daß sich die Sache genauso zugetragen hat, wie er es Ihnen geschildert hat? Wenn ich Ihnen nun gestehe, daß ich wirklich der Mörder Eugen Bischoffs bin – ?«*

Als Felix und Yosch auf die Nachricht von Solgrubs Selbstexperiment warten, erkennt Yosch plötzlich das Motiv seiner Todessehnsucht: »Es war mir, als hätte mich schon vom frühen Morgen an nur dieser eine Gedanke beherrscht, daß ich sterben müsse, weil ich mein Wort verpfändet hatte«, und in diesem Bewußtsein muß ihm alles, was Solgrub über seine Enthüllungen berichten kann, »jetzt töricht, lächerlich, absurd klingen« – weil Yosch als einziger um die Wahrheit seiner Schuld weiß? Der »Bericht des

Pompeo di Bene«, der das Rätsel der Todesserie auflöst – alle Opfer wollten durch die Droge die »Kraft der Gesichte« erlangen –, enthält eine Reihe von Motiven, die für die Erklärung der rätselhaften Todesserie überflüssig sind, aber eine enge Verbindung zwischen dem Freiherrn von Yosch und dem »Meister des Jüngsten Tages« herstellen: wie Yosch trägt Giovansimone Chigi die uneingestandene Schuld am Tod eines Menschen, wie dieser erblickt er unter der Einwirkung der Droge die Farbe Drommetenrot, und wie dieser nach seiner Rettung nur noch ein Motiv malt, den Jüngsten Tag, verfaßt der Freiherr von Yosch nur noch einen Bericht – seiner Schuld oder Unschuld?

Als fühle er sich vom Thema seiner Schuld magisch angezogen, weist Yosch in seinem Bericht immer wieder auf das einzige Belastungsindiz hin, die Pfeife, die er angeblich im Pavillon Eugen Bischoffs zurückgelassen hat. »Wie begann es? Ich saß daheim an meinem Schreibtisch, die Shagpfeife zwischen den Zähnen, und blätterte in einem Buch.« Wie Yosch sich zu Beginn seines Berichts als Pfeifenraucher vorstellt, spricht ihn sein Besucher, Dr. Gorski, mit seinem ersten Satz als solchen an: »Schon wieder ihre verdammte Pfeife!« Für Solgrub ist die Pfeife geradezu das individuelle Charakteristikum Yoschs; Eugen Bischoffs Lob dafür, daß er Yosch wiedererkannt habe, wehrt Solgrub mit dem Einwand ab:

> *»Das war in diesem Fall wirklich keine große Leistung. Allerdings, der Herr Baron hat ein Gesicht wie tausend andere – Sie verzeihen wohl, Baron? Es ist geradezu merkwürdig, wie sehr Sie einer ganzen Menge anderer Leute ähnlich sehen. Aber Ihre englische Pfeife, die hat eine ausgespro-*

chen charakteristische Physiognomie; an der hab' ich Sie sofort wiedererkannt.«

Yosch selbst gibt an, nicht zu wissen, wie seine Pfeife, »dieser stumme Zeuge«, auf den Tisch von Bischoffs Pavillon gelangt ist. Dr. Gorskis Vermutung, der Nichtraucher Bischoff habe sie »in Gedanken« mitgenommen, wird von Felix mit dem Hinweis zurückgewiesen, daß aus der Pfeife geraucht worden sei. Die Frage, wer wann aus der Pfeife geraucht hat, wird nicht gestellt, denn Solgrub genügt Felix' Hinweis, um Bischoffs Tod mit dem des Seeoffiziers in Verbindung zu bringen – und damit beginnt die Suche nach der Droge, die erst mit dem Auffinden des Berichts des Pompeo di Bene beendet ist. Den unumstößlichen Beweis dafür, daß nicht er, sondern die Droge am Tod Bischoffs schuld war, liefert Yosch, indem er die Droge aus seiner eigenen Pfeife raucht – und so wird am Ende von Yoschs Bericht das einzige Belastungsindiz zum entscheidenen Entlastungsgrund.

Die Überprüfung des Wahrheitsanspruchs des Ich-Erzählers Yosch führt zu einem zwiespältigen Ergebnis. Einerseits ist festzustellen, daß Yosch ein äußerst unzuverlässiger Ich-Erzähler ist und daß sein Bericht den Eindruck erweckt, als werde der Leser planmäßig von der Schuld Yoschs abgelenkt und auf eine sorgfältig gelegte falsche Spur geführt. Andererseits ist festzustellen, daß Yosch in seinem Bericht weder den Teil des vom Herausgeber bestätigten Tathergangs verschweigt noch die Möglichkeit seiner Schuld und deren Motive verheimlicht – ja, er weist sogar ostentativ immer wieder auf sie hin. Yoschs Bericht enthält eine Version seiner Unschuld, die den Blick auf die Möglichkeit seiner Schuld ständig freigibt und den Leser mit dem Problem konfrontiert, zu entscheiden, ob er an die Unschuld Yoschs glauben will, gerade weil dieser sich so intensiv mit der Möglichkeit seiner Schuld auseinandersetzt – oder ob er den Bericht als eine besonders raffinierte, komplizierte und kunstreiche Inszenierung seiner Schuld betrachten will. Im letzteren Fall träfe für Yosch dasselbe zu, was Pompeo di Bene an Giovansimone Chigis Gemälde des Jüngsten Gerichts rühmt: »Und sich selbst hatte der Meister unter die Verdammten gemalt.«

Dem Leser, der von der Schuld Yoschs überzeugt ist, gibt dessen Bericht sogar noch einen Einblick in seine möglichen Konstruktionsprinzipien frei. Der Kern des Berichts ist ein einziges Faktum: der Tod Eugen Bischoffs. Diesem Faktum hat Yosch in seinem Bericht eine fingierte Episode vorgelagert: den Tod des Malers und des Seeoffiziers, die angeblich unter den gleichen Umständen starben wie Eugen Bischoff. Yosch beläßt sodann alle Zeugen der Ereignisse des 26. September 1909 als Akteure auf dem Plan: Felix, Solgrub, Dr. Gorski und sich selbst konfrontiert er mit einer Serie fingierter Todesfälle, deren einzige Funktion darin besteht, den Tod Bischoffs in eine Handlungskette und Serienlogik zu integrieren, die mit ihrer eigengesetzlichen Spannung von Yoschs Schuld ablenken. Zum analytischen Kopf der Aufklärung dieser fiktiven Todesserie macht Yosch mit Solgrub einen Vertreter der naturwissenschaftlichen Intelligenz, den er mit einer weit größeren Schuld ausstattet, als er selbst sie trägt. Dr. Gorski, ein verwachsener Gnom und seriöser Arzt, dient als medizinische Autorität dazu, die Wirkungsweise der Droge zu erklären und zu beglaubigen. Die weiteren handlungstragenden Figuren, Leopoldine Teichmann und der Kunsthändler Albachary, sind angeblich »Unbekannte«, die indes dem wirklichen Bekanntenkreis Yoschs entstammen und nur fiktive Rollen spieln müssen. Der Maler Giovansimone Chigi schließlich ist eine gänzlich fiktive Gestalt, in der freilich sowohl die Schuld als auch verschwiegene Wünsche Yoschs personifiziert sind.

Damit ist die Grundstruktur des vorgeblich wahren Berichts des Freiherrn von Yosch offengelegt. Es bleibt nur noch darauf hinzuweisen, welche Wünsche sich Yosch in der traumartigen Fiktion seines Berichts erfüllt – neben dem Traum seiner Unschuld. Den Ingenieur Solgrub, den er zu Beginn als Rivalen um die Gunst Dinas einführt und dessen Nachforschungen er mit Argwohn verfolgt, läßt Yosch sterben. Dina, seine einstige Geliebte, hört am Ende des Romans Yoschs Schreie im Garten und veranlaßt damit dessen Rettung durch ihren Bruder Felix: der Ankläger wird so zum Lebensretter des Freiherrn. Yosch selbst, der Angeklagte, zieht mit seinem Selbstexperiment den Schlußstrich unter den Beweis seiner Unschuld.

Aber es gibt noch einen sehr verschwiegenen Wunsch, den der Freiherr von Yosch sich mit seinem Bericht, allerdings auf eine sehr indirekte Weise, erfüllt. In dem Bericht des Ich-Erzählers stehen das Selbst- und Fremdbild Yoschs hart und unvermittelt nebeneinander. Was Dr. Gorski ihm zutraut, muß Yosch selbst mit anhören: »›Jede Gewalttat, jede Perfidie, jede [...]. Auch einen Mord traue ich ihm zu, es wäre nicht sein erster. Aber ein falsches Ehrenwort? Nein.‹« Auf Solgrubs Frage, wieso er Yosch einen Mord zutraue, verweist Dr. Gorski auf dessen frühere Duelle: »›Er kann rücksichtslos bis zur Brutalität sein, ich weiß ein Lied davon zu singen. [...] Tiere mag er, ein Reitpferd, einen Hund, ja, aber das Leben eines Menschen, der ihm im Weg steht, gilt ihm nicht so viel, sage ich Ihnen.‹« Solgrub widerspricht dieser Charakterisierung spontan: »›Den Eindruck eines brutalen Draufgängers hat er wahrhaftig nicht auf mich gemacht. Sondern, im Gegenteil, den eines sehr sensiblen, nur in seiner Musik lebenden, innerlich scheuen –.‹« Nachdem er selbst Nachforschungen über den Freiherrn angestellt hat, revidiert Solgrub diese Einschätzung Yosch gegenüber:

> *»Nein, Sie sind nicht der, für den ich Sie anfangs hielt, kein Schöngeist, kein Ästhet. Wenn Ihr Name genannt wurde, so geschah das in einem eigenartigen Ton respektvollen Hasses. Es heißt, daß Sie in einigen Ihrer Affären von einer gewissen – nun, sagen wir: Großzügigkeit in der Wahl Ihrer Mittel gewesen sind. Irgend jemand nannte Sie gestern eine prachtvolle Canaille.«*

Diese Charakteristik stimmt weitgehend mit der von Felix überein, der Yosch als faszinierendes »Raubzeug« bezeichnet. Yosch widerspricht nicht den Personen, die ihn derart charakterisieren – auf eine sehr viel indirektere und wirkungsvollere Weise widerspricht er deren Charakterisierung durch seinen Bericht.

Gleich zu Beginn dieses Berichts verdeutlicht Yosch, daß es sich bei ihm nicht nur um einen in seiner Musik lebenden Violinisten handelt, sondern zugleich um einen sehr sensiblen Interpreten dieser Musik. Aber die Musik ist nicht die einzige Kunst, die ihn anzieht. Er interessiert sich für die Schauspielkunst und beweist anläßlich der Betrachtung der Bilder Leopoldine Teichmanns, daß er nicht nur ein Kenner der Malerei ist, sondern Bilder auch fachmännisch zu kritisieren versteht. Yosch war ein sorgfältiger Sammler »javanischer und anamitischer Stoffbilder«, Bücher spielen in seinem Bericht eine wichtige Rolle, und zeugen nicht seine Visionen und Erinnerungsbilder davon, daß er die »Kraft der Gesichte« besitzt, die Künstler und Schauspieler mit dem Surrogat der Droge zu erlangen trachten? Sind nicht einige seiner Schilderungen, wie z. B. die des Blicks aus seinem Fenster, selbst Malerei?

> *Ich stand am offenen Fenster. In den Scheiben spiegelte sich, sonderbar verkleinert, das Getriebe der Straße, und das Bild, das sie mir bot, ist wie mit einem Eisenstift in meiner Erinnerung eingegraben. Ich sehe alles noch heute vor mir: die milchblauen Vorhänge an den Fenstern meines Gegenübers. Die Dame mit dem altmodischen Kapotthut, die die Straße überquerte. Eine Arbeiterin, die einen großen flachen Korb voller Zitronen in den Händen hielt. Deutlich, wenn auch miniaturhaft klein, konnte ich auf dem Ladentisch der Apotheke den Erzengel Michael erkennen, der mit schützender Gebärde die Hände hob. Ein Straßenbahnwagen glitt vorüber, verdeckte das Bild und gab es wieder frei. Vor dem Kaffeehaus an der Ecke stand der Wagen eines Zuckerbäckers, und ein rothaariger Bursche verschwand mit zwei gelbbraunen Holzkisten in der Drehtüre.*

Hat Yosch nicht durchaus ein poetologisch reflektiertes Bewußtsein davon, daß sein Bericht nach literarischen Gesichtspunkten gestaltet ist, wenn er beklagt, daß seine Geschichte »keinen rechten Anfang« habe und ihn mit einem »Vorwort statt eines Nachworts« beginnt? Versucht er dem Leser durch seinen Bericht nicht das Selbstbild eines Künstlers zu vermitteln? Ist das Motiv der Niederschrift des Berichts nicht das drängende Verlangen, sich im Medium der Kunst von der faktischen Schuld zu befreien? Eine Geschichte zu schreiben, »als hätte ein anderer sie erlebt oder erdacht«?

Ein Satz, den der Autor des Romans, Leo Perutz, an dieser Stelle in der Handschrift stehen hatte und für die Druckfassung veränderte, mag darüber Aufschluß geben; er lautet: »Wenn ich die Feder aus der Hand lege und aufstehe, wer hindert mich, zu glauben, daß die so eng beschriebenen Seiten nur ein Roman sind, die ein anderer geschrieben, die ein anderer erdacht oder erlebt hat, nicht ich.« Der Roman eines unzuverlässigen Ich-Erzählers, dessen Unzuverlässigkeit über seine Kunstfertigkeit bald in Vergessenheit gerät ...

6

»Wer aus dem neuen Roman von Leo Perutz das Gruseln nicht lernt, der lernt es gewiß nimmermehr«, versicherte Siegfried Kracauer 1923 in einer ausführlichen Rezension, in der er den *Meister des Jüngsten Tages* – ebenso wie in seinem philosophischen Traktat »Der Detektiv-Roman« – zur Gattung der Kriminalromane zählte. Sein Urteil, daß *Der Meister des Jüngsten Tages* als »Spannungsroman nicht leicht übertroffen werden kann«, scheint seinen Eindruck auf Walter Benjamin und Theodor W. Adorno nicht verfehlt zu haben.

Aber ist *Der Meister des Jüngsten Tages* ein Kriminalroman? Nicht nur die Autorität Kracauers, auch Arthur Conan Doyles Sherlock-Holmes-Geschichte »Der Teufelsfuß« scheint dafür zu sprechen. In dieser Geschichte, die Perutz zweifellos gekannt hat, geht es nämlich gleichfalls um mysteriöse Todesfälle, die durch eine Droge herbeigeführt werden, nämlich die Teufelswurzel (radix pedis diaboli). Diese Droge tötet ihre Opfer oder führt zumindest, wie es in der Geschichte heißt, deren »temporären oder fortwährenden Wahnsinn« herbei. Die Aufklärung der Todesfälle als Mord gelingt Sherlock Holmes und Dr. Watson nur durch ein Selbstexperiment, bei dem die beiden Detektive nur mit knapper Not dem Wahnsinn entgehen. Dr. Watson schildert den Effekt der Droge:

> *Eine dicke, schwarze Wolke kräuselte sich vor meinen Augen, und mein Verstand sagte mir, daß in dieser Wolke, jetzt noch unsichtbar, aber bereit, sich jeden Moment auf mich zu stürzen, all das lauerte, was es im Universum an Schrecklichem, Monströsem und unvorstellbar Bösem gab. Vage Formen wirbelten und schwebten im Innern dieser dunkeln Wolkenbank, jede eine Bedrohung, jede eine Warnung, daß sich etwas Unaussprechliches näherte, dessen Schatten allein schon meine Seele zerschmettern würde.*

Perutz hat nicht nur das Motiv der Grauen und Wahnsinn hervorrufenden Droge der Erzählung Doyles entnommen. Ist nicht der Ingenieur Solgrub nur eine, wie Siegfried Kracauer meinte, ›psychologisch unterbaute‹ Variante des englischen Detektivs und Dr. Gorski eine Wiener Reinkarnation des Dr. Watson? Lebt nicht *Der Meister des Jüngsten Tages* wie jeder Kriminalroman von der Spannung, die den Leser auf der labyrinthischen Suche nach einer plausiblen Erklärung einer Todesserie nach unbekanntem Folgegesetz ergreift?

Doch spätestens hier ist die Reihe der Gemeinsamkeiten zwischen dem *Meister des Jüngsten Tages* und der Gattung des Kriminalromans erschöpft. Es gibt mehr und gewichtigere Gründe, die gegen eine Zuordnung von Perutz' Roman zu dieser Gattung sprechen. In welchem klassischen Kriminalroman erhält der Leser alle Informationen über den »Fall« nur durch einen unzuverlässigen Ich-Erzähler, dessen Darstellung dann auch noch durch die »Schlußbemerkungen des Herausgebers« dementiert wird? Gibt es einen Kriminalroman, in dem der Detektiv selbst Opfer einer Todesserie wird, deren endgültige Aufklärung einem militärischen Ehrengericht vorbehalten bleibt? Ist es nicht ein unverzeihlicher Kunstfehler in einem Kriminalroman, wenn der ›Täter‹ keiner aus dem Kreis der beteiligten Personen, sondern überhaupt keine Person ist, sondern ein »furchtbarer Revenant aus vergangenen Jahrhunderten«? Eine Unmöglichkeit innerhalb der Gattung des Kriminalromans ist es schließlich, daß der Leser keine eindeutige Aufklärung des ›Falls‹ erhält, sondern eine ›Auflösung‹, die in einer Vielzahl hypothetischer Aussagen besteht, in einer Perspektivenequilibristik, bei der jede Entscheidung des Lesers zu einer anderen Lesart des Romans führen kann. Die von Leo Perutz gewählte Erzählkonzeption des Romans mit dem Bericht eines »unzuverlässigen Ich-Erzählers« verhindert eine eindeutige Aufklärung des ›Falls‹ strategisch: alle über den Tod von Eugen Bischoff mitgeteilten Fakten lassen sich sowohl mit der Erklärung des Freiherrn von Yosch als auch mit der des Herausgebers verbinden.

Die Auffassung, daß unsere Welt nur aus Fakten besteht, die mit allen möglichen, auch phantastischen, Erklärungen vereinbar sind, ist für alle

Romane von Leo Perutz charakteristisch. Jeder Versuch, die Fakten der Vergangenheit selbst zum Sprechen zu bringen, muß scheitern: »Die Vergangenheit bleibt stumm. Niemals wird aus dem Dunkel eine Antwort kommen«, versichert der Freiherr von Yosch. *Der Meister des Jüngsten Tages* ist somit auch ein Roman über die Unergründlichkeit der Wirklichkeit. Auf der Suche nach der Wahrheit dessen, was geschehen ist, wird der Leser im *Meister des Jüngsten Tages* in immer neue Rätsel verstrickt, auf die es nur hypothetische Antworten gibt – gleichwohl aber gelangt er auf der Suche nach diesen Antworten zu immer tieferen Einsichten in die möglichen Erklärungen des Geschehens und sogar in die Konzeption der wahren oder erfundenen Geschichte des Freiherrn von Yosch selbst. In diesem kognitiven Tiefenrausch verblaßt die Frage nach der Wahrheit des Berichts immer mehr und verschwindet schließlich vor der Faszination über die Komplexität eines narrativen Vexierbildes, dessen Elemente sich bruchlos in zwei verschiedene Geschichten einfügen lassen und zugleich noch Geheimnisse über deren Konstruktionsprinzipien verraten.

Kaum ein Rezensent hat die hinterhältige Vordergründigkeit von Perutz' Roman durchschaut, keiner seine souveräne Handhabung des unzuverlässigen Ich-Erzählers bemerkt, die in dieser Perfektion in der deutschen Literatur nur noch von Perutz' einstigem literarischen Weggefährten Ernst Weiß erreicht wurde. Von den Analogien zum Kriminalroman verführt, blieben die meisten Rezensenten gebannt von der Frage nach der Wahrheit des Berichts des Freiherrn von Yosch – wie der Herausgeber. Aber was schreibt denn dieser Herausgeber im letzten Absatz seiner »Schlußbemerkungen«:

Abschließend bemerke ich, daß es mir gelungen ist, die Bedenken, die die nächsten Angehörigen des Freiherrn von Yosch gegen die Drucklegung seiner Erinnerungen geltend gemacht haben, zu zerstreuen. Die Veröffentlichung erfolgt mit ihrer Zustimmung.

Weshalb bemüht sich der Herausgeber um die Zustimmung der Verwandten Yoschs zur Veröffentlichung eines Berichts, dessen Wahrheitsgehalt er so nachdrücklich bestreitet? Er beantwortet diese Frage nicht, sondern stellt seinerseits die Frage nach dem Motiv, das Yosch mit der Niederschrift seines Berichts verfolgte. »Auflehnung gegen das Schicksal und nicht mehr zu Ändernde« war nach Auffassung des Herausgebers das Motiv des Freiherrn, und ist das nicht, so fragt er weiter, »seit jeher der Ursprung aller Kunst gewesen?« Handelt es sich bei Yoschs Bericht um Kunst? Auch diese Frage beantwortet der Herausgeber nicht – es sei denn durch die Veröffentlichung der Papiere des Freiherrn. Aber dieser Herausgeber scheint sowieso eine sehr beschränkte Auffassung von Kunst zu besitzen: »Mag die gedankenlose Menge vor einem Kunstwerk in Beifallsstürmen toben – mir enthüllt es die zerstörte Seele seines Schöpfers.« Als Zeitzeuge liest der Herausgeber Yoschs Bericht nur unter dem Aspekt seines Wahrheitsgehalts, und er reduziert Kunstwerke psychologisch auf die Enthüllung der Seele ihres Schöpfers. Der Leser von Yoschs Bericht aber liest diesen anders als der kunstfremde Herausgeber: nämlich als einen kunstvollen Roman, für den die Seele des Schöpfers ebenso irrelevant ist, wie die Frage nach der Wahrheit des Berichts es im Verlauf der Lektüre wird. Auf eine sehr hintergründige Weise ist *Der Meister des Jüngsten Tages* so letztlich auch ein Roman über das Verhältnis von Kunst und Wahrheit, ein Roman über die Unergründlichkeit der Wirklichkeit, der von der Wahrheitsfrage seinen Ausgangspunkt nimmt und diese im Medium der Kunst vergessen macht.

Zur Frage der Kunst finden sich in Perutz' Romanen keine positiven Aussagen: Kunst wird weder durch die Intentionen des Künstlers garantiert noch durch den psychologischen Reduktionismus eines Herausgebers zerstört, sie wird aber auch nicht durch eine künstlerische Produktionsmethode charakterisiert – die »Kraft der Gesichte« ist nicht reproduzierbar.

Daß Kunstwerke sich von der Wirklichkeit ebenso emanzipieren wie von den Intentionen ihrer Schöpfer, war eine Überzeugung von Leo Perutz, nach der er sich konsequent verhalten hat: zeit seines Lebens hat er nie einen seiner Romane kommentiert oder gedeutet. Als Walter Benjamin 1930 in einer saloppen Betrachtung über »Kriminalromane auf Reisen« die »kräftig rhythmisierten und synkopierten Erzählungen von Perutz« lobte, wies Perutz dieses Lob nicht mit einer Erklärung seiner künstlerischen Absichten zurück, sondern mit der Feststellung: »Ich habe niemals einen Kriminalroman geschrieben.«

EDITORISCHE NOTIZ

Der 1923 in München erschienenen Erstausgabe des Romans *Der Meister des Jüngsten Tages* lag ein Typoskript zugrunde, das nicht erhalten ist. Für die vorliegende Ausgabe wurde der Text der Erstausgabe mit dem von Perutz geschriebenen Manuskript verglichen, das sich im Exil-Archiv der Deutschen Bibliothek in Frankfurt am Main befindet. Da die Erstausgabe im Wortlaut nur unerheblich vom Manuskript abweicht, folgt die vorliegende Ausgabe dem Text der Erstausgabe. Änderungen gegenüber der Erstausgabe wurden in den folgenden Fällen vorgenommen:

1. Geringfügige Inkonsistenzen in der Verwendung von Gedankenstrichen und der Interpunktion wurden beseitigt.
2. Geringfügige Abweichungen von den Duden-Prinzipien der Groß- und Kleinschreibung sowie der Schreibung von zusammengesetzten Ausdrücken wurden diesen Prinzipien angeglichen.

Das im 17. Kapitel angeführte Zitat aus Richard Wagners *Siegfried* lautet im Original (1. Aufzug, 2. Auftritt): »Nach Wettens Pflicht, pfänd' ich nun dich.«

Wilhelm Schernus habe ich für die Redaktion und Korrektur der Satzvorlage zu danken.

Für das Nachwort konnte ich die folgenden Arbeiten einsehen: Michael Koseler, *Leo Perutz, »Der Meister des Jüngsten Tages«*. In: Austriaca. Cahiers universitaires d'information sur l'Autriche 27 (1988), S. 111–125, und Reinhard Lüth, *Leo Perutz' »Der Meister des Jüngsten Tages« (1923)*. In: Quarber Merkur 24

(1986), S. 36–52. – Ulrich Baron danke ich für den Hinweis auf Arthur Conan Doyles Erzählung *Der Teufelsfuß*.

H.-H. M.

Knaur

Leo Perutz

(63036)

(63012)

(3212)

(3205)

(3214)

(3215)

Knaur

Historische Romane

(63001)

(63008)

(63007)

(63005)

(63012)

Knaur

Historische Romane

(63023)

(63057)

(63025)

(63011)

(63015)

(63037)